KB121491

手先界

쟁선계 1

2017년 5월 12일 초판 1쇄 인쇄
2017년 5월 17일 초판 1쇄 발행

지은이 이재일
발행인 이종주

기획 팀 이기헌 송윤성 왕소현
책임 편집 백승미

발행처 (주)로크미디어
출판등록 2003년 3월 24일
주소 서울시 마포구 성암로 330 DMC첨단산업센터 3층 314호
Tel (02)3273-5135 **Fax** (02)3273-5134
홈페이지 rokmedia.com **E-mail** rokmedia@empas.com

ⓒ 이재일, 2013

값 11,000원

ISBN 979-11-6048-601-8 (1권)
ISBN 978-89-257-3094-3 04810 (세트)

爭先界

쟁선계

1

| 이재일 장편소설 |

ROK
MEDIA

로크미디어

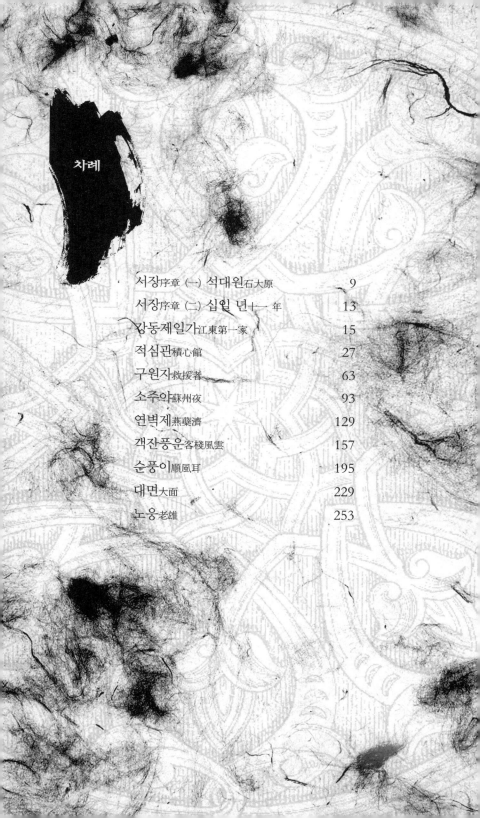

차례

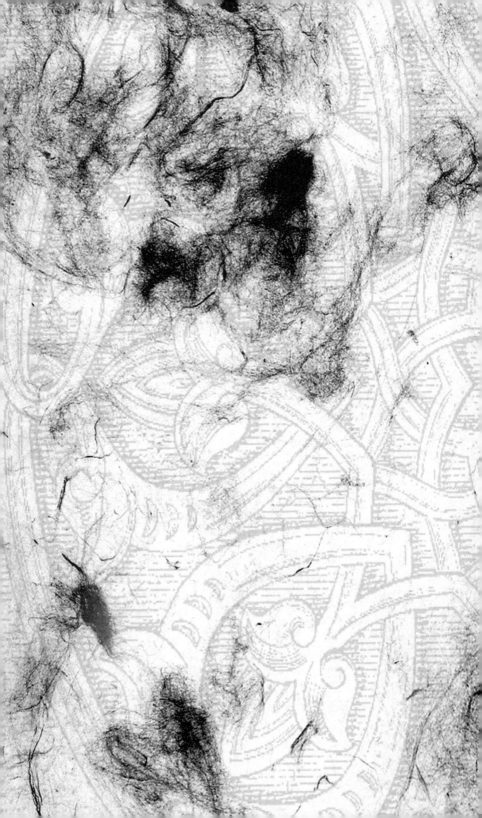

이슬 구르니 어린 찻잎 움트고[露滴新茗開]

저녁 내리니 부푼 꽃술 저무네[宵垂滿蘂寐].

덧없구나, 앞을 다투는 세상이여[浮雲爭先界].

눈먼 욕망이 가는 길 가로막네[盲慾行路碍].

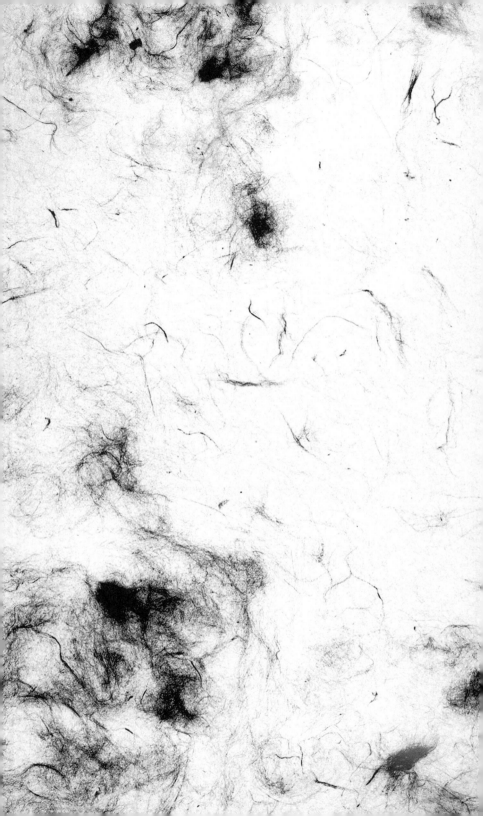

서장序章 (一) 석대원石大原

양수처럼 포근한 숙면 속을 떠돌다가 그가 최초로 느낀 촉감은 간지러움이었다. 그 간지러움은 방금 전까지 그를 감싸 주던 몽계夢界의 율법과 대단히 이질적인 것이었다. 이를 달갑지 않게 여긴 몽계는 노련한 기녀처럼 부드러운 축객령을 내렸고, 석대원은 그렇게 잠에서 깨어났다.

얼굴을 간질이던 녀석의 정체는 다름 아닌 빛, 초옥의 투박한 창을 통해 비스듬히 흘러들어 온 햇살의 투명한 물결이었다. 그것은 연인의 손길처럼 따스하고 또 감미로웠다.

무의식중에 햇살을 좇던 석대원의 시선이 어느 한 곳에서 멎었다. 수면의 나른함이 완전히 가시지 않은 망막 속으로 한 여인의 얼굴이 투영된다. 여인의 얼굴은 시장 화구점 어느 곳에서나 찾아볼 수 있는 평범한 족자에 담긴 채 그가 누운 침상의 머리맡에 걸려 있었다.

여인은 갸름한 얼굴에 고운 눈매를 지닌 미인이었다. 약간은 우울해 보이는 미소를 입가에 띤 미녀도. 정성을 들인 흔적은 엿보이지만 거친 필선과 어색한 구도는 교묘함과 거리가 멀었다.

모친 석부인 연씨를 그리워하며[望先母石婦人燕氏].
불초자 석대원이 그림[不肖子石大原畵].

그림 옆에 적힌 두 줄의 글귀에서 그림을 그린 사람이 바로 석대원, 지금 침상에 누워 그림을 바라보는 사내임을 짐작할 수 있다.

어머니…….

석대원의 입꼬리가 살짝 풀어졌다. 눈빛 또한 새벽안개를 바라보듯 몽롱해졌다. 마치 그림 속의 여인으로부터 정겨운 화답이라도 듣는 것처럼. 하지만 먹과 물감으로 이루어진 그림 속 색 바랜 여인은 아무런 대답이 없다.

흐…….

뭔가에 짓눌린 듯한 냉소. 그리고 석대원의 장대한 신형이 침상을 훌쩍 벗어났다. 거구에 어울리지 않는 민첩한 움직임이 초옥 내부에 쾌활한 파동을 일으킨다.

고개를 돌려 벽에 걸린 여인을 다시 바라보는 석대원의 눈빛이 조금 가라앉았다. 다행히도 오늘은 악몽을 꾸지 않았다. 그러나 악몽을 꾸지 않았다고 해서 기억마저 사라지는 것은 아니다. 망령처럼 문득문득 되살아나는 어느 아침의 광경. 단단한 돌바닥이 배겨 잠에서 깨어났을 때 눈앞에서 흔들리던 신발. 그리고 천장 아래에서 대롱거리던 얼굴.

석대원의 얼굴로 혈기가 어리기 시작했다. 그는 눈을 감고 고개를 세차게 흔들었다. 마치 눈앞에 떠오른 어떤 영상을 부수려는 듯이.

그렇게 얼마의 시간이 지났을까, 석대원의 얼굴에 어린 혈기가 조금씩 가라앉기 시작한 것은. 그는 천천히 눈을 떴다. 턱이 시큰거렸다. 으스러지지 않은 게 신기할 만큼 꽉 깨문 어금니 탓이었다. 고통스럽지만 익숙한 느낌이었다. 그날, 그 저주스럽던 날 이후론 말이다.

석대원은 초옥의 문을 향해 걸음을 옮겼다. 그러다가 다시 멈춰 서서 그림 속의 여인을 돌아보았다. 그의 두툼한 입술이 벙긋거린다.

'좋은 아침입니다.'

목이 잠겼는지 목소리는 입 안에서 헛되이 맴돌 뿐이지만 그림 속의 여인은 미소를 보내 주었다. 다소 우울해 보이는, 하지만 언제나 석대원을 고무시켜 주던 미소를. 그의 얼굴이 조금은 밝아졌다. 그래, 지금은 아침이다. 세계가 시작하는 아침이다.

석대원의 입술이 다시 벌어지며 깊은 동굴 속에서 울린 듯 낮고 굵은 목소리가 흘러나왔다.

"어머니, 좋은 아침입니다."

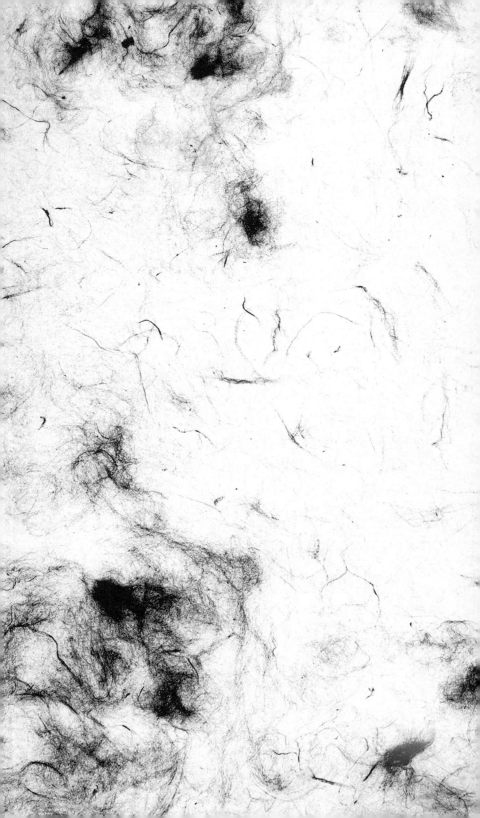

서장序章 (二) 십일 년十一年

석대원은 초옥의 문을 나서기가 무섭게 두 팔을 뒤로 젖히며 숨을 크게 들이마셨다. 늑골이 요란하게 들리고 가슴이 한껏 넓어졌다.

석대원의 앞에는 청류산清柳山의 수려한 산세가 초여름의 맑은 아침을 배경으로 펼쳐 있었다. 산줄기 사이엔 물 오른 초목들이 토해 낸 신선한 공기가 안개처럼 꿈틀거리고 있었고, 투명한 햇살은 어느 한 곳 저버림이 없이 만상 구석구석을 비추고 있었다. 수풀 속에서 숨어 있던 자그마한 들짐승, 온갖 종류의 산새들, 청류산을 온통 짙푸른 색으로 물들인 나무들이며 기암괴석, 은은히 들리는 폭포 소리, 신발의 바닥을 적시는 맑은 이슬까지도 빛이라는 탯줄을 통해 공급되는 자연의 무량한 힘을 거침없이, 환희로써 받아들이고 있는 듯했다. 햇살, 그것도 여름 아침의 신선한 햇살은 바라보는 것만으로도 성장을 느끼게 만든다. 모든 것은 그 속에서 크고 살지는 것이다.

초옥으로부터 십여 장 떨어진 작은 움막에서 밥 짓는 파란 연기가 피어오르고 있었다. 비렁뱅이의 옷처럼 누추한 벽과 볕에 말라 누렇게 비틀어진 싸리 지붕. 석대원이 나온 초옥도 그리 살 만하다고는 하기 힘들겠지만 저 움막에 비교하면 대궐처럼 여겨질 정도였다.

끼이이.

움막의 문이 열리더니 노인 하나가 그 안으로부터 걸어 나왔다. 오른손을 뒤로 돌려 굽은 등을 서너 차례 두드리는 노인. 부스스한 백발과 낡은 회삼灰衫이 초라한 움막과 좋은 짝을 이루고 있었다.

"일어나셨구려, 소주少主."

느릿한 걸음으로 다가온 노인이 석대원을 올려다보며 입을 열었다.

"한로韓老는 여전히 일찍 깨시는구려."

석대원의 대답에 한로라 불린 노인은 메마른 웃음을 머금었다.

"늙으면 잠이 없어지는 법이라오."

석대원은 한로의 굽은 등을 바라보았다. 상징처럼 되어 버린 노인의 초라함이 그의 눈에 엷은 설움으로 새겨졌다.

"오늘인가요?"

석대원은 감정을 감추기라도 하듯 시선을 돌리며 물었다.

"그렇다오. 바로 오늘이라오."

한로는 허리를 천천히 펴며 탄식이라도 뱉듯이 대답했다. 무엇을 떠올린 것일까. 매섭게 뻗은 노인의 눈초리가 풀어지더니 거미줄 같은 잔주름이 한차례 물결쳤다.

"소주, 십일 년이었소."

강동제일가江東第一家

(1)

강동江東.

초나라 사람 오자서伍子胥의 복수와 비분, 역발산기개세力拔山氣蓋世 항우項羽의 패도와 절망이 어린 영웅들의 고향. 전설처럼 선녀가 되었을지도 모르는 서시西施의 고운 찡그림, 육손陸孫의 화공에 패한 낭군의 비보에 절벽 아래로 몸을 던진 손씨孫氏 부인의 가슴 아픈 사랑이 어우러진 가인들의 땅.

초여름의 아침 햇살은 사천四川 청류산에서 수만 리 떨어진 강동의 한 장원 위로도 공평히 내려앉고 있었다.

송대宋大는 부지런한 사람이다.

그의 하루 일과는 일출과 동시에 세가의 정문 앞을 청소하는 것부터 시작된다. 비가 오나 눈이 오나, 하루도 빠짐없이.

오늘도 손때 묻은 빗자루를 들고 정문 앞을 쓸던 송대는 멀리서 들려오는 말발굽 소리에 고개를 들었다.

다각다각.

정문으로 곧게 난 대로를 따라 한 필의 말이 천천히 다가오고 있었다. 햇살을 등진 탓에 정확히 알아보기는 힘들지만 말 등위엔 한 사람이 올라앉아 있었다.

"손님이 오긴 이른 시각인데……."

눈썹 위로 손차양을 댄 송대가 혼잣말을 중얼거리는데, 등 뒤에서 걸걸한 목소리가 들려왔다.

"삼공자三公子께서 오시는군."

어느 결에 다가왔는지 송대의 뒤에는 세가의 문지기 화華 노인이 서 있었다. 송대는 자신도 모르게 눈살을 찌푸렸다. 말라붙은 토사물 찌꺼기에서 풍기는 듯한 퀴퀴한 냄새 때문이었다. 술독에 빠져 사는 화 노인은 언제나 이런 냄새를 몰고 다녔다.

"아이고, 아침부터 한잔 걸치신 거예요?"

송대가 더러운 짐승이라도 다가온 양 껑충 비켜서며 책망했지만 화 노인은 대꾸조차 하지 않았다. 송대는 혀를 차며 생각했다. 쯧쯧, 저러다 제 명 못 누리지.

이러는 사이, 대로를 걸어오던 말은 두 사람이 서 있는 곳까지 이르렀다. 먹물에 들어갔다 나온 것처럼 새까만 털로 뒤덮인 말 위에는 간편한 흑색 무복 차림의 청년이 등과 목을 일자로 편 당당한 자세로 앉아 있었다. 나이는 스물두셋쯤. 이마에 두른 금빛 영웅건英雄巾 아래 자리 잡은 얼굴에는 아직 앳된 구석이 남아 있는데, 관자놀이 쪽으로 힘차게 뻗은 눈썹과 정광精光을 발하는 길쭉한 눈매가 범상치 않은 예기를 풍기고 있었다.

"이가주二家主님의 귀가를 축하드립니다!"

송대는 황급히 자세를 바로 하여 마상의 흑의 청년을 향해 깍듯이 허리를 숙였다. 상하와 존비의 구분이 뚜렷한 그의 인사에 비해 화 노인의 인사는 매우 간단한 것이었다. 마상을 향해 고개를 슬쩍 까닥이며 그저 이렇게 말할 뿐이었다.

"돌아왔구려, 삼공자."

마상의 흑의 청년은 두 사람을 힐끔 쳐다본 뒤 허리에 찬 검자루를 손바닥으로 툭 건드렸다. 그것이 답례인 듯, 흑의 청년은 고개를 꼿꼿이 쳐든 오만한 자세 그대로 두 사람 앞을 지나쳤다.

허리를 굽힌 송대의 눈에 흑의 청년의 허리춤에서 건들거리는 검집이 들어왔다. 주인이 지닌 독특한 기파氣波 때문인지 금장이 멋들어진 그 검집조차도 냉랭해 보였다.

말과 사람이 세가의 문턱을 넘어 완전히 보이지 않게 되자 송대는 허리를 펴며 한숨을 쉬었다.

"휴우! 이가주님은 너무 차가우셔서 어떤 때는 앞에 서 있기만 해도 소름이 쭉 돈다니까요."

화 노인은 혼탁한 그늘이 드린 눈으로 흑의 청년이 사라진 방향을 물끄러미 바라보다가 나직하게 탄식했다.

"삼공자는 결코 차가운 아이가 아니었지. 그때 그 일만 아니었다면……."

송대는 이맛살을 찌푸렸다.

"또 그러신다. 단봉각丹鳳閣의 지란芝蘭 아가씨께서 하신 말씀 못 들으셨어요? 이가주님께선 영감님 같은 노복들이 삼공자라고 부르는 것을 아주 싫어하신다잖아요. 딱히 성내신 적이야 없지만 그래도 알아서 조심하는 편이……."

화 노인은 송대의 말에 아무 대꾸도 하지 않고 고개를 들어 위를 올려다보았다. 송대도 노인을 따라 시선을 들었다.

석가장石家莊

테두리의 금박이 웅장함을 더하는 세 치 두께의 단풍나무 현판이 정문 문루에 높이 걸린 채 두 사람의 시선을 기다리고 있었다.

"하루 이틀 보는 것도 아닌데 뭘 그리 열심히 보세요?"

화 노인으로부터 돌아온 대답은 역시 없었다. 무시당한 기분에 마음이 상한 송대는 가래침을 요란하게 뱉은 뒤 다시 비질을 시작했다.

몸에 밴 비질로 인해 이것저것 모두 잊어버릴 무렵, 송대의 귓전으로 화 노인의 나직한 중얼거림이 흘러들어 왔다.

"이공자二公子께서는 어디서 뭘 하시는지."

(2)

강동제일가江東第一家로 알려진 석가장 가주의 처소는 만심각滿心閣이라는 당호를 지니고 있었다. 그 당호는 국초의 명유名儒인 담종潭棕이 이 장원의 주인이었을 때부터 유지되어 왔는데, 담종의 호 중 하나가 만심거사萬心居士임에서 기인한 것이다.

십일 년 전의 화재로 새 들보를 올리기 전까지, 강동에서는 여간해서 찾기 힘든 화북풍華北風의 화려한 양식을 자랑하던 만심각. 하지만 지금은 현임 가주의 성품을 대변해 주듯 검소하고 실용적인 양식으로 바뀌어 있었다. 화려한 것이 있다면 만심각

앞뜰 정원에 피어 있는 남장미藍薔薇, 그리고 그 덩굴 가지 아래
에서 윤기 나는 새까만 잎사귀를 뽐내고 있는 자오란子午蘭뿐.

만심각의 삼 층에 마련된 넓은 방 안.

한쪽 벽면을 완전히 메운 커다란 서가 때문인지 맵싸한 책 냄
새가 감돌고 있었다. 창가에는 아담한 서탁이 놓였고, 방 중앙
에는 큰 원탁 하나와 여러 개의 나무 의자가 마련되어 있었다.
마치 서재와 회의장을 합쳐 놓은 듯한 분위기였다.

담백한 성품과 공정한 일 처리로 강동 일대의 호걸들로부터
판검대인判劍大人이라 칭송받는 석가장의 현임 가주 석대문石大
文은 창가에 우뚝 선 채 창문을 통해 거침없이 밀려드는 아침
햇살에 몸을 내맡기고 있었다.

삼 층 창가의 전망은 세가의 아침 풍경을 담기에 부족하지 않
았다. 석대문의 차분한 시선은 전각의 지붕을 반짝이게 만드는
투명한 햇살을 따라 천천히 움직이고 있었다. 청명한 푸름 속으
로 멀리 소미산逍彌山 산자락이 손에 잡힐 듯 분명해 보인다. 맑
은 날이었다.

똑똑.

문 두드리는 소리가 울렸다. 석대문은 시선을 창밖에 고정한
채 조용히 말했다.

"들어오시오."

방문이 열리더니 백색 장삼을 입은 중년인 하나가 들어왔다.

"이가주께서 돌아오셨습니다."

석대문은 천천히 몸을 돌렸다.

언제나 새하얀 옷만을 고집해 백의도객白衣刀客이란 별호가
붙은 정효鄭曉의 눈엔 아침 햇살을 등진 석대문의 체구가 여느
때보다 더 거대하게 들어왔다. 짙은 눈썹 아래 자리 잡은 맑은

눈과 다듬어지지 않은 텁수룩한 턱수염 그리고 바위처럼 단단해 보이는 어깨선이 십여 년 전까지 강동삼수江東三秀의 하나로 협명을 드날리던 전대 가주의 모습을 떠올리게 했다.

정효가 홍안의 나이로 이 석가장에 투신한 것도 벌써 이십 년이 넘었다. 당시 코흘리개 개구쟁이였던 석대문이 이제는 저리도 위엄 있는 장년의 가주로 성장한 것이다.

문가에 우두커니 선 채 잠시의 상념에 잠겨 있는 정효를 담담히 바라보던 석대문의 눈길이 조금 옆으로 이동했다.

"왔느냐."

석대문의 눈길이 향한 곳은 정효의 어깨 위로 삐죽 튀어나온 청년의 얼굴이었다. 정효가 슬쩍 비켜서자 청년의 전신이 드러났다. 칠흑같이 새까만 무복에 이마엔 금빛 영웅건을 두른 차가운 인상의 청년. 조금 전 흑마를 타고 세가 정문을 통과한, 송대에게는 이가주, 화 노인에게는 삼공자라고 불리던 그 흑의 청년이었다.

"만심각 앞까지 말을 타고 들어오는 모습을 지켜보고 있었다. 가주인 나도 세가 안에서는 노신들 눈치가 보여 그렇게 태연히 말을 타지 못하는데, 넌 대체 뭘 믿고 그렇게 뻔뻔스러운 거냐?"

석대문의 입에서 흘러나온 이 말은 질책이라 하기엔 너무 부드러웠다. 흑의 무복의 청년, 석대전石大全은 픽 코웃음을 치더니 방 안으로 성큼성큼 걸어 들어왔다. 원탁 둘레에 놓인 나무 의자들 중 하나에 몸을 싣는 그의 행동은 마치 자신이 이 방의 주인이라도 되는 듯 거침이 없었다.

무던한 성정의 정효조차 석대전의 이런 방약무인한 행동에 눈가를 살짝 찡그리는데, 정작 이 방의 주인인 석대문은 신경을 쓰지 않는 것 같았다.

"조반은 들었느냐?"

석대전은 또 한 번 코웃음을 치더니 고개를 흔들었다.

"어제저녁부터 굶어서 이대로 조금만 더 지나면 형님을 잡아 먹을지도 모릅니다."

석대문은 빙긋 웃은 뒤 정효를 돌아보았다.

"주방에 일러 조반 채비를 서두르도록 해 주시오."

정효는 허리를 숙였다.

"알겠습니다."

정효가 물러가자 석대문은 석대전의 맞은편에 자리를 잡았다. 두 사람의 눈길이 원탁 위에서 마주쳤다.

"형님은 어째 보름 전보다 살이 더 붙은 것 같군요. 끼니도 거르며 싸돌아다닌 아우에게 면목 없지도 않으십니까?"

석대전의 이죽거림에도 석대문은 여전히 웃음을 잃지 않았다.

"네 형수가 잘 챙겨 줘서 그런 모양이다. 부러우면 빙인氷人이라도 놔 주랴?"

"젠장, 그만둡시다."

석대전은 원탁 가운데 놓인 찻주전자를 끌어당기더니 주둥이에 입을 대고 벌컥벌컥 들이켰다. 석대문은 그런 아우를 부드러운 눈으로 지켜보았다. 신경질적이고 이죽거리기 좋아하는 석대전을 그는 항상 부모와 같은 자상함으로 대해 주었다. 아우가 왜 저런 성격이 되었는지 잘 알기 때문이다.

석대전이 찻주전자를 내려놓기를 기다려 석대문이 물었다.

"간 일은 어찌 되었느냐?"

석대전은 잠시 형의 얼굴을 바라보더니 천천히 입을 열었다.

"양楊 숙부께서 실종된 것은 사실이었어요."

석대문의 표정에 한 가닥 그늘이 드리웠다. 석대전의 이야기는 계속 이어졌다.

"실종 직전, 양 숙부께선 근자 들어 출몰이 빈번해진 혈랑곡도血狼谷徒들의 종적을 알아내기 위해 백방으로 노력하셨다고 합니다."

"그 어른이면 능히 그럴 만하지."

이들이 말하는 양 숙부의 이름은 양무청楊武淸. 석가장의 전대 가주이자 이들 형제의 부친이기도 한 석안石岸이 강호를 종횡하던 시절, 혈육처럼 가까이 지내던 의형제였다.

강동삼수는 과거 대강남북을 진동시켰던 백도의 호걸들이었다. 냉면무정검冷面無情劍 방령方嶺이 그중 첫째였으며, 석씨 형제의 부친인 검군자劍君子 석안이 둘째 그리고 실종된 양무청이 막내였다. 이들 강동삼수는 하나같이 의협심이 투철했지만, 그중에서도 특히 양무청은 협객이 되기 위해 태어났다고 해도 과언이 아닐 만큼 뜨거운 피를 지닌 장부였다.

'양 숙부께선 남에게 간단히 당할 사람이 아니다.'

석대문은 당금 강호에서 무공으로써 양무청을 쉽게 제압할 만한 강자가 그리 많지 않음을 알고 있었다.

양무청의 별호는 일장진삼주一掌震三州. 한 쌍의 손바닥으로 전개하는 칠십이수七十二手의 웅대한 장력은 안휘安徽, 강소江蘇, 절강浙江의 세 지방 인사들을 놀라게 할 만큼 위력적이었다. 게다가 오랜 세월 협의도俠義道를 실천한 덕에 강호에는 그를 아끼는 친구들이 많았다. 친구가 많다는 말은 그가 어느 날 갑자기 실종되기 힘들다는 말과 일맥상통한다.

"양 숙부의 종적이 마지막으로 끊긴 곳은 어디더냐?"

"그것이 참으로 고약합니다."

석대전은 눈을 빛내며 원탁 앞으로 몸을 당겼다.

"숙모의 말씀에 따르면, 숙부께선 혈랑곡도의 종적에 관한 서찰 한 장을 받고 집을 나가신 뒤 그길로 연락이 두절되었다고 합니다. 그런데 서찰을 보낸 사람이……."

말꼬리가 조심스러움으로 흐려진다. 석대전이 이처럼 말을 가리는 일은 드물었다. 그것이 의미하는 바가 무엇일지 생각하며, 석대문은 차분한 눈길로 석대전의 다음 말을 기다려 주었다.

이윽고 가늘게 움찔거리던 석대전의 입술이 다시 열렸다.

"아무래도 삼각풍三脚風 같다고……."

마음의 준비는 충분히 하고 있었지만, 그럼에도 석대문은 놀라지 않을 수 없었다.

"삼각풍? 개방丐幫의 소주 분타주 위백魏栢 말이냐?"

"바로 그 삼각풍입니다."

석대문은 미간을 찌푸리고 잠시 생각하다가 고개를 갸웃거렸다.

"이상하구나. 위 대협은 협골俠骨이 많다는 개방 내에서도 올곧기로 소문난 위인인데."

석대전이 뒤통수를 북북 긁적이며 동의했다.

"물론입니다. 여북하면 개방의 용두방주가 남방의 일개 분타주를 의형으로 깍듯이 받들어 모시겠습니까? 더구나 양 숙부와 친교를 나눈 기간도 한두 해가 아닌 위인이니……. 그러니 고약하다는 거지요."

"그래, 위 대협은 만나 보았느냐?"

석대전은 고개를 끄덕였다.

"소주 분타로 찾아가 직접 만나 보았습니다. 하지만 위 대협은 양 숙부께 편지를 보낸 일도 없거니와 혈랑곡도에 관해서는 아는 바가 전혀 없다고 하더군요. 음, 제가 보기에 거짓말을 하는 것 같지는 않았습니다."

"혹시 무례를 범하지는 않았겠지?"

석대전은 별 걱정을 다 한다는 듯이 심드렁하게 대답했다.

"사부님께서도 누차 말씀하시더군요. 삼각풍 위 대협은 성정이 바르고 성실하여 간계로써 친인을 위험에 빠트릴 인물이 절대 아니라고요. 그러니 이 아우가 어찌 무례를 범하겠습니까?"

석대전의 사부는 강동삼수의 대형이었던 냉면무정검 방령이었다.

십일 년 전, 부친 석안이 비명에 세상을 떠나 약관의 나이에 석가장의 가주직을 물려받게 된 석대문은 친인들을 한꺼번에 잃은 충격에서 헤어나지 못하던 어린 석대전을 의백부가 되는 방령에게 부탁했다. 비록 차갑기가 북풍한설 같다고 알려진 방령이지만 의동생의 자식들에게만큼은 더할 나위 없이 자상한 백부였으니, 결국 석대전은 방령의 문하로 들어가게 되었다.

그날의 기억을 떠올릴 때면 석대문은 언제나 마음 한구석이 아려 오는 것을 느꼈다. 무엇보다도 가엾은 것은 동생들이었다. 이제는 어엿한 숙녀가 된 막내 누이 석지란도 가여웠고, 강남의 후기지수後起之秀를 논할 때면 항상 상위에 꼽히는 청년 검객 석대전도 가여웠다. 그리고…….

─형, 아전阿全과 소란小蘭을 잘 돌봐 줘.

……어떤 과거는 너무 쓰라렸다. 석대문 같은 담대한 장부마저도 남몰래 한숨 쉬게 만들 정도로.

그러나 석대문은 고통스러운 회고에서 곧 빠져나올 수 있었다. 그의 정신력이 그만큼 굳세기에 가능한 일이었다. 원탁 너머의 석대전을 향해 다시금 말문을 여는 그의 얼굴에는 강동 제일인의 바위 같은 위엄이 되돌아와 있었다.

"혈랑지화血狼之禍는 계속 이어지고 있다. 사흘 전 들어온 소식에 의하면 황산荒山 원왕장猿王莊의 식솔 백여 명이 혈랑기血狼旗 아래 몰살당했다고 하더구나."

이 말을 들은 석대전의 미간에 주름이 잡혔다.

"황산 원왕장이면 신주일권神州一拳 언彦 노영웅의 동생 되는 분이 운영하는……?"

석대문은 고개를 끄덕였다.

"그렇지. 언 노영웅의 동생인 바로 그 장비원왕長臂猿王 언욱사彦旭思는 시신조차 제대로 보전하지 못한 모양이다."

석대전은 무거운 표정으로 입술을 다물고 있다가 들릴 듯 말 듯한 목소리로 중얼거렸다.

"모쪼록 숙부께서 불행한 일을 당하지 않으셔야 할 텐데."

아무리 차가워졌다고 해도 여리고 정 많은 천성을 완전히 버리진 않았는지, 석대전의 얼굴은 숙부의 안위를 걱정하는 조카의 그것이 되어 있었다.

"강하신 분이다. 별일 없으실 게다."

애써 담담한 목소리로 이렇게 말해 주었지만, 이 말이 그리 믿을 만하지 못하다는 점은 석대문 본인이 누구보다 잘 알고 있었다.

초조한 듯 한쪽 다리를 떨고 있던 석대전이 조바심 담긴 목소리로 물었다.

"우리도 손 놓고 있을 수만은 없는 일 아닙니까?"

석대문은 아무 대답 없이 자리에서 일어서서 창가를 물들인 햇살 안으로 걸어갔다.

"혈랑곡이라⋯⋯."

석대원은 창문 너머에 펼쳐진 세가의 아침 풍경 위로 의미 없는 시선을 얹으며, 몇 년 전부터 강호에 혈풍血風을 일으키고 다니는 정체 모를 집단의 이름을 나직이 뇌까려 보았다.

그들이 출몰한 자리는 폐허만 남았고, 그 폐허 위에 움직이는 것이라곤 황량하게 펄럭이는 혈랑기뿐이라고 했다. 그렇게 짓밟힌 문파의 수만 해도 이미 스물. 비록 북악北嶽과 남패南覇 같은 거대 세력이나 구파일방九派一幇 같은 유서 깊은 방회들은 포함되어 있지 않았지만, 그렇다고 해서 허무하게 짓밟힐 만큼 만만한 문파도 없었다.

그들의 정체는 과연 무엇일까?

대체 무슨 목적으로 이런 혈겁을 일으키고 다니는 것일까?

그리고 그들을 추적하다가 실종된 양무청은 지금 어떤 상황에 처해 있을까?

'손 놓고 있을 수만은 없지.'

석대전의 말이 옳았다. 이런 중대한 사안을 석대전 한 사람에게만 맡긴다는 것은 형으로서, 그리고 강호인들로부터 칭송받는 강동제일가의 가주로서 무책임한 일이었다. 하지만⋯⋯.

'어디서부터 시작해야 하나?'

창문을 통해 흘러들어 오는 아침 공기는 여전히 상쾌하건만, 생각에 골몰한 석대문은 그 상쾌함을 전혀 느끼지 못하고 있었다.

적심관積心館

(1)

사천의 북서쪽에 자리 잡은 청류산.

곤륜산맥昆崙山脈의 한 줄기를 이어받은 외산外山은 석회질이 많아 은은한 회백색을 머금은 토양과 주기적으로 찾아오는 우기로 인해 좀처럼 찾아보기 힘든 석림지대石林地帶를 이루고 있다. 하지만 외산의 산자락이 굽이쳐 낙일령落日嶺을 지나게 되면 화산 활동이 남아 있는 조산 지역이 광대하게 펼쳐져 있어 하늘을 올려다보기 힘들 정도로 울창한 밀림을 만날 수 있다. 이 밀림을 통과해야만 청류산의 진정한 웅장함이 담긴 내산內山으로 들어갈 수 있는 것이다.

이 지방 사람들은 외산과 내산을 경계 짓는 반경 이십 리에 달하는 그 밀림을 만수림萬獸林이라고 불렀다. 사납고 날랜 짐승들이 많다 하여 그런 이름이 붙은 것인데, 인간의 발길을 거부하는 것은 비단 짐승만이 아니었다. 지세 또한 이를 데 없이 험한 데다 장독瘴毒이 고인 늪지대가 곳곳에 도사린 탓에 밀림에 익숙한 사냥꾼이나 약초꾼도 마음을 단단히 먹지 않고선 쉽사리 들어가지 못하는 험지가 바로 만수림이었다.

초여름의 강렬한 햇살도 쉬 파고들지 못하는 만수림.

정오가 막 지난 시각이건만 숲은 황혼을 닮은 어스름한 그늘로 덮여 있었다.

"삼사형三師兄, 아직도 멀었나요?"

물방울이 계곡으로 떨어져 동글동글 부서지는 듯한 아름다운 목소리의 주인은 목소리만큼이나 아름다운 얼굴을 지닌 소녀였다. 하지만 그 아름다운 얼굴은 지금 처량하리만큼 일그러져 있었다.

붉은 방갓을 쓴 아름답고도 처량한 얼굴의 그 소녀가 바라보는 것은 몇 걸음 앞선 곳에서 큼직한 짐 보따리를 짊어지고 걸어가는 백의 청년의 뒷모습이었다. 그러나 청년은 소녀의 목소리를 듣고도 어깨를 한차례 움찔거렸을 뿐, 아무런 대꾸조차 하지 않았다.

소녀는 발그레한 볼을 실룩거리다가 백의 청년을 향해 조금 더 큰 목소리로 칭얼거렸다.

"배도 고프고 힘들어 죽겠어요. 적심관積心館이란 곳에 도착하려면 아직도 멀었나요?"

백의 청년은 그제야 걸음을 멈추고 소녀를 향해 고개를 돌렸다. 이십 대 중반쯤 됐을까? 오관이 단정하고 눈매에 귀티가 어려 일견하기에도 평범한 신분이 아닌 듯한 그 청년은, 짜증이 엷게 밴 눈길로 소녀의 얼굴을 물끄러미 바라보다가 고개를 툭

떨구더니 나직하게 한숨을 쉬었다.

소녀의 눈초리가 샐쭉해졌다.

"삼사형, 묻는 말엔 대답도 제대로 안 해 주면서 한숨은 왜 쉬는 거죠?"

백의 청년의 입술이 열리며 온화하지만 다소 책망 어린 목소리가 흘러나왔다.

"같은 얘기를 몇 번이나 해야 알아듣겠어? 아직 두 시진(한 시진은 지금의 두 시간)은 더 가야 한다니까."

소녀는 순순히 수긍하려 하지 않았다.

"그건 아까 얘기고요, 지금은 얼마나 남았냐고 묻잖아요."

백의 청년은 허리띠에 끼워 둔 베수건을 꺼내 이마를 문질렀다. 청년층에선 발군이라 할 수 있는 심후한 공력의 소유자인 그가 이 정도 날씨에 진땀을 흘릴 리는 없을 테고, 그냥 답답하고 짜증스러운 마음에 해 보는 짓일 터였다.

베수건을 다시 허리띠에 끼운 백의 청년이 아까보다 한결 부드러워진 목소리로 말을 꺼냈다.

"자, 보라고. 그 아까란 때가 지금으로부터 반 각(1각은 지금의 15분)도 채 지나지 않았잖아. 그러니 아직 두 시진이 고스란히 남은 셈이겠지?"

"그게 왜 두 시진이에요? 반 각을 빼야죠."

청년의 얼굴이 슬쩍 굳었다. 그것을 아는지 모르는지 소녀가 계속 쫑알거렸다.

"정확히 말하면 한 시진 삼 각하고 또 반 각이 남은 거네요. 그렇게 대답해 주면 되잖아요."

이번에는 베수건 생각도 나지 않는지 백의 청년은 손바닥으로 이마를 훔쳤다. 그러고는 고개를 끄덕였다.

"그래, 한 시진 삼 각하고 또 반 각이 남았다. 이제 됐느냐?"

"아뇨."

고개를 도리도리 흔든 소녀는 부근에 서 있던 아름드리나무에 등을 기대더니 미끄러지듯 주저앉았다.

"배가 고파서 더 이상은 걸을 수가 없어요. 여기서 뭐 좀 먹고 갈래요."

허락 따위는 애당초 받을 생각이 없었나 보다. 그렇게 자리 잡은 소녀는 가슴 앞으로 비끄러맨 작은 짐 보따리를 풀더니 그 안을 뒤적거리기 시작했다.

"산 아래에서 만난 사람들의 말을 못 들었어? 이 숲은 무척 위험하다고. 언제 어디서 뭐가 나올지 모른단 말이야."

청년이 사정 조로 말했지만 소녀는 들은 척도 않고 짐 보따리에서 꺼낸 주먹밥을 먹기 시작했다. 언제 꺼냈는지 분홍빛 앙증맞은 손수건으로 입술 가장자리를 닦아 가며 오물거리는 모습이 그렇게 태연해 보일 수 없었다.

청년은 팔짱을 단단히 낀 채 입술을 꾹 다물고 소녀를 째려보았다. 짐도 이런 짐은 없었다. 아니, 차라리 짐이면 줄로 묶어 끌고 갈 수나 있지. 이 처치 곤란한 밉상을 한동안 째려보다 보니 배 속까지 깔깔해지는 기분이었다.

'아! 내가 왜 이 골칫덩이를 데려왔을까?'

이 청년의 이름은 구양현歐陽賢. 강호 제일의 의가醫家에 태어나, 강호를 양분하는 두 세력 중 한 곳의 주인에게 발탁, 그 세 번째 제자가 된 범상치 않은 신분의 소유자였다. 그 범상치 않은 신분의 소유자가 오지라는 표현이 딱 들어맞는 울울창창한 밀림 한복판에서 떼쟁이 소녀를 앞에 두고 후회나 곱씹고 있다니!

─수고스럽겠지만 저 아이도 데려가거라. 사형을 따라 이 기회에 견문을 넓혀 보는 것도 나쁘진 않겠지. 부탁하마.

처음 그 말을 들었을 때, 구양현은 그저 하늘같은 사부의 입에서 '부탁하마.'라는 표현이 나왔다는 것만으로도 황송해 뒷일은 전혀 생각지 않고 "알겠습니다!"라며 넙죽 고개를 숙여 버렸다. 만일 그 뒤에 벌어질 일들, 예를 들면 표행기鏢行旗를 부러뜨린 소녀 때문에 얼굴이 벌게진 십자표국十字鏢局의 표두鏢頭들을 달래느라 애를 먹을 일이라든지, 삼협三峽을 구경하겠다는 쪽지 한 장을 남기고 객점에서 증발해 버린 소녀를 찾아 사흘 밤낮을 들개처럼 헤매고 다닐 일 등을 조금이라도 예상했다면, 아무리 사부를 존경하는 구양현이지만 주저하는 마음이 조금은 일지 않았을까?

그러고 보면 지금 구양현이 겪고 있는 모든 고난의 원인은 시금털털한 생김새에 어울리지 않게 촉새처럼 가벼운 주둥이를 지닌 대사형에게 있다고 할 터였다. 이번 순례에 관한 이야기를 '일생의 감동'이니 뭐니 하는 달콤한 말로 마구 부풀려 저 떼쟁이 사매에게 나불댄 장본인이 바로 그 작자였으니까.

'감동이라…….'

구양현은 고소를 지었다. 하기야 저 사매만 따라오지 않았다면 꽤나 감동적인 순례였을 테고, 대사형의 표현대로 그의 삶에 '일생의 감동'으로 자리 잡는 뜻깊은 행사가 되었을지도 모른다. 문제는, 사매가 따라왔다는 점이다. 그 바람에 감동이 들어앉을 여지는 초장부터 완전히 봉쇄되었고, 그 자리를 차지한 것은 천방지축 야생마 같은 계집애를 안내해 주고 보호해 주고 시중들어 줘야 한다는 막중한 의무였다. 하루 이틀도 아니고 자그마치 두 달씩이나!

'관두자. 생각하면 속만 상한다.'

구양현은 생김새만큼이나 순후한 사람이었다. 그는 눈을 질끈 감았다 뜨는 것으로 뒤숭숭해진 마음을 얼추 정리한 뒤 깔깔해진 배 속을 달랠 요량으로 짐 보따리에 매달아 둔 대나무 물통을 꺼냈다. 그때 소녀의 목소리가 들려왔다.

"삼사형, 물 남았어요?"

소녀는 나무에 등을 기대고 앉은 채 구양현을 올려다보면서 오른손에 든 자신의 물통을 거꾸로 흔들고 있었다. 마개가 열린 물통을 거꾸로 흔들어도 쏟아지는 것이 아무것도 없다면 그 물통은 이미 비어 있다는 뜻.

'해도 해도 너무하는구나.'

구양현은 지금 자신이 어떤 표정을 짓고 있을지가 궁금했다. 식수를 가려야 하는 지역이기에 아껴 마시라고 몇 번이나 주의를 주며 채워 준 물통을 반나절 만에 비워 놓고도 태연스레 남의 물통을 넘보고 있는 소녀. 호수처럼 크고 맑은 소녀의 눈이 이 순간만큼은 하루 두 번 마주친 거지의 것처럼 뻔뻔스러워 보였다.

그러나 달라면 줘야 했다. 소녀는 하늘같은 사부가 염통처럼 애지중지하는 손녀이기 때문이었다. 한 모금 마셔 보지도 못한 자신의 물통을 사부의 염통에게 고스란히 넘겨야 하는 구양현의 입맛은 소태라도 씹은 양 쓰기만 했다.

그런데 그때 구양현의 눈이 반짝 빛났다. 소녀가 기댄 나무 줄기를 타고 천천히 아래로 내려오는 얼룩덜룩한 줄 하나를 발견했기 때문이다.

'영청사映靑蛇?'

구양현은 당대 제일의 명의를 부친으로 둔 사람답게 뱀이나 벌레 따위에 관해 해박했다. 지금 나무를 타고 내려오는 저 얼룩덜룩한 줄의 정체는 크고 흉측하기만 할 뿐 독은 품지 않은 구렁이의 일종이었다. 이는 사람을 놀래게 할망정 위험하지는 않다는 의미였다.

구양현의 눈동자에 장난기가 어렸다.

"자, 받아."

구양현은 일부러 영청사가 내려오는 방향으로 대나무 물통을 내밀었다. 그의 꿍꿍이를 알 리 없는 소녀가 왼팔을 냉큼 내밀어 물통을 받으려 했다. 조각한 것처럼 고운 손가락이 물통에 닿은 것과 옥지玉脂로 뭉친 것처럼 매끄러운 팔뚝이 영청사에 닿은 것, 어느 쪽이 먼저인지는 알 수 없었다.

"응?"

소녀는 잠시 멍한 눈으로 자신의 팔뚝을 천천히 감아 오는 얼룩덜룩한 줄을 바라보았다. 다음 순간, 그녀의 입에선 믿어지지 않을 만큼 커다란 비명이 튀어나왔다.

"꺄악!"

비명만 지르기엔 팔뚝에 밀착된 파충류의 감촉이 너무 징그러웠던 것일까? 소녀는 펄쩍 뛰듯 몸을 일으키며 왼팔을 마구 휘저었다. 그녀의 팔뚝에 동체를 단단히 감지 못한 영청사가 그 서슬에 허공으로 날아오르는데, 그 위로 시퍼런 빛의 파편들이 쏟아졌다.

파파팍!

죄라고는 모진 인간들을 만난 것밖에 없는 가련한 영청사는 십여 토막으로 잘린 채 땅바닥에 후드득 떨어졌다. 토끼처럼 놀란 눈을 하고 온몸을 와들와들 떨고 있는 소녀의 오른손엔 우웃

빛 신기가 감도는 단검 한 자루가 들려 있었다.

구양현은 조금 놀란 눈으로 소녀를 바라보았다.

'고집만 부릴 줄 아는 말괄량이인 줄 알았더니 검법 수련도 제법 열심히 한 모양인걸.'

소녀가 영청사를 난도질한 검법은 일견 마구잡이식 같지만 그 안에는 정연한 질서와 오묘한 조화가 담겨 있었다. 주작대朱雀臺의 암호랑이 절검선자絶劍仙子가 소녀를 가르치는 데 열과 성을 다했다더니, 그 노고가 아주 소용없진 않은 듯했다.

영청사를 난도질한 뒤에도 한동안 놀란 가슴을 진정시키지 못해 몸을 떨던 소녀는 돌연 아미를 한껏 치켜 올리며 구양현을 노려보았다. 자신이 방금 겪은 고약한 사건이 구양현의 암묵적인 동의하에 이루어졌다는 사실을 그제야 눈치챈 모양이다.

"삼사형!"

뾰족한 교갈을 터뜨리는 소녀. 구양현은 자신도 몹시 놀랐다는 양 만면에 걱정스러운 기색을 띠며 재빨리 말했다.

"큰일 날 뻔했군. 다친 데는 없어?"

하지만 눈가에 떠오른 웃음기를 완전히 감추지는 못했으니, 이런 종류의 장난에 익숙지 못한 귀공자의 한계였다.

소녀는 뿌드득 소리 나게 이를 갈다가 다시 한 번 구양현의 만행을 질타하려 입을 벌렸다. 구양현의 눈가에 떠오른 웃음기가 씻은 듯 사라진 것은 바로 그때였다.

"삼사형이 내게 어떻게 이럴 수가……."

"쉿!"

소녀의 질타는 구양현의 낮은 경호성에 의해 허리가 뚝 잘리고 말았다. 소녀는 커다란 두 눈을 실처럼 가늘게 접어 구양현을 바라보았다. 이번엔 또 무슨 수작인지 알아내려는 듯이.

그러나 이번만큼은 장난이 아니었다. 허리를 곧게 세운 구양현은 주위를 둘러보며 크게 외쳤다.

"그만 나오시지!"

심후한 내력이 담긴 구양현의 외침은 만수림을 뒤흔들었고, 이에 놀란 날짐승들이 하늘로 푸드덕푸드덕 날아올랐다. 그리고…….

"으하하! 이제야 우리를 발견하신 모양이군!"

구양현의 외침에 화답하기라도 하듯 밀림 어디선가 음침한 웃음소리가 울려 나왔다.

'공곡향성술空谷響聲術?'

구양현은 미간을 찌푸렸다. 공곡향성술이란 내공으로써 말소리를 분산시켜 진원지를 파악하기 힘들게 하는 고명한 공부였다. 그런 공부를 태연스레 시전한다는 것은 암중인暗中人의 내력이 결코 만만치 않다는 증거. 청류산 일대를 터전으로 삼는 녹림도綠林徒의 출현쯤으로 여기던 구양현으로선 다시 한 번 경각심을 불러일으키지 않을 수 없었다.

"사형, 누, 누구죠?"

얼굴이 하얘진 소녀가 구양현의 넓은 등 뒤로 몸을 웅크리며 물었다. 그럴 만도 한 것이, 싸움이라고는 져 주기나 일삼는 줏대 없는 동년배들과 벌인 목검 대련이 전부인 소녀로서는 생전처음 당하는 돌발적인 사태에 두려움을 느낄 수밖에 없을 터였다. 이런 소녀에게 도움을 바라기란 기대하기 힘든 일이었다. 물론 도움을 바랄 생각도 없지만.

구양현은 짐 보따리 위에 끼워 놓은 삼 척 철검을 뽑았다.

차앙!

맑은 검명劍鳴과 함께 정강검精剛劍의 시퍼런 검날이 검집으로부터 시원스럽게 뽑혀 나왔다. 모름지기 강호의 밥을 먹는 자라면 애병을 손에 쥔 이상 무인으로서의 면모를 갖춰야 하는 법. 철검을 가슴 앞으로 돌려 중단을 비스듬히 취한 구양현은 청년 영웅에 걸맞은 호방한 기파를 활활 뿜어내고 있었다.

"어떤 친구인지는 모르겠지만 설마 얼굴 없는 귀신은 아니겠지?"

구양현의 목소리가 또 한 번 밀림 속으로 울려 퍼졌다. 다음 순간.

우오오오-!

길게 이어지는 야수의 울음소리가 만수림의 수풀들을 일제히 진동시켰다. 마치 수백 마리의 늑대들이 일제히 울부짖는 듯, 사위가 한순간에 흉맹한 울음소리로 갇혀 버렸다. 구양현은 등 뒤에 웅크리고 있던 소녀가 자지러질 듯 놀라는 기색을 느낄 수 있었다. 어리고 경험 없는 사매를 다독이기 위해 그가 뭐라 말 하려 할 때…….

쐐액!

동쪽의 우거진 덩굴들을 뚫고 길쭉한 철창 하나가 쏜살같이 날아와 구양현의 발치에 꽂혔다. 철창의 끄트머리에 달린 것은 커다란 백색 비단 위에 붉은 늑대의 머리가 그려진 깃발이었다. 어찌나 생생하게 그려졌는지 당장이라도 이빨을 드러내며 비단 폭 밖으로 뛰쳐나올 것 같았다.

구양현의 입술 사이로 신음 같은 한마디가 흘러나왔다.

"혈랑기……."

실제로 대하기는 이번이 처음이지만 구양현은 저 깃발에 붙어 다니는 불길하기 짝이 없는 이름을 금세 알아차릴 수 있었다. 몇 년 사이 얼마나 많은 목숨들이 저 깃발 아래 희생되었던가.

"혈랑기를 안다면 그 무서움도 알겠지?"

음침한 목소리와 함께 구양현의 전면으로 십여 개의 인영들이 떨어져 내렸다. 붉은 복면에 붉은 장포, 신고 있는 신발까지도 붉은색 일색인 괴한들이었다. 그중 하나는 특이하게도 천으로 된 복면 대신 나무로 조각한 붉은 늑대 탈을 얼굴에 뒤집어쓰고 있었다. 아마도 우두머리인 듯.

과연 늑대 탈의 괴한이 한 발짝 앞으로 나서며 말했다.

"일야참구룡—夜斬九龍의 명성은 오래전부터 들어 왔지. 하지만 지렁이 몇 마리 때려잡은 재주로 이 자리를 벗어날 생각은 버리는 것이 좋을 게다."

아까 공곡향성술을 통해 들은 바 있는 바로 그 음침한 목소리였다.

'나를 안다?'

늑대 탈 괴한의 말은 구양현의 얼굴을 굳어지게 만들었다.

일야참구룡이란 바로 구양현의 별호. 삼 년 전, 구양현은 제하齊河에서 악명을 떨치던 구룡채九龍寨란 수적 집단을 휘하 무사 십여 명만을 데리고 토벌한 일이 있었다. 당시 아홉 마리의 용을 자처하던 구룡채 아홉 채주들 중 대부분이 그의 철검 아래 고혼이 되었고, 그 무용담이 강호에 알려진 뒤로 그의 별호는 '하룻밤에 아홉 용을 참한 자', 즉 일야참구룡이 되었다.

"나를 아는 것을 보니 감히 신무전神武殿을 상대로 시비를 걸 생각인 모양이군."

구양현이 냉랭하게 말하자 늑대 탈 괴한은 다소 왜소해 보이는 어깨를 들썩이며 음소를 흘렸다.

"흐흐, 남들은 신무전의 소蘇 늙은이를 신처럼 떠받드는지 모르지만, 우리 혈랑곡은 그런 허명에 눈 하나 깜짝하지 않는다. 순순히 검을 버리고 투항하면 목숨만은 붙여 주마."

귀로는 늑대 탈 괴한의 말을 들으면서도 구양현의 머리는 최선의 대응책을 궁리하기 위해 빠르게 회전하고 있었다. 그는 젊은 층에선 신무전이 있는 산동山東만이 아니라 중원 전체를 통틀어도 손꼽힐 만한 기재였다. 무학에 대한 높은 이해와 수련에 임하는 진지한 태도는 사부의 높은 가르침을 소화하기에 부족함이 없었다. 그러나 그의 진정한 장점은 신중함이었다. 그것은 의가 대대로 이어져 온, 배움 이전의 천품이라고 할 수 있었다.

'이자들을 상대로 내 한 몸을 지키기란 그리 어려운 일이 아니다. 하지만 사매까지 보호하기란 쉬운 일이 아니군.'

구양현이 이런 생각을 하고 있을 때, 늑대 탈의 괴한이 자신만만한 목소리로 물었다.

"죽겠느냐, 살겠느냐?"

구양현은 코웃음을 쳤다.

"어림없는 수작! 혈랑곡이 뭐 하는 놈들의 소굴인지는 모르지만, 신무전의 제자가 그렇게 호락호락할 줄 알았다면 큰 오산이다!"

그와 동시에 구양현은 왼손을 등 뒤로 돌려 소녀의 손바닥에 몇 글자를 쓰고 있었다. 입으로는 늑대 탈 괴한에게 대꾸하면서 손으로는 소녀의 손바닥에 전혀 다른 내용의 글을 쓰는 분심양용分心兩用의 재주는 그가 신무전의 군사軍師 운소유蕓疏有로부터 배운 몇 가지 잡학 중 하나였다. 도둑질 빼곤 뭐든지 배워 두는 게 좋다는 운소유의 지론이 바야흐로 빛을 발하는 대목이었다.

구양현의 호기로운 대답에 괴한은 늑대 탈의 큼직한 눈구멍 속으로 잔인한 살기를 떠올렸다.

"네 하는 짓을 일컬어 필부의 만용이라고 하지. 뭐, 상관없다. 바라는 대로 해 주면 그만이니까."

늑대 탈 괴한은 붉은 장포의 넓은 소매 안에서 왼손을 꺼냈다. 볕에 그을린 구릿빛 팔뚝이 천천히 드러났다. 그 팔뚝에 묶인 것은 거무튀튀한 가죽으로 만든 도집인데 칼날을 담는 부분의 길이가 한 자가 채 안 돼 보였다.

그 도집을 유심히 바라보던 구양현의 눈 속으로 이채가 스쳤다.

'귀신 문양?'

괴한의 팔뚝에 묶인 도집에는 지옥에서 튀어나온 듯 흉측한 귀신의 얼굴이 은사銀絲로 장식되어 있었던 것이다.

단도라 불러도 무방한 짧은 칼과 도집에 새겨진 귀신 문양. 그것은 오래전 산서山西 지방을 횡행하던 한 흑도인을 상징하고 있었다.

강호 견문에 밝은 구양현의 둘째 사형은 그자의 도법이 바람처럼 빠르고 악귀처럼 잔인하다고 평했다. 그자의 출신은 과거 구파일방의 한자리를 차지하다가 이제는 거의 유명무실화된 화산파華山派. 세도가 기울어진 화산파를 뛰쳐나와 사파의 길을 걷는 그자는, 역시 화산파 출신이자 화산파를 등지고 타문他門에 투신한 고검孤劍 제갈휘諸葛輝에게 쫓겨 강호에서 모습을 감추었다고 했다. 그런데 놀랍게도 지금 이 궁벽한 오지에 다시 모습을 드러낸 것이다.

만일 저 늑대 탈 괴한의 정체가 정말로 그 흑도인이라면 쉬 상대할 수 있다고 장담하기 힘든 상황이었다. 더구나 적에게는 조력자가, 자신에게는 짐이 있는 마당이라면…….

구양현의 눈빛이 순간적으로 매서워졌다.

"애들아, 사내놈은 해치우고 계집은 사로잡…… 엇!"

수하들에게 득의에 찬 지시를 내리던 늑대 탈 괴한이 경호성을 터뜨렸다. 그의 지시가 채 끝나기도 전에 구양현이 발치에 꽂혀 있던 혈랑기를 힘껏 걷어찬 것이다.

혈랑기는 시위를 떠난 화살처럼 빠르게 허공을 갈랐다. 늑대 탈 괴한은 급히 다리를 놀려 날아오는 혈랑기를 피했지만, 바로 뒤에 서 있던 복면인은 "컥!" 하는 비명과 함께 혈랑기를 가슴에 꽂은 채 뒤로 넘어졌다.

소란은 그게 전부가 아니었다.

"크윽!"

"막아라!"

혈랑기를 걷어참과 동시에 우측으로 몸을 날린 구양현은 오른손의 철검으로 눈부신 검화劍花를 줄기줄기 피워 올리며 복면인들을 도륙하고 있었다.

"사매, 어서 뛰어!"

후생後生답지 않은 노련한 기습으로 적의 예봉을 꺾고 진형을 어지럽히는 데 성공한 구양현은, 아직도 상황을 파악하지 못하고 그 자리에 우두커니 서 있는 소녀를 향해 고함을 질렀다. 소녀는 퍼뜩 정신을 차린 듯 몸을 돌려 달리기 시작했다.

"어딜 달아나겠다고!"

늑대 탈 괴한이 노호를 터뜨리며 달아나는 소녀를 향해 몸을 날렸다. 붉은 장포를 펄럭이며 허공을 날아가는 그의 신법은 비조를 연상케 할 만큼 날렵해 보였다. 그러나 구양현의 철검이 그 날렵한 신법의 발목을 잡았다.

"네 상대는 나다!"

취이잇!

신무전주의 직계 제자만이 익힐 수 있다는 감천십이세感天
十二勢의 웅혼한 검력劍力이 구렁이처럼 똬리를 틀며 늑대 탈 괴
한의 하체를 휩쓸어 갔다. 늑대 탈 괴한은 이 검력으로부터 벗
어나기 위해 허공에서 세 차례나 신법을 바꿔야만 했다.

"애송이가 하늘 높은 줄 모르는구나!"

늑대 탈 괴한은 땅에 한쪽 발바닥을 붙이기가 무섭게 재차 허
공으로 솟구치며 구양현을 덮쳐 왔다. 어느 틈에 뽑아 든 것일
까. 그의 오른손에는 날 끝이 기묘하게 휘어진 한 자 길이의 단
도가 숲 그늘을 뚫고 들어온 햇빛에 반사되어 사이한 요기를 번
득거리고 있었다.

"오라!"

하지만 사매가 이 자리에 없다는 한 가지 사실만으로도 큰 부
담을 덜어 낸 구양현이었다. 구양현은 양손으로 모아 쥔 철검을
천주부동天柱不動의 굳건한 자세로 곧추세우며 허공을 날아오는
늑대 탈 괴한을 맞이했다.

(2)

'이게 대체 무슨 날벼락이람!'

소녀는 정신없이 달리면서도 방금 전 그녀와 그녀의 사형에
게 닥친 일을 실감할 수 없었다.

소녀의 할아버지이자 신무전의 주인인 신무대종神武大宗 소철
蘇喆이라고 하면 구파일방의 장문인掌門人들에게조차 윗자리를
양보받아 마땅한 강북 강호의 지배자요, 천하 무림의 거목이
었다. 표행기를 잃고서 멧돼지처럼 씩씩거리던 십자표국의 표
두들도 그녀가 신무전주의 손녀임을 알자 끽 소리도 못 하고

얼굴만 붉히지 않았던가. 그런데 소 늙은이라니? 허명이라니? 그런 불경스러운 말을 감히 입에 담는 무리가 천하에 존재한다는 사실은, 이날 이때까지 할아버지를 신처럼 여기고 살아온 그녀에게 있어서는 말 그대로 날벼락 같은 충격일 수밖에 없었다.

그러나 그것이 엄연한 현실이었다. 현실이기 때문에 생전 처음 와 보는 밀림 속을 이토록 정신없이 달리고 있는 것이 아닌가!

그렇게 이 각쯤 달렸을까?

더 이상은 죽어도 못 뛰겠다는 생각이 소녀의 머릿속으로 떠오를 무렵, 끝이 없을 것만 같던 밀림이 거짓말처럼 끝났다.

밀림을 통과했다고 생각하자 긴장이 한순간에 풀렸다. 한계점을 일찌감치 넘어선 육신이 기다렸다는 듯이 비명을 질러 대기 시작했다. 소녀는 밀림이 끝나는 지점에서 잠시 휘청거리다가 땅바닥에 털썩 주저앉았다. 아무렇게나 벌린 다리며 축 처진 어깨가 물먹은 솜처럼 후줄근해 보였다. 하지만 숙녀답게 고쳐 앉아야겠다는 생각 따위는 떠오르지도 않았다. 죽은 사람처럼 고개를 푹 꺾은 채, 걸쭉한 침까지 질질 흘리며, 가쁜 숨을 몰아쉴 뿐이었다.

호흡이 어느 정도 진정되자 전장에 홀로 남아 있을 삼사형에게 생각이 미쳤다.

소녀는 고개를 돌려 자신이 지나온 밀림을 바라보았다. 그곳은 거대한 초록색 괴물처럼 삼사형과 괴한들 모두를 집어삼킨 채 아무 일도 없었다는 듯 시치미를 떼고 있었다.

'어떻게 되었을까?'

삼사형의 무공이 자신의 것과 비교할 수 없을 만큼 뛰어나다는 사실은 그녀 본인도 잘 알고 있지만, 그것만으로 낙관하고 있기엔 괴한이 뒤집어쓴 늑대 탈이 너무 흉악해 보였다.

불현듯 자책감이 일어났다. 사형을 사지에 팽개친 채 혼자만 살겠다고 도망쳐 왔다는 자책감. 그러나 냉정히 생각해 보면 그녀가 자책할 필요는 없었다. 그녀가 주작대의 절검선자로부터 배운 검법은 독 없는 구렁이나 베기에 딱 알맞은 겉치레에 불과했다. 그런 검법을 가지고 혈우성풍血雨腥風 난무하는 전장에 뛰어들었다간, 배운 초식 하나 제대로 전개해 보지 못한 채 처녀 귀신이 되기 십상인 것이다.

갖가지 상상들이 소녀의 머릿속을 괴롭혔다. 삼사형과 관련된 그것들 중 대부분은 그녀의 여린 목덜미 위로 소름을 돋게 만들 만큼 불길한 것들이었다.

"아냐!"

소녀는 머리를 세차게 흔들었다.

"착한 사람은 복을 받는댔어. 사형은 착하니까 괜찮을 거야."

맥락 없는 소망이라도 좋았다. 불길한 상상에 빠져 절망하는 것보다는 나을 테니까.

소녀는 자리에서 일어섰다. 목에 끈으로 묶어 두었던 분홍빛 방갓이 어디론가 날아가 버렸다는 사실을 깨달은 것은 그 무렵이었다. 그러고 보니 몰골이 말이 아니었다. 뾰족한 나뭇가지에 긁힌 듯 소맷자락은 길게 찢어져 나풀거렸고, 목련을 수놓은 당혜唐鞋도 한 짝은 어디 가고 한 짝만 남아 있었다.

"꼴좋구나. 이래서 시집이나 가겠니?"

스스로에게 투덜거린 소녀는 앞으로 걸어가기 시작했다. 그러면서 아까 삼사형이 자신의 손바닥에 써 준 글귀를 떠올렸다.

가던 방향으로 계속 달리면 적심관이 나온다. 그곳에서 만나자.

적심관은 이번 순례의 최종 목적지이기도 했다. 마음을 쌓는 집. 혹은 마음이 쌓이는 집. 그 마음은 대체 어떤 마음일까?

소녀는 삼사형이 지금껏 그녀에게 한 약속을 지키지 않은 적이 있었는지를 되새겨 보았다. 없는 것 같았다. 삼사형은 그녀와의 약속만이 아니라 모든 사람과의 약속을 지키려고 노력하는 성실한 사람이었다. 갑자기 삼사형이 보고 싶어졌다. 든 자리는 몰라도 난 자리는 안다더니만, 과연 사람이란 곁에서 없어져 봐야 진가를 알게 되는 모양이었다.

소녀의 발걸음이 빨라지기 시작했다.

소녀가 적심관의 자취를 찾은 것은 그로부터 반 시진쯤 지난 뒤의 일이었다.

비탈진 산길이 부쩍 완만해지는가 싶더니 의아할 정도로 넓은 공지가 소녀의 눈앞에 펼쳐졌다. 그리고 공지 한쪽 구석엔 비록 낡긴 했지만 사람의 손을 거친 게 분명한 석비 하나가 동그마니 서 있었다.

소녀는 석비 쪽으로 걸음을 옮겼다.

적공수심積功修心

석비에는 공덕을 쌓음으로써 마음을 닦는다는 문구가 새겨져 있었다. 푸른 돌이끼에 온통 뒤덮였고 글자의 여기저기가 깨어져 있어 한눈에도 오랜 풍상에 시달렸음을 알 수 있었다. 하지만 소녀에겐 이 초라한 석비가 그렇게 반가울 수 없었다.

석비의 오른쪽으로는 인공인지 천연인지 분간하기 힘든 좁다란 오솔길이 나 있었다. 소녀는 그 오솔길을 따라 올라가기 시작했다. 이십여 장쯤 올라가니 높다란 암벽을 등지고 선 낡은 도관道觀 한 채가 보였다.

'저기가 대사형이 말하던 그 적심관인가?'

소녀는 도관 쪽으로 다가갔다.

쨍쨍한 햇살 아래에서도 도관은 귀신이 튀어나올 것처럼 을씨년스러워 보였다. 이끼마저 말라 버린 추녀는 금방이라도 폭삭 무너질 것 같았고, 지붕에 얹힌 검붉은 기와는 성한 놈보다 깨진 놈이 훨씬 많아 보였다. 기둥과 들보에 칠해 놓은 단청 또한 벗겨지고 빛바래 본래의 색깔을 짐작할 수 없으니, 이 도관에 사람의 손길이 오랫동안 미치지 않았음을 쉽게 짐작할 수 있었다.

'이런 폐가를 두고, 뭐? 보는 것만으로도 선장仙長의 위대한 자취를 느낄 수 있다고?'

소녀는 대사형의 허풍에 치를 떨었다. 곁에 있다면 텁수룩한 구레나룻을 몽땅 잡아 뽑고 싶었다.

그때 도관 뒤편에서 졸졸거리는 물소리가 들렸다. 그리고 보니 갈증을 느낀 지가 한참이었다. 목이 말라 삼사형에게 물을 달랬다가, 징그러운 뱀과 더 징그러운 늑대 탈이 출현하는 바람에 여기까지 도망쳐 온 것이다. 잊고 있던 갈증이 물소리에 실려 급속도로 밀려오고 있었다. 소녀는 삼사형에 대한 걱정과 대사형에 대한 분노를 모두 접어 둔 채 물소리를 따라 걸음을 옮겼다.

물은 소녀의 갈증을 충분히 달래 줄 만큼 많고도 깨끗했다. 암벽으로부터 떨어진 맑은 물줄기가 단단한 바닥에 고여 작은 샘을 이루고 있었다. 이 도관에 살던 선장도 과거 이 샘물로 갈증을 달랬을 것이다. 선장의 큰 자취는 느끼지 못했지만 선장의 샘물만큼은 마실 수 있다는 생각이 소녀의 철없는 마음을 설레게 만들었다.

그러나 가련하게도 소녀는 선장의 샘물에 입술조차 댈 수 없었다. 물을 마시려 엎드리던 그녀의 시선에 거울처럼 맑은 수면에 반사된 붉은 그림자가 들어왔기 때문이다.

"여기서 기다리길 잘했지. 우 형禹兄이 팔짝팔짝 뛰는 모습이 눈에 선하군."

이 목소리는 눈앞의 샘물처럼 맑고 깨끗해서 만일 다른 곳, 예를 들면 공연장이나 연회장에서 들었다면 여인들의 마음을 사로잡기에 충분했을 것이다. 하지만 소녀는 그 맑고 깨끗한 목소리로부터 두려움과 절망을 느꼈다. 그녀는 발작하듯 몸을 세우며 허리춤의 단검을 뽑았다.

샘물을 사이에 두고 서 있는 세 명의 적포인. 한 명은 예의 소름 끼치는 늑대 탈을 뒤집어쓰고 있었고, 나머지 두 명은 붉은 복면을 쓴 채 늑대 탈 괴한의 뒤에 시립해 있었다.

"아가씨의 방명이 소소蘇蘇, 천하에 이름 높은 신무대종의 영손이 분명하시오?"

늑대 탈 괴한의 주둥이 부분으로부터 매끄러운 목소리가 흘러나왔다. 그 목소리를 들은 소녀, 소소는 부르르 진저리를 친 다음 샘물 건너 적포인들을 향해 앙칼지게 외쳤다.

"당신들은 왜 죄 없는 사람을 핍박하는 거죠?"

소소의 외침에 세 적포인들은 약속이나 한 것처럼 대소를 터뜨렸다. 소소는 적포인들의 눈구멍 속으로 떠오르는 탐욕스러운 시선을 전신으로 느낄 수 있었다. 그것은 사춘기 소녀들이라면 본능적으로 알 수 있는 짐승의 눈, 정확히 말해 암컷을 바라보는 수컷의 눈이었다. 그녀는 자신도 모르게 한 발짝 물러섰다.

"쩝, 소문대로 그냥 데려가기 아까운 미색이군. 하지만 상부의 명령이 지엄하니 어쩔 수 없지. 얘들아, 조심스럽게 모셔라."

늑대 탈 괴한은 먹지 못할 진미를 앞둔 미식가처럼 아쉬운 입맛을 다시며 수하들에게 지시를 내렸다.

"분부를 따르겠습니다. 헤헤!"

시립해 있던 두 명의 복면 적포인들이 음충스러운 웃음을 연신 흘리며 샘물을 양쪽으로 돌아 소소에게 접근했다. 좌측에서 다가오는 복면인은 작달막하고 뚱뚱했는데 오른손에 푸른빛이 번들거리는 강편鋼鞭을 들고 있었다. 반면 우측에서 다가오는 복면인은 홀쭉한 체격인데 두 손바닥이 먹물에라도 담갔다 뺀 것처럼 시커먼 빛으로 번들거리고 있었다.

신무전의 금지옥엽으로 태어나 단 한 번도 이런 지독한 경우를 당한 적이 없는 소소는 두려움으로 정신이 아득해지는 것을 느꼈다.

'침착하자. 침착하자, 소소야.'

소소는 입술을 질끈 깨물고 오른손의 검을 야무지게 움켜잡았다. 그녀가 사사한 절검선자의 만화검법萬花劍法은 강호일절이라는 칭송을 수없이 받았던 난공難功이요, 절학絕學이었다. 비록 그 오의의 절반도 깨우치지 못한 그녀지만, 어쨌거나 지금 이 마당에 믿을 것은 그것뿐이었다.

"쯧쯧, 그런 위험한 장난감을 가지고 놀다 고운 몸에 상처라도 생기면 어쩌려고 그러시나?"

비릿한 조소와 함께 홀쭉한 복면인이 오른손을 쭉 내뻗어 소소의 우측 상반신을 공격해 왔다. 탄내를 닮은 맵싸한 냄새를 풍기는 다섯 개의 시커먼 손가락이 그녀의 왼쪽 어깨를 빠르게 찍어 왔다.

"악!"

비록 마음을 단단히 먹고 있었지만 비명이 터져 나오는 것을 막을 수는 없었다. 소소는 황급히 뒷걸음질을 치며 시커먼 손가락의 공세로부터 몸을 빼냈다. 휘청거리는 신형을 바로잡기 위해 금계독립金鷄獨立의 재주를 발휘한 그녀는 그 회전력에 수중의 검을 실어 힘차게 내질렀다. 곡선의 우아한 검로劍路가 한순간에 곧게 펴지는 이 초식은 만화검법 중에서도 난풍불류화暖風拂柳花라고 이름 붙인 수법이었다.

예상외로 날카로운 반격에 홀쭉한 복면인은 흠칫 놀랐지만, 소소를 향해 내뻗은 오른손을 물리지는 않았다. 손바닥과 손가락이 시커멓다는 것은 모종의 사이한 방편을 통해 외문의 기공을 수련했다는 뜻. 일단 그런 기공을 완성시킨 뒤에는 도검의 예리함을 두려워하지 않게 되는 것이다.

그러나 홀쭉한 복면인은 한 가지 사실을 간과하고 있었다. 모름지기 신무전주의 손녀라면 금석을 두부처럼 자르는 보검 하나쯤 지녔다 해도 그리 이상할 것이 없다는 사실을.

푹!

섬뜩한 음향과 함께 홀쭉한 복면인의 오른손 장심으로 소소의 검이 두 치가량 파고들었다. 홀쭉한 복면인은 벼락이라도 맞은 것처럼 그 자리에서 펄쩍 뛰어올랐다.

"끄아악!"

복면인이 얼굴에 뒤집어쓴 붉은 천의 입 부분이 내부로부터 터져 나온 커다란 비명에 둥글게 부풀어 올랐다. 촘촘한 천 구

멍을 뚫고 밖으로 꾸역꾸역 뿜어 나온 것은 침도 아니고 피도
아닌 희붐그레한 분무였다. 그 광경이 얼마나 끔찍했던지 소소
는 뻗은 검을 회수할 생각도 하지 못하고 전신을 부르르 떨고
말았다. 하기야 그녀가 어찌 알겠는가. 사이한 공력이 흩어질
때 필연적으로 지불해야 하는 대가를, 그 무시무시한 고통을.

"요것이 감히!"

동료의 좌절에 분노한 땅딸한 복면인이 노호를 터뜨리며 소
소를 덮쳐 왔다.

부─웅─.

곤봉처럼 생긴 묵직한 강편이 무지막지한 파공성을 매단 채
소소의 상반신을 휩쓸었다. 하지만 그녀는 이미 칠성둔형七星遁
形의 보법步法으로 자리를 피한 뒤였다. 애꿎은 허공만 후려친
땅딸한 복면인은 여세를 제대로 갈무리하지 못하고 그녀가 서
있던 자리에서 한 바퀴 맴을 돌았다.

'이자들의 무공은 나보다 높지 않아.'

이제 소소는 어느 정도 자신감을 가질 수 있었다. 잠깐 사이
에 적당 하나를 폐인으로 만들었다는 우쭐함에 그녀의 목은 금
방 빳빳해졌다. 싸움에 임한 자에게 있어 자신감처럼 좋은 보약
이 또 있을까?

"이얍!"

소소는 앙칼진 기합을 토하며 쌍접롱작약雙蝶弄芍藥의 현란한
검초로 땅딸한 복면인의 면문面門을 공격해 들어갔다. 땅딸한
복면인은 꿍, 하고 거센 콧소리를 내며 강편을 어지럽게 휘저어
그녀의 공격을 막으려 했다.

땅! 따다당!

두 자루 병기를 사이에 두고 맑은 금속성이 몇 차례 울렸다.

금속성이 울릴 때마다 복면인의 손에 들린 강편은 점점 짧아져 갔다. 소소의 보검에 의해 조금씩 잘려 나간 탓이다.

"이런 빌어먹을!"

강편의 길이가 한 자도 채 안 남게 되자 땅딸한 복면인은 험한 소리를 지껄이며 허겁지겁 뒤로 물러났다. 그때 샘물 건너편에 서 있던 늑대 탈 괴한으로부터 준열한 호통이 들려왔다.

"눈뜬 봉사 같은 녀석! 동료가 당하는 모습을 뻔히 지켜보고도 모르겠느냐? 저 물건은 필시 신기보神機堡의 유리검琉璃劍일 게다."

늑대 탈 괴한은 소소가 가진 검의 내력을 정확히 파악하고 있었다. 유리검은 그녀가 작년 생일에 대사형의 둘도 없는 지기인 신기보의 젊은 주인 왕민王旻으로부터 받은 선물이었다. 다루기 쉬운 길이와 부담 없는 무게가 여자에게 매우 적합한 데다 단단하고 예리하기는 다른 보검에 전혀 뒤지지 않았으니, 만천하의 여협이라면 이 유리검을 탐내지 않는 이가 없을 지경이었다.

적당의 괴수가 자신의 애검을 칭찬하자 소소의 우쭐함은 한층 더해졌다. 그녀는 콧대를 하늘로 세운 채 오만하게 말했다.

"이 유리검이 어떤 물건인 줄 알았다면 썩 물러가세요. 난 사람을 다치게 하고 싶지 않아요."

소소로 인해 상관에게 꾸지람을 들은 사실이 못내 분한 땅딸한 복면인에게 그녀의 이 말은 기름을 끼얹는 역할을 했다.

"흥! 어린년이 보검 한 자루를 믿고 너무 으스대는군."

땅딸한 복면인은 무용지물이 된 강편을 휙 집어 던지더니 뒤춤에서 단봉短棒 한 자루를 꺼내 들었다. 표면에 붉은 칠을 두껍게 입힌 탓에 재질을 파악하기 힘들다는 것 외에는 그다지 특이

한 점을 찾아볼 수 없는 평범한 단봉이었다.

'긴 막대기로도 안 되는 걸 짧은 막대기로 해 보려고? 어림없는 수작이지.'

소소는 내심 코웃음을 치며 땅딸한 복면인이 다가오기를 기다렸다.

"소 영감쟁이가 못 가르친 버르장머리를 오늘 이 어르신께서 가르쳐 주마!"

땅딸한 복면인은 붉은 단봉을 아래위로 어지러이 휘두르면서 소소에게 달려들었다. 소소는 유리검으로 전방을 단단히 보호하며 두어 발짝 뒷걸음질을 치다가 어느 순간 입술을 꼭 깨물며 한 걸음 크게 내디뎠다. 땅딸한 복면인을 향해 휘어지듯이 뻗어 나가는 검초는 첫 번째 적을 물리치는 데 큰 공을 세운 난풍불류화의 수법이었다.

펑!

검과 단봉이 부딪쳤는데 어처구니없게 폭음이 터져 나왔다. 그와 함께 소소의 주위로 녹황색 연기가 뭉클뭉클 피어올랐다.

"됐다!"

땅딸한 복면인은 소매로 복면의 입 부분을 가리고 재빨리 물러났지만, 강호 경험이라곤 전무하다고 해도 무방한 신무전주의 영손은 아무 영문도 모른 채 몸 주위를 맴도는 녹황색 연기를 멀뚱멀뚱 바라보기만 할 따름이었다.

그 죄과는 금방 드러났다.

"어?"

어느 순간 소소는 주변의 경물이 구불구불 휘어지는 것을 느꼈다. 문득 '강호도상에는 악랄하고 간교한 수단들이 수도 없이 많은데 그중에서도 각별히 주의를 기울여야 하는 것은 인간의 신지를 어지럽히는 약물들'이라는 둘째 사형의 충고가 떠올랐다. 잘생기고 아는 것도 많은 둘째 사형의 말을 왜 진작 마음에 새기지 않았을까 후회가 되었지만, 때는 이미 늦었다.

"이런…… 나쁜 놈……."

이 말을 끝으로 소소는 유리검을 바닥에 떨군 채 뒤로 벌렁 넘어졌다.

"으헤헤! 사나운 암고양이를 잡는 덴 이 방법이 최고지."

지면과 거의 같은 높이가 되어 버린 소소의 귓전으로 땅딸한 복면인의 음흉한 목소리가 윙윙거렸다. 의식은 아직 남아 있었지만 손발에 도무지 힘이 들어가지 않았다. 그것이 더 나빴다. 의식이 온전한 채로 송충이처럼 징그러운 인간에게 몸을 맡겨야 할 테니 말이다.

저벅저벅.

발소리가 지면을 통한 울림에 섞여 다가오고 있었다. 하늘을 향해 고정된 시야의 한 귀퉁이로 붉은빛 그림자가 어른거렸다.

'소소, 넌 참 바보구나. 그게 무슨 꽃향기나 된다고 그대로 서서 들이마시다니…….'

멀쩡한 의식이 그렇지 못한 육신을 탓하고 있었다.

"요걸 날로 먹을까, 구워 먹을까?"

얼굴 바로 위에서 붉은 복면이 비웃고 있었다. 그나마 눈을 감을 수 있다는 게 얼마나 다행인지.

그런데 그때였다.

"으아악!"

바닥에 누운 소소를 향해 손을 뻗던 땅딸한 복면인이 처절한 비명을 내지르며 뒤로 쭉 날아간 것은.

약에 취해 쓰러진 계집애를 수중에 넣기 일보 직전이던 수하가 돼지 멱따는 비명과 함께 날아가는 광경은 샘물 건너편에서 지켜보고 있던 늑대 탈 괴한을 적잖이 놀라게 만들었다.

첨벙!

수하는 요란한 물소리와 함께 샘물에 떨어졌다. 그자가 떨어진 자리로 잠시 물거품이 피어올랐다. 그러더니 얼마 후 등판을 위로 한 채 수면 위로 떠오르는 것이었다. 그자의 목숨이 이미 끊어졌다는 것을 짐작하기란 그리 어렵지 않았다. 등 한가운데 쇠붙이가 삐죽 튀어나오고도 목숨이 붙어 있다면 그쪽이 오히려 이상한 일이리라.

"멋진 비검술飛劍術이군."

늑대 탈 괴한은 나직이 중얼거리며 시선을 들었다. 그가 수하의 죽음을 확인한 잠시 사이, 계집애의 앞쪽에는 한 사람이 나타나 있었다. 몸뚱이 여기저기에 크고 작은 혈흔들을 매달고 있지만 얼굴에 떠오른 기백만큼은 늠름하기 그지없는 청년이었다.

"수치도 모르는 놈들! 어린 여자 하나를 상대하는 데 미혼약 迷魂藥까지 사용하다니!"

청년이 노기 어린 목소리로 적포인들의 만행을 꾸짖었다. 늑대 탈 괴한이 청년을 향해 물었다.

"자네가 일야참구룡인가?"

청년은 가슴을 활짝 펴며 당당히 대답했다.

"장부는 이름이 알려지는 것을 꺼리지 않는 법! 내가 일야참구룡이다!"

청년의 정체를 확인한 늑대 탈 괴한은 고개를 갸웃거렸다. 그가 판단하기로 일야참구룡 구양현이 지금 있을 자리는 이곳이 아니었다. 만수림의 울울창창한 밀림 한복판에서 붉은 옷을 입은 자신의 동료들에게 둘러싸인 채 악전고투를 벌이고 있어야 마땅했던 것이다. 이상하다면 확실히 이상한 일인지라, 그는 참지 못하고 구양현에게 물었다.

"내 친구들을 어떻게 따돌렸나?"

대답은 엉뚱한 방향에서 들려왔다.

"이 쥐새끼 같은 놈! 화기火器 나부랭이로 감히 이 어르신의 수염을 태워!"

성난 외침을 터뜨리며 도관의 모퉁이를 돌아 나오는 사람은 머리카락과 수염을 온통 그슬린 강퍅하게 생긴 초로인이었다. 그슬린 것은 비단 모발만이 아니었다. 몸에 걸친 붉은 장포도 불구덩이에 한번 들어갔다 나온 것처럼 엉망이 되어 있었다. 초로인의 정체를 짐작할 수 있게 해 주는 것은 오직 오른손에 들린 한 자 길이의 단도, 귀신 문양이 새겨진 도집에 들어 있던 바로 그 단도뿐이었다.

초로인을 바라보는 구양현의 얼굴에 한 가닥 그늘이 드리웠다.

'소천뇌화구宵天雷火球 속에서 무사히 빠져나오다니, 저 마두의 재주는 과연 비상하구나.'

소천뇌화구는 구양현이 이번 순례를 나서기 직전 신무전의 비고秘庫에서 챙겨 온 몇 가지 물건 중 하나였다. 소천뇌화구를 만든 사람은 강호오괴江湖五怪의 한 사람인 화인火人 이개李介. 십여 년 전에 열린 신무전주 소철의 환갑잔치 때 이개는 손수 제작한 몇 종의 화기들을 선물로 보내왔는데 소천뇌화구도 그중 하나였다.

이개의 별호가 괜히 '불 인간'이 아닌 바에야, 그가 제작한 화기가 얼마나 무서운지는 불문가지일 터. 그 무서운 화기에 당하고도 겨우 모발과 의복만 그슬렸다는 것은 저 초로인의 재주가 그만큼 뛰어나다는 증거였다.

"이 어르신을 화나게 한 것이 얼마나 큰 실수인지 똑똑히 깨닫게 해 주마!"

초로인이 구양현을 향해 성큼성큼 다가왔다. 손가락의 마디들이 하얗게 도드라지도록 억세게 움켜쥔 칼자루는 지금 그 주인의 심화가 얼마나 대단한지를 보여 주고 있었다. 그에 반해 구양현은 빈손이었다. 가지고 다니던 애검을 조금 전 비검술을 발휘하는 데 써 버린 그는 부근에 떨어져 있는 사매의 유리검을 집어 들고 초로인의 공격에 대비했다. 손에 맞지 않는 검일망정 없는 것보다는 나을 터이기에.

그런데 구양현에게 다가오던 초로인의 발길은 뜻밖의 사람에 의해 가로막히게 되었다.

"하하! 각閣으로부터 받아 온 가면도 잃어버리고, 꼴이 영 말이 아니외다."

시원스러운 신법으로 샘물을 훌쩍 뛰어넘어 초로인의 앞에 내려선 사람은 소소를 핍박하던 늑대 탈 괴한이었다. 불에 그슬려 몇 오라기 남지 않은 초로인의 눈썹이 실지렁이처럼 꿈틀거렸다.

"지금 뭐 하는 짓인가?"

늑대 탈 괴한은 여유 있는 웃음소리를 흘리며 대답했다.

"하하, 우 형이 잠시 잊은 듯하기에 소제가 깨우쳐 드리려고 하는 것이오."

"잊다니? 뭘?"

늑대 탈 괴한이 어깨를 으쓱거렸다.

"허! 청류산에 처음 도착했을 때 우리 둘이 손바닥을 마주치며 한 약속이 기억나지 않으시오? 우 형은 만수림을, 그리고 소제는 이곳을 관할하기로 한 약속 말이오. 한데 만수림에서 표적을 놓친 우 형이 이곳까지 와서 손을 쓰려고 하니, 이 어찌 약속 위반이라 아니하겠소이까?"

"약속 위반? 지금 내 모습을 보고도 그런 소리가 나오는가!"

초로인은 볼품없어진 수염을 부르르 떨며 물어뜯을 것처럼 외쳤지만 늑대 탈 괴한은 꿈쩍도 하지 않았다.

"우 형이 낭패를 본 것은 안된 일이나 약속은 엄연한 약속. 저 둘의 목숨은 소제의 것이외다."

두 사람이 공을 다투는 틈을 이용해 구양현은 바닥에 누워 있는 소소를 칠팔 보 떨어진 나무 아래로 옮길 수 있었다. 다행히 소소의 몸에서는 별다른 상처를 찾아볼 수 없었다. 단지 약 기운으로 인해 사지의 맥이 풀린 것에 불과한 듯했다.

구양현은 품에서 작은 주석 병을 꺼낸 뒤, 그 안에 든 걸쭉한 약물을 소소의 입술 사이로 흘려 넣었다. 이 약물 또한 그가 비고에서 챙겨 온 물건 중 하나로, 미혼약 따위의 가벼운 독은 손쉽게 해소시키는 각성의 묘용이 있었다.

약물이 목구멍으로 넘어가고 잠시 후, 백짓장처럼 창백한 소소의 두 뺨에 발그레한 혈색이 돌아왔다. 그것을 본 구양현은 안도의 한숨을 내쉬었다.

'다행이다. 정말 다행이야.'

구양현이 당당한 백도 협객의 명성에 걸맞지 않게 화기를 사용한 것도, 그리고 상처 입은 몸을 돌보지 않고 전력을 다해 밀림을 빠져나온 것도, 모두 이 어린 사매의 안위가 마음에 걸렸기 때문이다. 사매의 신상에 무슨 일이라도 벌어진다면, 그는 하늘같은 사부의 얼굴을 대할 면목이 없어지는 것이다.

"사, 사형…… 사형이 날 구했군요……."

물풀처럼 흐느적거리는 소소의 목소리가 구양현의 귓가에 들려왔다. 구양현은 사매의 흐릿한 눈동자를 내려다보며 자상한 목소리로 말했다.

"독 기운이 완전히 빠져나가려면 시간이 좀 걸릴 거야. 움직이지 말고 얌전히 누워 있어."

"사형, 다리에서 피가……?"

구양현은 자신의 다리를 내려다보았다. 왼쪽 허벅지에서 흘러나온 피가 그 아래 의복을 검붉게 적시고 있었다. 소천뇌화구를 사용하기 직전 초로인의 단도에 당한 상처가 밀림을 정신없이 달려오는 동안 벌어진 모양이었다.

구양현은 짐짓 대수롭지 않다는 양 싱긋 웃었다.

"긁힌 것에 불과하니까 걱정하지 마."

"하지만……."

"사매는 여기 가만히 누워 있어. 뒷일은 내게 맡기고."

구양현은 소소를 안심시킨 뒤 자리에서 일어났다. 유리검의 무게감을 다시 한 번 가늠해 본 그는 적들을 향해 천천히 몸을 돌렸다. 그로부터 오륙 장쯤 떨어진 곳에는 소소를 핍박하던 늑대 탈 괴한이 여유로운 기색으로 서 있었다. 그자의 뒷전에는 소천뇌화구에 낭패를 당한 초로인이 불만 가득한 표정으로 동료를 쏘아보고 있었다. 아마도 둘 사이의 논공論功이 마음에 들지 않게 마무리된 모양이었다.

구양현은 유리검으로 천주부동의 자세를 취한 뒤 늠름한 목소리로 말했다.

"따로 덤빌 텐가, 함께 덤빌 텐가?"

이 말이 가뜩이나 불만에 차 있던 초로인을 발작하게 만들었다.

"저, 저 찢어 죽일 놈이!"

구양현은 초로인을 똑바로 쳐다보며 더욱 늠름한 목소리로 소리쳤다.

"귀문도鬼文刀 우낙禹洛, 내가 당신의 칼이 두려워 화기를 사용했다고 생각하면 큰 착각이오!"

초로인과 늑대 탈 괴한의 어깨가 동시에 흠칫거렸다. 구양현이 이토록 정확히 초로인의 정체를 맞춰 내리라고는 예상하지 못한 모양이었다.

얼굴근육이 돌덩이처럼 굳어 버린 초로인과 달리 늑대 탈 괴한은 오래지 않아 본래의 여유를 회복한 듯했다.

"후후, 죽을 사람에게 죽일 이유가 하나 더 늘었다는 것은 큰 문제가 되지 않겠지."

구양현은 냉소를 쳤다.

"과연 당신 뜻대로 될까?"

"내 뜻이라기보다는 이놈 뜻이겠지."

늑대 탈 괴한은 오른손을 붉은 장포의 가슴 자락 안으로 집어넣었다가 꺼냈다. 그의 손에는 넓이가 어른 손바닥 정도 되는 새하얀 원반 한 장이 들려 있었다.

"조심하게. 이놈에겐 눈이 달려 있으니까."

가장자리에 날이 달린 원반, 윤輪은 기문병기奇門兵器에 해당된다. 기문이란 비상하고 특이하다는 뜻인데, 그런 만큼 상대하기에 곤란했다.

"음."

구양현은 공력을 유리검에 집중시키다 말고 눈살을 찌푸렸다. 단전 주위가 불로 지진 듯 화끈거렸기 때문이다. 외상은 물론 가벼운 내상까지 입은 상태에서 전력으로 경신술을 전개한 데다, 사매의 위기에 다급해진 나머지 공력의 소모가 막대한 비검술을 전개한 것이 화근이었다.

이대로 무리하여 공력을 운용하다가는 진원眞元까지 손상을 입을지도 모른다. 하지만 구양현은 이를 악물고 단전의 밑바닥에 붙어 있는 한 방울의 공력까지 끌어 올렸다. 진원이 손상당한들 대수겠는가. 생사가 누란累卵인 마당인데.

"어린놈치곤 검법이 제법 매서우니 조심하게."

졸지에 국외자가 되어 버린 초로인이 동료에게 주의를 주었다.

"그 어린놈을 소제가 어떻게 잡는지 보여 드리리다."

자신감이 진득이 담긴 목소리와 함께 새하얀 원반이 늑대 탈괴한의 오른손을 떠났다.

구양현은 봄바람에 나부끼는 꽃잎처럼 하늘하늘 날아오는 원반을 바라보면서, 빠른 암기일수록 가볍고 느린 암기일수록 무겁다는 강호의 경구警句를 떠올릴 수 있었다. 그는 긴장을 풀지 않은 채 유리검을 매섭게 휘둘렀다.

깡!

날카로운 금속성과 함께 새하얀 원반이 늑대 탈 괴한에게 되돌아갔다. 하지만 아무 손해 없이 이룬 일은 아니었다.

"으으."

구양현은 팔꿈치까지 찌르르 저려 오는 것을 느꼈다. 과연한 근도 채 나갈 것 같지 않은 붉은 원반에는 큰 도끼로 후려쳐

오는 듯한 막강한 역도力道가 실려 있었던 것이다.

"첫인사는 그 정도로 됐을 테고, 두 번째는 조금 진지하게 가볼까?"

늑대 탈 괴한은 되돌아온 원반을 향해 오른손을 쭉 내밀었다. 그 손짓에 호응이라도 하듯, 원반은 허공의 한 지점에서 맹렬히 공전하더니 다시 구양현을 향해 나풀거리는 비행을 시작했다.

구양현의 눈이 번쩍 빛났다. 날아오는 원반의 기세가 먼젓번과 다르지 않음을 알아차린 것이다.

'얕보는 건가? 그렇다면……!'

구양현은 입술을 질끈 깨물었다. 동시에 유리검의 유려한 검신을 따라 푸르스름한 빛이 떠올랐다. 이른바 검기성형劍氣成形의 경지인데, 전력을 다한 검기에 보검의 힘을 더한다면 저 붉은 원반을 박살 내기란 그리 어려운 일이 아닐지도 모른다.

"이엽!"

구양현은 우렁찬 기합을 토하며 한 걸음 크게 내디뎠다. 역벽화산力劈華山. 유리검은 산이라도 베어 버릴 듯한 맹렬한 기세로 붉은 원반을 향해 떨어져 내렸다.

그런데 이번 늑대 탈 괴한의 공격에는 특별한 암수가 준비되어 있었다. 놀랍게도 나풀거리며 날아오던 새하얀 원반이 별안간 좌우 두 장으로 툭 나뉘며 구양현의 맹렬한 반격을 피해 낸 것이다.

"헛!"

대경한 구양현은 검초를 급히 구생우활救生憂活로 바꿨다. 검력이 좌우로 넓게 퍼지는 이 구생우활의 수법은 능히 구명절초求命絶招라 불릴 만큼 신통한 것이지만, 새하얀 원반이 일으킨 변화는 초식의 신통함으로 상대하기엔 너무 갑작스러웠다.

쉭!

경미한 음향이 핏물을 꼬리처럼 매단 채 구양현의 오른쪽 옆구리로부터 멀어졌다.

"크읍!"

구양현은 신음을 삼키며 앞으로 내디뎠던 한 걸음을 고스란히 물리고 말았다. 물고기 아가미처럼 입을 쩍 벌리는 상처는 무려 한 뼘에 이르렀다. 대응이 너무 늦지 않았기에 심장이 있는 좌반신은 보호할 수 있었다는 점이 그나마 다행이라 하겠지만, 문제는 다친 부위가 오른쪽 옆구리라는 점이었다. 우수검右手劍을 사용하는 자가 오른쪽 옆구리의 근육을 다쳤다는 것은, 궁수가 활을 부러뜨린 것과 별반 다르지 않았다.

구양현의 오른쪽 옆구리를 가르고 지나간 새하얀 원반은 허공을 맵시 있게 돌아 주인의 수중으로 돌아갔다. 신기한 일은 두 장으로 불어났던 원반이 어느 틈엔가 하나로 합쳐져 있다는 점이었다.

눈이라도 달린 것처럼 영활한 데다 수를 짐작할 수 없는 신비한 원반!

구양현은 얼음 칼로 베인 듯한 섬뜩한 통증을 오른쪽 옆구리로 느끼면서도 한 사람의 명호를 떠올릴 수 있었다.

"의수신안륜疑數神眼輪! 당신은 부대연夫坕然이군."

늑대 탈 괴한은 정말로 놀랐다는 듯 탄성을 터뜨렸다.

"호! 신무전의 셋째 도령의 견식은 정말로 뛰어나군. 우 형에 이어 내 정체마저 밝혀내다니 말이야."

구양현의 안색이 어두워졌다.

'한순간의 방심으로 일을 이 지경으로 만들었구나.'

의수신안륜은 귀문도만큼이나 요사한 병기였고, 그 주인인 부대연은 우낙보다 더 흉악한 존재였다. 우낙에 못지않게 잔인한 데다 온갖 엽색 행각으로 악명을 떨친 자였으니, 그 흉악함을 어찌 말로 표현하겠는가.

만일 상대가 부대연임을 사전에 알았다면 이토록 허망하게 당하지는 않았을 텐데, 하는 후회가 구양현의 마음속으로 조수처럼 밀려들었다.

늑대 탈 괴한, 의수신안륜 부대연이 말했다.

"아까운 일이야. 이 재주 많고 똑똑한 후배를 내 손으로 죽여야 하다니."

말은 이랬지만 부대연의 오른손 안에서 요술처럼 네 장으로 불어나는 새하얀 원반, 의수신안륜에는 어떠한 자비심도 담겨 있지 않은 것 같았다.

"너무 염려 하지는 말라고. 자네가 그토록 끔찍이 여기는 소전주의 핏줄은 우리가 잘 돌봐 줄 테니까. 하하!"

득의에 찬 웃음소리와 함께 부대연의 손에서 네 장의 의수신안륜이 날아올랐다. 느리게, 혹은 빠르게 회전하며 구양현을 향한 포위망을 좁혀 오는 네 개의 새하얀 윤영輪影들은 저승사자의 손길처럼 벗어날 길이 없어 보였다.

구양현의 피로한 얼굴에 절망이 덧씌워졌다.

구원자救援者

(1)

절체절명의 순간.

"간악한 도배들이 선주先主의 처소를 어지럽히다니!"

벼락같은 호통과 함께 회색 그림자 하나가 장내로 뛰어들었다.

이 갑작스러운 등장에 가장 놀란 사람은 가장 가까운 위치에 있던 홀쭉한 적포인. 소소의 만화검법에 외가 공력을 파괴당한 그는 싸움에 끼어들지도 못하고 공터 가장자리에서 고통을 달래고 있었는데, 몇 발짝 떨어지지도 않은 수풀에서 난데없이 희끄무레한 뭔가가 뛰쳐나왔으니 기절초풍할 일이 아닐 수 없었다.

그러나 홀쭉한 적포인이 정작 기절초풍할 일은 그다음부터였다. 수풀에서 뛰어나온 회색 인영이 불가사의하다고밖에 표현하기 힘든 무시무시한 속도로 그를 덮친 것이다.

"누, 누구…… 큭!"

홀쭉한 적포인의 경악에 찬 외침은 곧바로 외마디 비명으로 바뀌었다. 손, 그것도 말라붙은 나뭇가지처럼 늙고 앙상한 손에 의해 목이 단단히 틀어 잡힌 것이다.

그 손의 움직임은 빠르고도 단호했다.

뿌득!

홀쭉한 적포인의 목뼈가 어처구니없을 만큼 간단히 부러졌다. 복면의 눈구멍 속에 숨어 있던 한 쌍의 눈이 흰자를 까뒤집었다.

"끄으으……."

다음 순간, 홀쭉한 적포인의 몸뚱이는 투석기를 떠난 돌멩이처럼 허공을 날아가고 있었다. 회색 인영의 손 속은 빠르고 단호할 뿐만 아니라 잔인하기까지 했다. 단 한 수로 인간의 목숨을 앗아 간 것도 부족했는지 그 시신마저 걷어차 허공으로 날려버린 것이다.

한데 우연이었을까? 홀쭉한 적포인의 시신이 날아간 방향에는 방어할 의지가 꺾인 채 죽음만을 기다리던 구양현의 낭패한 신형이 기다리고 있었다.

촤촤촥!

절묘한 배합을 이루며 구양현의 목숨을 노리던 네 장의 새하얀 원반은 근육과 뼈를 가르는 소름 끼치는 소리와 함께 홀쭉한 적포인의 몸뚱이에 틀어박혔다. 원반에 실려 있던 가공할 회전력이 인간 하나를 넝마 조각으로 만드는 데 걸린 시간은 실로 촌각. 살점과 뼛조각 그리고 시뻘건 핏물이 구양현의 눈앞에서

폭죽 터지듯 비산했다.

부대연이 의수신안륜을 던지고, 회색 인영이 대갈과 함께 장내에 뛰어들고, 홀쭉한 적포인의 목이 부러지고, 다시 그 시신이 의수신안륜에 의해 넝마 조각으로 바뀐 것은 숨 몇 번 들이마실 정도의 짧은 시간 사이에 벌어진 일이었다. 모든 사람들은 이 놀라운 전개에 말을 잊고 말았다.

사람들이 정신을 차리고 바라보니, 장내엔 허름한 회삼을 걸친 왜소한 노인 하나가 서 있었다. 앞으로 힘껏 잡아당겼다가 아래로 툭 꺾어 놓은 것 같은 심한 매부리코에 광대뼈 아래의 볼따구니가 대패로 깎인 것처럼 움푹 꺼져 있어 유달리 강퍅한 인상을 풍기는 그 회삼 노인은 독사의 것처럼 쭉 찢어진 눈으로 우낙과 부대연을 노려보며 으름장을 놓았다.

"죽고 싶으면 남들 안 보는 데서 칼을 물고 엎어질 것이지, 여기가 어딘 줄 알고 감히 날뛰느냐!"

쇠꼬챙이로 동판을 긁는 듯한 카랑카랑한 목소리. 쥐꼬리같이 보잘것없는 수염이 제 성을 못 이겨 파르르 떨리고 있었다.

얼이 쏙 빠진 눈으로 회삼 노인을 물끄러미 쳐다보던 우낙과 부대연은 이윽고 서로의 얼굴을 돌아보았다. 두 쌍의 눈은 같은 말을 하고 있었다.

'뭔가 잘못되었다.'

또 다른 목소리가 들려온 것은 바로 그때였다.

"원, 노인네 걸음이 어찌 그리 빠른지. 날마다 죽네 사네 엄살을 떨더니만, 뛰는 품을 보니 오십 년은 더 사시겠소."

회삼 노인이 나온 수풀 쪽에서 들려온 그 목소리에는 깊은 동굴을 통해 울려 나온 듯한 낮고 굵은 울림이 실려 있었다. 목소리가 들려온 방향으로 반사적으로 시선을 돌리던 사람들은 자신도 모르게 입을 딱 벌리고 말았다. 하기야 그들이 아닌 누구라도 그럴 수밖에 없었을 것이다. 한 길 가까이 웃자란 수풀 위로 얼굴을 내밀고 있는 어처구니없이 거대한 사내를 보았다면 말이다.

소나무 밑동처럼 굵은 목을 쓱 돌려 장내를 훑어보는 그 사내는 칠 척이 훌쩍 넘는 키에 장정 둘이 손을 벌려야 겨우 안을 수 있을 만큼 우람한 가슴을 지닌, 말 그대로 거한이었다.

군데군데를 기운 낡은 황의黃衣의 소매는 팔꿈치 위까지 둘둘 말려 시커먼 털이 수북한 팔뚝을 그대로 드러내고 있고, 토끼의 가죽을 덧이어 만든 듯한 회색 각반은 도끼로 찍어도 꿈쩍하지 않을 것 같은 굵은 발목에 단단히 감겨 있었다. 어깨 위로 삐죽 솟은 붉은 물체는 아마도 검자루인 듯한데, 비상식적으로 거대한 체구 탓에 끄트머리만 가까스로 보일 따름이었다. 그래도 나이는 그리 많지 않은 듯, 웃음기 어린 입가엔 철사처럼 굵고 억센 수염이 빽빽이 돋아 있지만 주름살 없는 얼굴과 활기에 가득 찬 눈동자는 거한의 나이가 아직 삼십 이전임을 말해 주고 있었다.

장내를 천천히 둘러보던 황의 거한이 어느 순간 눈살을 찌푸리며 물었다.

"한로가 한 짓이오?"

거한의 눈길이 향한 곳에는 넝마 조각처럼 변해 버린 홀쭉한 적포인의 시신이 널브러져 있었다. 한로라 불린 회삼 노인은 매부리코를 찡긋거리더니 부대연을 손가락질했다.

"저 늑대 대가리가 한 짓이니 이 늙은이에게 뭐라고 하지 마시오."

회삼 노인이 끼어들지만 않았던들 왜 자기편 사람을 난도질했겠는가! 부대연으로선 귓구멍에서 연기가 나올 일이 아닐 수 없었다. 그때, 뒷전에 있던 우낙이 귀문도를 꼬나 쥐고 성큼 나서며 새로 등장한 두 명의 불청객을 을러대기 시작했다.

"감히 혈랑곡의 행사를 방해하고도 무사할 것 같은가!"

우낙의 말에 두 명의 불청객, 작고 큰 노소의 얼굴에 기묘한 표정이 떠올랐다. 놀란 듯하기도 하고 어이없어하는 듯하기도 한 그 표정에 우낙은 자신의 엄포가 제대로 먹혔다 생각하곤 어깨를 으쓱거렸다.

"하지만 지금이라도 이 어르신께 용서를 빌고 꺼져 준다면 없었던 일로 해 줄 용의도 있지."

우낙이 성정에 어울리지 않는 관대한 제안을 입에 담는 이유는 방금 회삼 노인이 보여 준 쾌속한 손 속과 황의 거한이 풍기는 위압적인 기파에 조금은 켕기는 마음이 생긴 탓이었다.

황의 거한은 입가에 엷은 미소를 머금으며 우낙을 향해 물었다.

"방금 혈랑곡이라고 했소?"

우낙은 고개 대신 귀문도를 까닥였다.

"그렇다."

황의 거한은 고개를 살짝 숙이고 뭔가를 생각하는 시늉을 하다가 입술을 열었다.

"북악신무北嶽神武, 남패무양南覇武陽, 구중비각九重秘閣, 신비혈랑神秘血狼, 만용천선萬容天仙 중 신비혈랑에 해당하는 그 혈랑곡 말이오?"

황의 거한이 노래라도 하듯 운율을 실어서 읊조린 이십 자구에 우낙은 더욱 의기양양해졌다.

"그 신비혈랑 외에 혈랑곡이 또 있을 리 없지."

황의 거한의 얼굴에 떠오른 미소가 조금 더 짙어졌다.

"그 혈랑곡이 분명하다고 말하는군요. 놀랍지 않소, 한로?"

황의 거한의 말이 끝나기가 무섭게 회삼 노인이 하늘을 바라보며 대소를 터뜨렸다.

"크하하하하!"

그 웃음소리는 고막을 후비듯 날카로울 뿐만 아니라 듣는 이의 마음을 뒤숭숭하게 만드는 기이한 강개함이 담겨 있었다.

잠시 후 회삼 노인의 웃음이 거짓말처럼 뚝 멎었다. 그는 우낙을 돌아보더니 천천히 말했다.

"네놈은 그 한마디로 살길을 저버렸다."

당사자인 우낙은 물론이거니와 한쪽 구석에서 멍하니 서 있던 구양현마저도 회삼 노인의 살기 어린 말에 어안이 벙벙해지고 말았다. 독기를 줄기줄기 내뿜는 뱀눈으로 우낙을 노려보는 회삼 노인은 마치 혈랑곡과 철천지한이라도 맺은 사람 같았다.

"젊은이, 검 좀 빌리세."

회삼 노인은 대답을 기다리지 않고 구양현에게로 성큼성큼 다가오더니 그가 들고 있던 유리검을 향해 손을 뻗었다.

"어?"

구양현은 엉겁결에 팔을 움츠렸지만 쥐고 있던 유리검은 어느새 회삼 노인의 수중으로 넘어간 뒤였다. 구양현으로서는 귀신에 홀린 기분이랄까. 아무리 방심하고 있었기로서니 이렇듯 간단히 검을 뺏길 줄은 몰랐던 것이다.

"흠."

회삼 노인은 유리검의 가벼운 무게에 놀란 듯 나직한 탄성을 흘리더니 왼손 중지를 둥글게 말았다가 검신을 향해 가볍게 튕겨 냈다.

스릉!

영롱한 검명이 부드럽게 울려 나오며 우윳빛 검신을 따라 은은한 신광이 물결처럼 일렁거렸다.

"쓸 만한 검이군."

회삼 노인은 유리검을 한두 번 흔들어 본 뒤 검봉劍鋒을 빙글 돌려 우낙의 얼굴을 똑바로 겨눴다.

다음 순간 우낙은 자신도 모르게 진저리를 치고 말았다. 상대의 검봉으로부터 뻗어 나온 으슬으슬한 기운이 등골을 오싹하게 만든 것이다. 만일 저 으슬으슬한 기운이 우낙의 짐작대로 검기의 일종이라면, 회삼 노인은 검기만으로도 사람을 압도할 수 있는 절세의 검수임에 분명하리라.

우낙이 이런 생각을 하고 있을 무렵, 회삼 노인의 얄팍한 입꼬리가 슬쩍 비틀렸다.

"십 초."

우낙은 눈을 끔벅거렸다. 다짜고짜 십 초라니, 무슨 뜻일까?

그때 회삼 노인이 다시 말했다.

"십 초를 버티면 살려 주마."

우낙은 기가 턱 막혔다. 그도 그럴 것이, 그의 귀문도가 어떤 칼이던가. 몰락한 화산파를 뛰쳐나와 산서 강호를 십여 년간 종횡하면서도 마땅한 적수를 만나지 못해 외로워하던 무시무시한 칼이 아니던가. 지금 그가 몸담은 조직도 그런 귀문도의 위력을 높이 평가해 입각入閣과 동시에 간부급 직위를 하사하지 않았던가. 한데 이 궁벽한 오지에서 만난 구지레한 늙은이가 그 귀문도를 가리켜 십초지적十招之敵 운운한 것이다. 감히!

우낙은 불같은 분노가 치밀어 오르는 것을 느꼈다. 회삼 노인에 대해 느끼던 일말의 거리낌 따위는 이미 어디론가 날아가 버린 뒤였다.

"늙은이가 죽지 못해 환장했구나!"

우낙은 노갈을 터뜨리며 회삼 노인에게 달려들었다. 비록 구양현의 화기에 당해 가볍지 않은 손해를 입은 상태였지만, 저따위 촌로에게 무시당하고도 그냥 넘긴다면 그와 그의 칼은 귀문도라는 이름을 함께 떼어 버려야 할지도 모른다.

콰콰콱!

귀문도가 세차게 진동하며 수많은 사람들을 공포에 떨게 만들었던 귀문삼십육도鬼文三十六刀의 절초들이 줄줄이 뿜어 나오기 시작했다. 그러나…….

"하나."

카랑카랑한 목소리가 울렸다. 그와 동시에 불가항력의 공포가 우낙을 엄습했다.

'이, 이게 대체……?'

회삼 노인이 뻗어 낸 검봉으로부터 불그레한 기운이 어리는가 싶더니만, 우낙이 펼친 귀문삼십육도의 도세刀勢 한가운데가 마치 거대한 꼬챙이에 꿰인 것처럼 뻥 뚫린 것이다.

후와아아앙!

귀문삼십육도의 도세를 관통한 무엇인가는 늑대의 울음소리를 연상케 하는 끔찍한 파공성을 동반한 채 우낙에게 밀려들었다. 그것은 분명 상승上乘의 검기! 그러나 그 검기가 신체의 어느 부위를 노리는지 눈으로 확인하는 것은 도저히 불가능했다. 다만 알 수 있는 것이라곤 목덜미로 감지되는 섬뜩함 그리고 무인의 본능이 목청껏 외쳐 대는 경계의 신호뿐.

우낙은 귀문도를 빠르게 가슴 앞으로 당기며 죽을힘을 다해 허리를 비틀었다.

취잇!

왼쪽 귓불 아래의 목살이 뭉텅 날아갔다. 불로 지진 듯한 화끈한 통증이 우낙의 척추를 따라 달려 내려갔다. 그러나 우낙도 고수임을 자처하는 인물. 그는 허공에 뿌려진 자신의 핏물을 헤치며 귀문도를 매섭게 쪼개 나갔다.

홍포주단紅布紬緞이 수직으로 갈라지듯, 핏물에 가려진 시야가 활짝 열렸다. 그 사이로 회삼 노인의 얼굴이 언뜻 드러났다. 그 얼굴에는 '이것 봐라?' 하는 식의 표정이 떠오른 것 같기도 하다. 그러나 실제로 그 표정이 맞는지를 확인할 여유 따위는 주지 않았다.

"둘."

회삼 노인의 손에 들린 우윳빛 검이 상방을 향해 기이한 호선을 그렸다.

스르릉!

금속이 서로 갈리는 소리가 요란한 가운데 검과 도는 아교로 붙여 놓은 것처럼 딱 달라붙은 채 한 바퀴 맴을 돌았다. 다음 순간 우낙의 오른쪽 손목이 부르르 진동하더니 바깥쪽을 향해 풀썩 꺾였고, 힘 빠진 손아귀를 벗어난 귀문도는 향전響箭처럼 높은 휘파람 소리를 내며 뒤로 날아갔다.

손목이 접질린 고통에 앞서 우낙은 정신을 차릴 수 없었다. 병기를 맞댄 상태에서 이토록 강한 전사纏絲를 뿜어낼 수 있다니! 그때 회삼 노인의 얄팍한 입술이 다시 한 번 움직였다.

"셋."

"조심하시오!"

회삼 노인의 무정한 셈이 끝남과 동시에 부대연의 다급한 경호성이 혼란에 빠져 있는 우낙의 뇌리를 후려쳐 왔다. 퍼뜩 정신을 차린 우낙의 망막으로 파고든 것은 가슴을 수평으로 베어오는 불그죽죽한 검기였다.

　"헉!"

　신법이고 뭐고 따질 겨를이 없었다. 혼비백산한 우낙은 필사적으로 다리를 움직여 뒤로 물러섰다.

　불그죽죽한 검기가 붉은 장포의 앞자락을 아슬아슬하게 스치고 지나가자, 우낙의 눈가엔 안도감이 떠올랐다. 그러나 회삼 노인이 팽이처럼 한 바퀴 몸을 돌리는 동안 더욱 크고 강렬해진 검기는 그 안도감이 너무 빨랐음을 추궁하고 있었다.

　찌익!

　붉은 장포의 앞자락이 일자로 갈라졌다. 가슴근육이 입을 쩍 벌리며 시뻘건 선혈이 분수처럼 튀어 올랐다.

　"크헉!"

　우낙은 왼손으로 가슴을 부여잡으며 그 자리에 엉덩방아를 찧고 말았다. 공포에 질려 하얗게 굳어 버린 그의 두 눈에 귀신처럼 싸늘히 웃고 있는 회삼 노인의 얼굴이 들어왔다.

　"마지막이다. 넷."

　수평으로 회전하던 검이 회삼 노인의 가슴 앞에 멈춰지는가 싶더니, 우낙의 미간을 향해 벼락같이 날아들었다. 검을 이렇게 맹렬히 찔러 내려면 그에 해당하는 사전 동작이 필요한 법인데, 무슨 조화인지 지금 회삼 노인이 쳐 낸 검초에는 당최 그런 것을 찾아볼 수 없었다. 한껏 응축시켜 놓은 용수철이 격발되듯 유리검의 검봉은 공간을 지워 내듯 뛰어넘으며 우낙의 미간을 찔러 온 것이다.

'제, 제기랄!'

빠른 속도로 확대되어 오는 검봉을 바라보며 우낙이 할 수 있는 일이라곤 아무것도 없었다. 평생 처음으로 맛보는 이 무력감이 죽음으로 직결되리라는 데에는 의심의 여지가 없을 것 같았다.

그런데 그때, 우낙의 미간으로 날아들던 검봉이 거짓말처럼 사라졌다. 그 대신 비파를 뜯는 듯한 쉬라랑, 하는 소리가 허공에 길게 울려 퍼졌다.

"네놈이 대신 죽겠다는 거냐?"

우낙은 회삼 노인의 카랑카랑한 외침을 들으며 자신이 아직 살아 있음을 깨달을 수 있었다. 미간이 따끔거렸다. 오른손을 들어 더듬어 보니 끈끈한 액체가 만져졌다. 피. 검기에 의해 미간의 살갗이 상한 것이다.

황급히 몸을 세워 장내를 바라보는 우낙의 눈에 선 자리에서 두세 걸음 물러서며 검봉을 우측으로 돌리는 회삼 노인의 모습이 들어왔다. 그 무시무시한 검봉이 가리키는 것은 늑대 탈을 쓴 괴한, 의수신안륜 부대연이었다.

부대연은 오른손을 내밀어 날아온 새하얀 원반, 의수신안륜을 회수하고 있었다. 우낙은 그제야 조금 전 벌어진 상황을 알아차리게 되었다. 동료의 위기를 보다 못한 부대연이 의수신안륜을 날려 회삼 노인의 측방을 공격했던 것이다. 아까 허공에 길게 울린 비파 음 같은 소리는 회삼 노인의 검과 부대연의 원반이 충돌하는 과정에서 나온 것이었으리라.

부대연은 오른손으로 받아 든 의수신안륜을 늑대 탈의 주둥이 앞에 세우며 회삼 노인에게 말했다.

"승부가 이미 갈린 마당에 끝까지 손을 써서 사람을 해칠 필요 있겠소? 정히 싸움을 바란다면 이 몸이 대신 상대해 드릴 테니, 노선배께선 모쪼록 손 속에 정을 두어 주시기 바라오."

상대의 검법이 상승의 경지에 이르렀음을 알아본 때문인지 부대연의 말투는 정중하기 그지없었다. 그러나 그런 정중함도 회삼 노인의 살기를 누그러뜨리진 못했다.

"들개 같은 무리가 의리 있는 척해 봤자 소용없다. 어차피 네놈도 살려 둘 생각은 아니었으니까."

부대연을 향해 뻗어 낸 유리검의 검봉에서 불그레한 기운이 피어오르기 시작했다. 모골을 송연하게 만드는 오싹한 검기, 혹은 살기가 다시 한 번 장내를 진저리치게 만들고 있었다.

"음."

부대연은 자세를 한껏 낮추며 양손으로 나눠 쥔 원반을 뒤춤으로 감추었다. 독침을 감춘 전갈의 형국이라 할 터인데, 그 위험함을 아는지 모르는지 회삼 노인은 다만 코웃음을 칠 따름이었다.

일촉즉발의 순간······.

짝. 짝. 짝.

커다란 박수 소리가 울리더니, 대치하고 있는 두 사람 사이로 황의 거한이 성큼성큼 걸어 들어왔다. 그가 전방을 가로막자 회삼 노인은 앞으로 뻗어 내고 있던 유리검의 검봉을 얼른 치웠다. 마치 그에게 검을 겨누는 일이 대역죄라도 되는 양.

황의 거한이 회삼 노인을 향해 싱긋 웃었다.

"오늘은 의미 있는 날 아니겠소? 이쯤에서 그만두기로 합시다."

한로라 불린 회삼 노인이 이맛살을 찌푸리며 항변했다.

"하지만 저자들이 감히 혈랑······."

황의 거한은 솥뚜껑처럼 커다란 손바닥을 슥 내저어 회삼 노인의 말을 잘랐다.

"그만."

황의 거한의 뜻은 분명해 보였다. 회삼 노인은 앙앙불락한 기색이 역력했지만 더 이상 황의 거한의 뜻을 거스르지 않고 검을 거두었다.

이 광경을 본 모든 사람들은 회삼 노인 같은 절정 검객을 말 몇 마디로 태연히 부리는 황의 거한의 정체에 대해 큰 호기심을 느끼지 않을 수 없었다.

그것을 아는지 모르는지, 황의 거한은 굵은 목을 천천히 돌려 우낙과 부대연을 바라보았다. 표정은 여전히 부드럽지만 눈빛 안에는 거역하기 힘든 단호함이 어려 있었다.

"성지를 어지럽힌 죄는 더 이상 묻지 않으리다. 동료의 시신은 우리가 묻어 줄 테니 당신들은 어서 떠나도록 하시오."

기세가 떨어질 대로 떨어진 우낙은 말할 것도 없거니와, 그나마 멀쩡하다 할 수 있는 부대연마저도 이 제안을 거절할 수는 없었다. 회삼 노인 하나도 당해 내기 힘든 마당에 저 황의 거한까지 끼어드는 날엔 무사히 돌아가지 못할 것이 뻔했기 때문이다.

부대연은 뒤춤에 돌리고 있던 의수신안륜을 품속으로 갈무리한 뒤 황의 거한을 향해 포권을 올렸다.

"귀하의 가르침대로 오늘은 우리가 물러나겠소. 하지만 가르침을 내리신 분의 고명高名이라도 알아야 헛되이 물러나는 자들의 체면이 서지 않겠소?"

그러자 황의 거한이 싱긋 웃었다. 큰 붓으로 그린 것처럼 선이 굵은 웃음이었다.

'아…….'

나무 둥치에 어렵사리 기대앉은 채 황의 거한의 웃음을 바라보는 소소의 두 눈이 유리알을 끼운 듯 몽롱해졌다.

사실 소소는 미남이라 불리는 사람들을 꽤 많이 알고 있었다. 셋째 사형인 구양현만 해도 강호의 기린아로 이름이 높았고, 둘째 사형인 백운평白雲平은 금검옥공자金劍玉公子라는 별호가 말해 주듯 강북의 숱한 가인들의 선망을 한 몸에 받았던 미남 중의 미남이었다. 그에 반해 지금 소소의 눈앞에서 웃고 있는 저 황의 거한은 미남이라 하기에는 선이 지나치게 굵은 외모를 지니고 있었다. 질끈 묶어 등 뒤로 아무렇게나 늘어뜨린 머리카락은 검은 철사를 모아 놓은 것처럼 뻣뻣해 보였고, 눈썹은 두 마리 굵은 털벌레를 달아 놓은 것처럼 난잡하게 뻗쳐 있었다. 어디 그뿐이랴? 쇠 가시처럼 까칠한 수염과 그 안에 자리 잡은 두꺼운 입술은 거친 느낌을 넘어 미욱한 분위기마저 풍기고 있었다.

그렇지만 저 웃음, 큼직한 눈에서부터 시작하여 풍부한 활기를 엿볼 수 있는 두 뺨을 지나 적당히 각이 진 턱까지 이어 내려오는 저 시원한 웃음은 마치 하늘을 떠다니는 구름처럼 거칠 것 없는 자유로움으로 충만해 있었다.

'참 보기 좋게 웃는 사람이네.'

소소는 이 생각과 함께 발그레한 홍조를 양 볼에 떠올렸다.

방년 소녀의 앙큼한 마음을 헤아릴 리 없는 황의 거한은 그런 시원한 웃음을 머금은 채 부대연에게 말했다.

"이름 따위가 뭐 중요하다고 감추겠소. 소생의 성은 '석탑' 할 때의 '석石'이고, 이름으로는 '대大' 자와 '원原' 자를 쓰고 있소. 그리고 여기, 앞으로 오십 년은 너끈히 사실 만큼 정정한 노인네는 '한韓'이라는 성을 쓰며, 본명은 내게도 알려 주지 않았으니 궁금하면 직접 물어보든지 하시오."

순순히 이름을 알려 준 것이 의외인 듯 부대연은 잠시 아무 말도 않고 우두커니 서 있다가 황의 거한을 향해 다시 한 번 포권을 올려 보였다.

"무능한 자들의 체면을 세워 주신 점, 진심으로 감사드리오. 그럼 우리는 이만 물러가겠소."

부대연은 황의 거한의 대답을 기다리지 않고 즉시 신형을 날렸다. 우낙은 표독한 눈길로 회삼 노인을 노려보다가 저만치 떨어진 귀문도를 집어 들고는 동료의 뒤를 따랐다.

황의 거한은 멀어져 가는 그들의 붉은 그림자를 바라보다가 나직이 중얼거렸다.

"신비혈랑이라, 첫날부터 재미있는 일을 만나는군."

(2)

싹– 싹–.

소소의 눈길은 날이 새파랗게 선 한 자루 소도를 따라 움직이고 있다. 소도는 그녀의 시선에는 아랑곳하지 않고 위아래로 규칙적으로 움직이며 나무를 깎아 나가고 있었다. 소도가 나무 위를 한 번 지날 때마다 일정한 크기의 나뭇개비들이 바닥으로 떨어졌다. 투박해 보이던 나무는 시간이 흐를수록 날렵한 모양의 지팡이로 변해 가고 있다.

소소의 또랑또랑한 눈망울이 소도의 자루를 쥐고 있는 손으로 옮아갔다. 쭈글쭈글한 주름에 뒤덮인 늙은 손, 닭 한 마리 잡을 힘조차 없어 보이는 앙상한 손이었다. 그러나 위기의 순간

천신처럼 나타나 그녀와 사형의 목숨을 구해 준 고마운 손이기도 했다.

"두 분 덕택에 목숨을 건졌습니다. 이 은혜를 어찌 갚아야 할지 모르겠군요."

소소의 곁에 앉아 있던 구양현이 주먹을 얼굴 앞에 모아 정중한 포권을 올리며 말했다. 그의 포권이 향한 곳에는 무시무시한 검법으로 혈포인들을 물리친 회삼 노인 한로와, 비상식적인 체격을 지닌 황의 거한 석대원이 나란히 앉아 있었다.

한로는 구양현의 감사 인사에도 묵묵부답, 나무 깎기에만 열중해 있었다. 반면에 석대원은 굵은 입술의 꼬리 부분만을 사용한 간결한 미소를 지으며 이렇게 답례했다.

"별말씀을 다 하십니다. 물정 모르는 산사람들이 괜한 참견을 한 게 아니라면 다행이지요. 설령 저희들이 나서지 않았더라도 천하에 이름 높은 신무전의 고제高弟들을 누가 감히 어쩌겠습니까."

'하지만 누가 감히 어쩔 뻔했지 뭐야.'

소소는 이렇게 생각하며 주위를 두리번거렸다.

그녀를 포함한 네 사람이 자리 잡은 곳은 도관 내의 너른 방이었다. 폐가와 다름없어 보이던 외관과 달리 도관의 내부는 놀랄 만큼 깨끗이 정돈되어 있었다. 공기 중에 떠다니는 세월의 냄새, 켜켜이 묵은 먼지 냄새와 어떤 청소로도 제거 불가능한 곰팡이 냄새 등은 그녀의 눈살을 살짝 찌푸리게 만들었지만, 주기적으로 사람의 손길이 닿은 것만은 분명해 보였다.

'아마 저 석대원이란 사람이 했겠지. 아니면 노복을 시켰거나.'

소소의 시선이 벽을 따라 계속 움직였다.

서쪽 벽에 걸린 낡은 족자에는 깨알처럼 작은 글자들이 빽빽이 적혀 있었고, 북쪽 벽 아래 마련된 제단에는 가장자리가 우그러진 구리 향로 하나가 동그마니 놓여 있을 뿐, 흔한 도교 신상 하나 찾아볼 수 없었다. 이곳이 도관이 분명하다면 무척이나 가난한 도사가 살았던 모양이었다.

주위를 한 바퀴 맴돈 소소의 시선이 바로 앞에 앉아 있는 석대원에게로 돌아왔다.

'그나저나 이 도관에 사는 사람일까? 그렇다면 대사형은 왜 빈 도관이라고 말한 거지?'

소소가 궁금해하는데, 고맙게도 구양현이 그녀의 가려운 곳을 대신 긁어 주었다.

"이곳 사정에 어두운 탓에 인적이 끊긴 장소라고 잘못 알고 있었습니다. 주인의 허락도 없이 청정을 어지럽힌 죄, 부디 용서해 주시기 바랍니다."

석대원이 손을 내저었다.

"인적이 끊긴 것이나 마찬가지입니다. 저희도 한 달에 한 번 정도밖에는 들르지 않으니까요. 비질이나 하고 거미줄이나 걷는 저희에게 용서라니, 당치도 않습니다."

그렇다면 저 두 사람은 이 도관에 살던 가난한 도사의 외거노비쯤 된다는 말인가? 거칠어 보이긴 해도 비천한 신분은 아닌 것 같은데?

이렇게 생각하며 소소는 석대원의 커다란 얼굴을 요리조리 살펴보았다. 그 시선을 의식한 듯, 석대원이 그녀를 돌아보았다.

"궁금한 점이라도 있으십니까?"

갑작스러운 석대원의 질문을 받고 소소는 얼굴이 화끈 달아올랐다. 어쩔 줄 몰라 하며 눈알을 데굴데굴 굴리던 그녀는 회삼 노인, 한로가 깎고 있는 나무를 가리키며 물었다.

"저분은 뭘 하시는 거죠?"

석대원은 궁금한 게 겨우 그거냐는 듯이 소소를 바라보다가 한로에게 말했다.

"한로, 소저께서 지금 무엇을 하느냐고 물었소만⋯⋯."

한로는 웅크리고 있던 등을 천천히 펴더니 소소를 바라보았다. 독수리의 것처럼 날카로운 안광이 동공을 후벼 오자 소소는 아미를 살짝 찡그렸다.

'무슨 눈빛이 저 모양일까?'

하지만 한로의 눈빛은 곧 누그러졌다. 눈빛이 누그러지자 쭉 찢어진 눈구멍 속에 자리 잡은 잿빛 눈동자도 그런대로 봐줄 만했다.

"귀여운 아가씨, 보다시피 이 늙은이는 지금 지팡이를 만들고 있다오."

한로가 대답하자 석대원이 물었다.

"지팡이는 만들어 어디다 쓰시려고?"

한로는 소도를 쥔 오른손 손등으로 제 허리를 툭툭 두드렸다.

"늙은 몸으로 너무 설쳤더니 뼈다귀가 시큰거려 그렇소. 이 노복이 지팡이가 필요한 나이라는 점을 잊지 말아 주시오."

석대원은 가당치도 않다는 듯 고개를 크게 저었다.

"한로처럼 정정한 양반이 지팡이가 필요하다면, 세상의 모든 노인네들은 쌍지팡이를 짚고 다녀야 할게요."

"흥, 짚으라면 짚으라지. 도와주지 않을 거면 객쩍은 말로 방해하지나 마시오."

한로는 다시 몸을 웅크리고 소도를 놀리기 시작했다.

"방해하지 말라는군요."

석대원이 소소를 돌아보며 말했다. 젊은 주인을 대하는 노복의 말투는 몹시도 불손했지만, 방해하면 안 된다는 듯 크고 굵은 손가락을 세워 제 입술 앞에 갖다 대는 석대원은 그 점에 대해 아무런 불만도 없는 것 같았다.

그 모습을 보던 소소가 갑자기 킥 웃었다. 석대원이 굵은 눈썹을 살짝 찡그리며 물었다.

"왜 웃으신 거죠?"

"갑자기 재미있는 생각이 나서요."

"무슨……?"

"천하의 주종 관계가 모두 두 분 같다면, 누구도 종을 하려 들지 주인을 하려 들지는 않을 것 같아서요."

직설하자면 아랫것 교육을 어떻게 시켰기에 저 모양이냐는 뜻이었다. 초면에 무례하다 여겼는지 곁에 있던 구양현은 안색을 굳혔지만, 석대원의 표정은 아무런 변화도 없었다. 눈치가 없는 것인지, 아니면 알면서도 모르는 체 넘어가 주는 것인지.

잠시 후 석대원이 화제를 돌렸다.

"그나저나 귀하신 분들께서 이 궁벽한 곳까지 어쩐 일로 오게 되셨습니까?"

소소가 짤랑거리는 목소리로 재빨리 대답했다.

"우리는 이 적심관을 보려고 왔어요. 이를테면 순례죠."

"순례?"

"예, 순례."

자신의 대답이 핵심적이고 명쾌했다고 생각한 소소는 기분이 좋아져 생글생글 웃었다. 하지만 석대원은 보다 자세한 설명을 바라는 모양이었다. 그의 시선이 구양현을 향하자 구양현이 차분한 목소리로 말문을 열었다.

"소제의 사부님이신 신무대종께선 천하의 고인高人 중 진정으로 탄복한 인물은 오직 만용천선萬容天仙의 천선자天仙子 어른뿐이라고 늘 말씀하셨습니다."

그러자 나무를 깎던 한로가 한마디를 불쑥 던졌다.

"소 전주가 눈은 제대로 달린 모양이군."

소소는 한로를 노려보았다.

'이 늙은이는 너무 광오해서 할아버지마저도 안중에 두지 않는 모양이구나. 뭐, 실제로 만나 보지 않았다면 그럴 수도 있겠지. 이런 산골에 처박혀 사는 촌로가 할아버지의 위대함을 어떻게 알겠어.'

그녀는 이렇게나마 불쾌한 기분을 달랬다.

구양현은 가벼운 헛기침으로 어색한 분위기를 바꾼 뒤 말을 이어 나갔다.

"흠흠, 그래서 사부님께선 천선자께서 은거하셨다는 이 적심관을 순례의 성지로 정하시고, 제자들에게 기회가 닿으면 꼭 들러 선장의 아름다운 자취를 본받을 것을 명하셨습니다. 소제의 사형 둘은 그 명을 좇아 일찌감치 이곳을 방문했지만, 소제는 천생의 게으름으로 인해 차일피일 미루다가 금번에야 이 골칫덩이 사매와 함께 행보를 나서게 되었습니다."

"내가 왜 골칫덩이예요?"

잘 보여도 모자란 사람 앞에서 핀잔을 들었으니 소소가 어찌 참을까? 그녀는 즉각 항의했지만 구양현은 시선조차 돌리지 않았다. 야속한 점은, 그녀가 잘 보이고 싶어 하는 석대원 또한 그녀에게는 별 신경을 쓰지 않아 보인다는 것이었다.

석대원은 구양현을 향해 고개를 끄덕이더니 말했다.

"몇 해 전인가 길섶의 잡초들이 뽑히고 바닥에 깔린 자갈들이 정돈되어 이상하다 여겼는데, 알고 보니 신무전의 고제들께서 다녀가신 흔적이었군요."

구양현이 빙긋 웃었다.

"아마 둘째 사형이 한 일일 겁니다. 대사형 머리에서는 그런 기특한 생각이 나올 리 없으니까요."

두 사람이 자신을 무시한 채 태연히 환담을 주고받자 소소는 약이 오르고 말았다. 하지만 이어진 구양현의 질문에는 그녀 또한 귀를 쫑긋 세울 수밖에 없었다.

"한데 천선자 어른께선 어찌 되셨습니까?"

조심스러운 질문일 수밖에 없었고, 실제로 구양현의 안색과 목소리도 그러했다. 석대원은 조금 쓸쓸해 보이는 표정으로 대답했다.

"그 어른께서는 이미 우화등선羽化登仙 하셨습니다. 주인이 세상을 떠난 이상 신무전의 소 전주께서도 더 이상 이 낡은 도관에 신경 쓰실 필요가 없겠지요."

"아니, 그게 사실입니까? 천선자께서 타계하시다니……!"

구양현은 물론이거니와 소소 또한 깜짝 놀랐다.

천선자로 말하자면 천하를 오시하는 그녀의 할아버지마저도 천하제일 기인이라 칭송해 마지않던 인물이었다. 하지만 그처럼 대단한 인물도 생로병사의 질곡을 피해 갈 수는 없었으니, 이 황량한 오지에 드높은 이름을 외로이 묻은 것이다. 세상의 분진속사粉塵俗事들이 어찌 허무하지 않겠는가.

"참으로 안타까운 일입니다."

구양현의 말에 석대원이 얼굴에 떠올린 일말의 그늘을 지우며 담담히 말했다.

"오래전 일입니다. 괘념치 마십시오."

구양현은 마음의 우울함을 떨치듯 화제를 돌렸다.

"그나저나 석 형과 이렇게 마주하고 이야기를 나누다 보니 문득 당금 강호에서 명망이 높은 대협 한 분이 연상되는군요."

석대원이 굵은 목을 갸웃거리다가 구양현에게 물었다.

"저를 보고 떠올리셨다니, 그 대협이란 분도 체격이 무척 큰 모양이지요?"

"하하, 물론 그분의 체격도 큰 편입니다. 석 형만큼은 아니지만 말입니다."

눈을 빛내며 두 사람의 대화에 귀를 기울이던 소소가 석대원을 대신해 구양현에게 물었다.

"그 대협이란 분이 대체 누구죠?"

"지난 대부터 강동제일가라고 불리는 강동 석가장의 현 가주이신 석대문, 석 대협이 바로 그분이시지. 사매도 판검대인이라는 별호는 들어 보았을걸."

과문한 소소는 그 별호를 들어 보지 못했다. 그녀의 관심을 끈 것은 별호가 아니라 본명이었다.

"석대문…… 석대원…… 어라? 이름도 비슷하네요."

구양현이 작게 고개를 끄덕인 뒤 석대원을 바라보았다.

"혹시 석대문 대협과 인척이라도 되시는지요?"

석대원에게만 정신을 집중하고 있던 구양현과 소소는 이 순간 나무를 깎아 가던 한로의 손길이 우뚝 멈췄음을 알아차리지 못했다. 그러나 정작 석대원 본인은 태연하기만 했다. 커다란 손을 돌려 뒤통수를 한 번 긁적거린 그가 쾌활하게 웃었다.

"하하, 소생 같은 야인이 어찌 그런 명문과 인연을 둘 복이 있겠습니까."

"그렇다면 소제가 결례를 범한 셈이군요. 두 분의 풍모가 어딘지 모르게 닮은 듯해서⋯⋯."

구양현이 포권으로써 사과하자 석대원이 눈을 찡그렸다.

"그만한 일로 결례라니, 구양 형께서는 산사람에게 너무 깍듯하십니다."

"그, 그런가요?"

구양현이 어색한 웃음을 흘리는데, 소소가 재빨리 치고 나와 그에게 물었다.

"그 석대문이란 사람이 여기 계시는 석 오라버니와 그렇게나 닮았나요?"

난데없이 등장한 낯간지러운 호칭에 늙고 젊은 세 사람은 약속이나 한 것처럼 눈을 끔뻑거렸다.

"어디가 닮았죠? 빨리 말해 봐요. 예?"

소소가 거듭 재촉하자 구양현은 난처한 표정으로 더듬거렸다.

"그게⋯⋯ 아까도 말했지만 석 대협의 체격도 꽤나 큰 편이고, 또 생김새가 무척 사내다워서⋯⋯."

"아하, 석 오라버니처럼 호걸풍이다 이거로군요? 게다가 이름도 꼭 닮았고. 석대문⋯⋯ 석대원⋯⋯ 하하, 모르는 사람이 들으면 형제라도 되는 줄 알겠네요. 또 닮은 데는 없나요?"

"혼례식 때 먼발치에서 본 거라 자세히는 몰라."

"혼례식요? 그 사람은 결혼을 했나 보죠?"

"사매도 알잖아. 신기보의 큰소저가 삼 년 전 강동으로 시집간 것 말이야."

"어? 그러면 왕王 언니의 부군 되시는 분이 그 석대문이란 사람이에요?"

그때 한로가 카랑카랑한 목소리로 두 사람의 대화를 끊었다.

"모르는 사람 얘기는 더 이상 듣고 싶지 않으니 그만하시오."

신이 나서 재잘거리던 소소는 찔끔 어깨를 움츠렸다.

'이 늙은이는 광오할 뿐만 아니라 성질도 참 지랄 같구나.'

소소가 내심 한로를 욕할 때, 한로가 석대원을 바라보며 말했다.

"소주, 과연 혈랑곡이 강호에 나타났소이다."

석대원은 빙긋 웃으며 고개를 끄덕였다.

"운耘 노선생께서 예견하신 몇 가지 경우 중 하나지요."

"흐으, 가증스러운 놈들 같으니라고."

두 노소의 알쏭달쏭한 대화를 듣던 소소가 참지 못하고 석대원에게 물었다.

"혈랑곡이란 뭐 하는 무리죠? '곡'이라고 하는 걸 보면 무슨 지명 같은데, 위치는 어디에 있나요?"

석대원이 대답하기에 앞서 구양현이 먼저 말했다.

"사매도 곤륜지회崑崙之會의 오대고수五大高手에 관한 얘기는 알잖아?"

"삼사형도 참, 강호인치고 그 얘기를 모르는 사람도 있나요?"

소소가 이렇게 핀잔을 주는 것은 당연했다. 만일 그 얘기를 모른다면 강호인을 자처하는 데 심각한 지장이 있을 터이기 때문이었다.

북악신무, 남패무양, 구중비각, 신비혈랑, 만용천선.

석대원이 아까 혈랑곡도들을 상대로 읊조린 바 있는 이 스무

자 구절은 지금으로부터 사십여 년 전, 곤륜산 무망애霧望崖 위에서 벌어진 대회합이 낳은 절대 고수 다섯 사람을 가리키는 말이었다.

"그중 신비혈랑이란 구절은 바로 천하제일 마검 혈랑곡주血狼谷主를 가리키지. 혈랑곡주가 바로 혈랑곡의 주인이야."

구양현이 차분한 목소리로 소소에게 일러 주자 석대원이 그의 말을 받았다.

"신비혈랑의 '신비'란 말이 알려 주듯 누구도 혈랑곡의 위치를 모릅니다. 다만 한 가지 분명한 것은⋯⋯."

석대원은 잠시 말을 멈추었다. 소소는 물론이거니와 구양현도 그의 말에 귀를 기울이는 눈치였다.

"근자에 벌어지고 있는 혈랑곡도들의 출몰은 북악과 남패로 양분되어 역학적 균형을 유지하고 있는 작금의 강호에 심상치 않은 교란 세력이 등장했음을 의미합니다."

소소는 콧등을 찡그렸다. 머리가 딱히 나쁜 편은 아닌 그녀지만 저런 식의 어렵고 딱딱한 용어들—역학적 균형이니 교란 세력 따위의—이 나오면 골치가 지끈거려 오는 것이 사실이었다.

그때 구양현이 석대원에게 말했다.

"소제 또한 혈랑곡이라는 집단에 대해 다시 생각하지 않을 수 없군요. 오늘 만난 귀문도 우낙이나 의수신안륜 부대연은 산서와 요동에서 악명을 떨치던 범상치 않은 마두들입니다. 그런 자들까지 주구로 삼았으니, 혈랑곡의 위세가 얼마나 강성한지 짐작할 수 있습니다."

"흥! 그까짓 것들이 무슨 대단한 인물이라도 된다고!"

다 깎은 지팡이를 이리저리 돌려보던 한로가 코웃음을 쳤다.

구양현은 머쓱한 표정으로 입을 다물었다. 한로가 귀문도 우낙을 상대로 보여 준 놀라운 검법을 생각하면 그럴 수밖에 없었던 것이다.

소소가 석대원에게 불쑥 물었다.

"석 오라버니, 오라버니의 무공은 물론 그 두 놈의 도적보다 훨씬 강하겠죠?"

석대원이 그녀에게 반문했다.

"왜 그렇게 생각하시는지?"

"오라버니의 노복이 칼질 몇 번으로 놈들 중 하나를 간단히 물리쳤잖아요. 노복의 무공이 그 정돈데 주인의 무공이야 말해 무엇하겠어요. 대체 오라버니의 사문은 어디죠? 혹시 천선자 어른의 제자인가요?"

석대원은 빙긋 웃으며 고개를 저었다.

"소저께선 미욱한 산사람을 너무 높이 봐주시는군요. 그 어른께서는 딱히 문맥門脈이란 것에 집착하지 않으셨습니다. 그러니 따로 사문이란 것이 있을 리 없지요."

소소는 콧방귀를 뀌었다.

"흥, 그런 고리타분한 말로 나를 속일 수 있을 것 같아요? 딱 보면 알아요. 석 오라버니는 천선자 어른의 제자가 분명해요."

구양현이 당황한 표정으로 끼어들었다.

"미안합니다. 주위에서 너무 오냐오냐하면서 키운 탓에……. 사매의 무례를 대신 사과드리겠습니다."

눈초리가 샐쭉해진 소소가 주먹으로 구양현의 옆구리를 오달지게 쥐어박았다.

"사형의 눈에는 내 모습이 보이지도 않는 모양이죠? 이제는 내가 있는 자리에서도 대놓고 내 흉을 보는군요."

우연인지 고의인지 소소의 주먹에 맞은 자리가 하필이면 부대연의 의수신안륜에 다친 부위인 탓에, 구양현은 비명도 제대로 지르지 못하고 입을 딱 벌리고 말았다. 그 모습을 본 석대원이 걱정하는 표정으로 구양현에게 물었다.

　"구양 형의 내상이 가볍지 않은 듯합니다. 괜찮은 약이 있다면 당장이라도 내 드렸을 텐데, 워낙 궁벽한 곳이 되어 놔서……."

　구양현은 옆구리를 어루만지면서 억지로 웃어 보였다.

　"너무 염려 하지 마십시오. 소제의 내상은 그리 중하지 않습니다."

　소소는 심술궂게도 그런 구양현의 옆구리를 손가락으로 쿡쿡 찌르며 조잘거렸다.

　"우리 삼사형은 이래 봬도 이름난 의가 출신이지요. 주머니만 뒤집어도 신통방통한 비약秘藥들이 우수수 쏟아져 나올 거라고요. 안 그래요, 삼사형?"

　이 말괄량이야! 네가 얌전히 있어 주는 것이 가장 좋은 비약이다!

　웃는 것도 찡그린 것도 아닌 구양현의 눈은 이렇게 대답하고 있었다.

　석대원은 얼굴에 떠올린 걱정의 기색을 거두며 말했다.

　"내상이 중하지 않다니 다행입니다. 오늘 중에는 길을 떠날 계획이라서 보살펴 드리지 못하면 어쩌나 내심 걱정하고 있던 참이었습니다."

　"떠나요? 어디로 이사를 가나 보죠?"

　눈치 없는 소소와는 달리, 눈치 빠른 구양현은 석대원을 향해 정중히 포권을 올리며 밝은 목소리로 말했다.

　"석 형의 출도出道를 축하드립니다. 앞으로 강호에서 자주 뵐

것을 생각하니 기쁘기 한량없군요."

소소는 깜짝 놀라 석대원에게 물었다.

"강호에 나오시는 건가요? 정말로요?"

석대원은 큼직한 웃음을 머금으며 고개를 끄덕였다.

"그렇습니다."

"아이코, 신나라! 안 그래도 재미라고는 눈곱만큼도 없는 삼 사형하고만 다니느라 진절머리 나던 참이었거든요."

손뼉을 치며 즐거워하는 소소에게로 세 사람의 휘둥그레진 시선이 동시에 모아졌다. 그들의 시선엔 얼렁뚱땅 동행이 되어 버린 데 대한 곤혹감이 떠올라 있었다.

잠시 후 석대원이 어색한 헛기침과 함께 입을 열었다.

"험험, 잘되었군요. 강호 초출인 데다 세상 문물에 어두워 걱 정이 이만저만이 아니었는데, 두 분과 동행을 한다면 많은 도움 을 받을 수 있을 겁니다. 안 그렇소, 한로?"

한로는 애써 동의를 구하는 석대원에게 킹, 코웃음을 치고 고개를 돌려 버렸다.

한로가 그러거나 말거나, 소소는 고개를 들고 콧대를 높이 세우며 석대원에게 말했다.

"강호의 경험으로 따지면 제가 까마득한 누나뻘이 되네요. 염려하지 마세요. 이 자상한 누나가 덩치 커다란 동생을 살뜰하 게 돌봐 줄 테니까요."

"사, 사매, 제발 말을 좀……."

구양현이 다급히 제지하고 나섰지만 석대원의 눈에는 소소의 경박함이 오히려 귀엽게 비친 것 같았다.

"그럼 잘 부탁드리겠습니다, 자상하신 누님. 하하하!"

소소를 향해 고개를 꾸벅 숙인 석대원은 도관의 천장을 올려다보며 너털웃음을 터뜨렸다. 그의 쾌활한 웃음소리는 유리 위에 떨어진 커다란 쇳뭉치처럼 수십 년간 적심관을 짓눌러 온 고적함을 단번에 깨뜨려 버렸다.

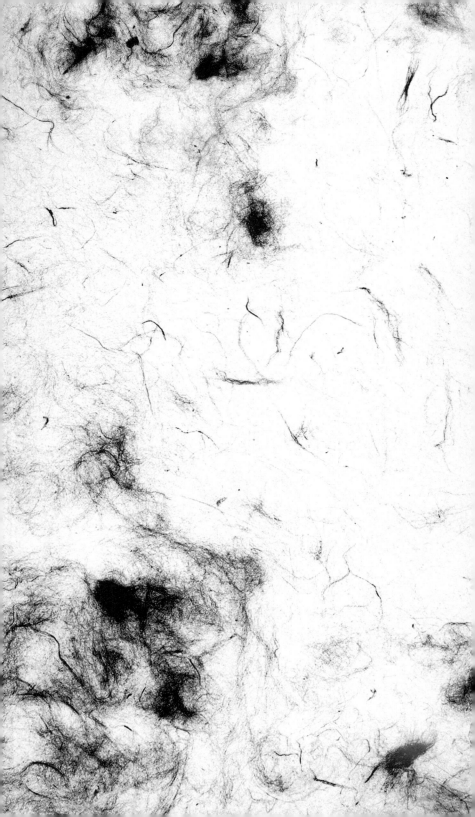

소주야蘇州夜

(1)

삼주기三州祈란 말이 있다.

모름지기 장부라면 소주蘇州 계산승치溪山勝致에서 태어나 항주杭州 가염옥지佳艶玉池에서 노닐다가 유주幽州 창량수해蒼養樹海에 기대어 죽고 싶다는 데서 나온 말이다. 이유인즉슨, 소주는 산세가 장엄하고 경관이 빼어나 풍수학적으로 재사가 많이 나며, 항주는 문물이 번화하고 미인이 많아 청춘의 가연을 만들기 좋으며, 유주는 울울창창 산세 위에 무한정으로 자라는 양재가 많아 좋은 관을 구할 수 있기 때문이다.

수려한 풍광으로 많은 문장가의 붓끝에 회자되어 온 소주.

밤의 어둠은 그 소주의 하늘 아래에도 어김없이 찾아들었다.

소주성에서 서북쪽으로 삼십여 리 떨어진 곳에는 호의산弧疑山

이라는 이름의 산이 자리 잡고 있었다. 산을 이루는 세 봉우리의 모양새가 비슷비슷하여 초행의 나그네들이 종종 '혹시 여우에 홀려 같은 길을 맴도는 게 아닌가?' 의심한다 하여 붙은 이름이었다.

호의산의 세 봉우리 중 가장 높은 것이 녹양봉綠楊峰인데, 그 남쪽 기슭에는 커다란 장원 한 채가 쓸쓸히 서 있었다.

장원은 보는 이의 한숨을 자아낼 만큼 낡고 오래돼 보였다. 건물 자체도 그럴 뿐 아니라, 장원 뒤쪽으로 무성하게 자란 잡목림이 돌담을 타고 넘어와 뒤뜰을 온통 차지했으니 그 황폐함이야 이루 말할 수 없을 지경이었다.

그러니 주인에게조차 외면당한 이 장원을 소주 거리에서 비럭질을 해 먹는 거지들이 보금자리로 삼은 것은 별로 이상한 일이 아닐 것이다. 거지란 예나 지금이나 이슬 피할 지붕만 있으면 어디든 등짝을 붙일 수 있는 적응력 강한 족속이기 때문이다.

그래서인지 허물어진 담 틈으로 간간이 엿보이는 때에 전 얼굴들이 그런대로 살 만한 것처럼 보인다. 아무 일 하지 않고 있을 때도 그렇거니와 뭔가가 걸린 내기에 열중해 있을 때는 더더욱.

"달팽이!"

"뱀!"

적당한 긴장감이 밴 두 마디 음성이 두 사내의 머리 위에 머물러 있던 고요한 밤공기를 흔들었다. '달팽이'를 외치며 새끼손가락을 내민 곽가郭哥는 입가에 득의양양한 미소를 지었다. 반면에 '뱀'을 외치며 둘째손가락을 내민 오가吳哥는 풀죽은 표정이 되었다.

오가는 자신의 둘째손가락을 씹어 먹고 싶다는 듯이 노려보다가 투덜거렸다.

"충권蟲券은 아무리 생각해도 이해할 수가 없어. 달팽이가 무슨 재주로 뱀에게 이긴단 말이야?"

"거 되지도 않는 푸념일랑 집어치우고 빨리 주먹밥이나 내놓으시구려."

곽가는 내기에 대한 약속 이행을 점잖게 촉구했지만 오가의 푸념은 멈추지 않았다.

"자연의 섭리란 게 얼마나 냉혹한지 자네도 잘 알잖아. 달팽이가 백 마리 천 마리 달라붙어 보라지. 뱀이 눈 하나 깜짝하는가."

"잘 알지도 못하는 자연의 섭리 운운할 필요 없소. 원망하고 싶으면 번번이 지기만 하는 형의 머리통이나 원망하시구려."

이 말에 오가는 성난 표정이 되었다. 하지만 화를 오래 못 내는 천성인 듯 이내 안색을 풀며 곽가에게 물어 왔다.

"그나저나 정말 신기하구먼. 자네는 충권을 어찌 그리 잘하나? 평소 벌레들한테 무슨 공덕이라도 쌓았는가?"

곽가는 실소를 흘렸다.

"벌레들한테 공덕이라니 무슨 말 같지도 않은 소리를……."

"아냐, 아냐. 분명히 무슨 비결이 있을 거야. 그게 아니면 열 번 중에 여덟아홉 번을 이길 리 없지. 그렇게 빼지 말고 내게만 살짝 귀띔해 달라고. 충권을 잘하는 비결이 뭔가?"

곽가는 어쩔 수 없다는 듯이 어깨를 으쓱거렸다.

"한 번만 얘기할 테니 잘 들으시오."

"귓구멍 열고 똑똑히 들을 테니 어서 말해 보게."

오가는 곽가에게 얼굴을 바싹 들이밀었다. 그 초롱초롱 빛나는 눈을 보면서, 곽가는 경론장競論場에 나선 유학자처럼 점잖은 목소리로 설명을 시작했다.

"대저 충권이란 와蛙, 사蛇, 와蝸, 즉 개구리와 뱀과 달팽이가 서로에게 이기고 또 서로에게 지며 승부를 가름하는 놀이라오. 세 벌레들은 공통적으로 하나의 강점과 하나의 약점을 지니니, 이 안에는 절대 강자도 있을 수 없고 절대 약자도 있을 수 없소. 이길 확률과 비길 확률과 질 확률이 똑같이 삼분지 일, 합쳐서 완전한 하나가 되는 것이오. 이는 매우 공평무사한 데다 상생상극相生相剋의 도리마저 내포되어 있으니, 아까 형이 말한 것처럼 자연의 섭리와도 일치한다고 볼 수 있소."

막 걸음마를 뗀 아이들도 할 줄 아는 충권에 무슨 도리가 저렇게 많은지는 알 수 없었지만 오가는 계속 눈을 빛내며 곽가의 한마디 한마디에 온 신경을 기울였다.

"그러나 세상 돌아가는 것이 어디 공평무사만으로 해결이 되겠소? 세상에는 상대성이라는 묘한 놈이 있어서, 그놈이 종종 충권의 공평무사함을 뒤흔들어 놓기도 하오. 예를 들면 우리의 경우가 그렇소."

오가가 의아해하며 물었다.

"우리의 경우라니?"

곽가는 오가의 얼굴을 빤히 바라보다가 말했다.

"형은 조금 전, '저 친구는 먼젓번에 뱀으로써 내 개구리를 이겼다. 요번에는 내가 뱀을 잡기 위해 달팽이를 낼 거라고 생각하겠지? 그러니까 저 친구는 분명히 개구리를 낼 거야. 그러니까 나는 뱀으로써 저 친구의 개구리를 이겨야지.'라고 생각했을 거요. 어떻소, 내 말이 틀렸소?"

과정이 복잡했던 탓에 오가는 한참 머리를 굴려야만 했다. 그러다가 어느 순간 크게 놀라며 고개를 끄덕였다.

"맞아! 분명히 그렇게 생각했네!"

"그 전의 생각도 맞춰 볼까요? 아마도 형은, '저 친구가 앞서 달팽이로써 내 뱀을 이겼는데, 자꾸 히죽거리는 것을 보니 요번에도 달팽이를 낼 눈치로군. 나는 개구리를 내어 저 친구의 달팽이를 이겨야지.'라고 생각했을 거요."

오가의 눈동자가 넋 나간 사람처럼 게게 풀렸다.

"귀신이야, 귀신. 나는 사람이 아니라 귀신과 보초를 서고 있는 거로군."

곽가는 픽 웃었다.

"형은 너무 단순해서 마치 머리에다 창문을 뚫어 놓은 것처럼 무슨 생각을 하고 있는지 훤히 보인다오. 그러니 나 같은 고수와 겨루면 겨루는 족족 질 수밖에."

"내 머리에 창문이 뚫려 있다고? 제기랄! 이제부터 자네와 충권을 하려면 모자라도 뒤집어써야겠군."

오가는 얼굴을 잔뜩 찌푸리다가 돌연 땅이 꺼져라 한숨을 내쉬었다.

"갑자기 한숨은 왜 쉬고 그러시오?"

곽가가 묻자 오가는 우울한 목소리로 중얼거렸다.

"생각해 보면 늘 이랬던 것 같아. 힘이면 힘, 머리면 머리, 단한 가지도 자네보다 나은 점이 없군. 그러니 자네에게 항상 짐만 될 수밖에."

뜻밖에 튀어나온 자기 비하에 곽가는 잠시 난처한 표정을 짓다가 이내 빙긋 웃으며 오가를 다독였다.

"괜한 소리를 다 하시오. 형이 나보다 잘하는 게 왜 없소? 자는 사람들 다 깨워 물어 보시오. 거지 주제에 창기 년한테 서방소리 듣는 사람 있으면 나와 보라고."

그 말에 아래로 푹 떨어졌던 오가의 고개가 슬그머니 들렸다.

"서방 소리?"

곽가가 고개를 크게 끄덕였다.

"그렇소."

"하면 앵화櫻花 년이 날 두고 서방이라 불렀다 이건가?"

"내 이제야 하는 말인데, 며칠 전에 형이 한 번 눌러 준 게 고년의 굳은 살을 아주 제대로 풀어 줬나 봅디다. 그제 그 동네에 들렀는데, 날 보고 반색을 하면서 우리 서방님 언제 오시냐고 생난리를 치더이다. 빠져나오느라고 아주 혼났소."

이 말이 즉효약이었는지 오가의 어깨가 천천히 펴졌다.

"흐흐, 내가 다른 건 몰라도 그 짓 하나만큼은 제법 하는 편이지."

"물건도 보통 물건이오? 거지 다리 사이에 달려 있기엔 아까운 물건 아니오."

"내 물건 말인가? 흐하하! 그렇다고도 할 수 있지."

이로써 오가의 기는 완전히 살아났다. 그는 개선하는 장수처럼 의기양양한 얼굴로 곽가에게 말했다.

"내 누구에게도 알려 주지 않으려고 했는데, 우리 분타에서도 앵화 고년의 배 위를 거쳐 간 사람들이 제법 있더라고."

"그게 정말이오?"

"장莊 사숙 있지 않나. 그 양반의 경우는 아주 월초와 월말에 날을 정해 놓고 온다더군. 그런데…… 흐흐, 앵화 년 말이 안 오는 게 차라리 고맙대."

"왜?"

"앵화 고년이 보통 풀무질로 달궈질 화덕인가? 그런 화덕 에다가 바람 새는 풀무를 끼웠으니 하회가 뻔한 거지."

"바람 새는 풀무라고요? 허어, 코도 큼직한 것이 힘깨나 쓰게 생긴 양반인데…….”

"그래서 하는 말인데, 밤일하고 생김새는 무관한 거라고. 날 봐. 이 체격을 보고 누가 물건 실한 줄 알겠어?”

사실 보초로 시간을 보내는데 음담패설처럼 좋은 수단도 찾기 힘들 것이다. 곽가와 오가, 두 거지는 앵화란 창기를 둘러싼 온갖 지저분한 비화에 이야기꽃을 피우느라 구름이 달빛을 가린 사실조차 깨닫지 못했다.

한데 달빛이 그렇게 구름 뒤에 숨은 사이 하나의 사건이 벌어졌다. 장원 뒤쪽 잡목림으로부터 흑영黑影 하나가 둥실 떠올라 담 안쪽으로 날아 들어간 것이다.

"이건 정말로 비밀인데 분타주께서도 고년 배때기에 오른 적이 있다고 하더군.”

"엑! 그러면 형님은 장 사숙뿐 아니라 분타주하고도 동서지간이 됐단 말이오?”

"쉿! 목소리 좀 낮추라고. 안 그래도 요즘 슬슬 신혼 분위기가 사라지는 눈치던데, 괜히 소문이라도 나는 날엔 그 여자 손톱 아래 분타주 얼굴이 남아나지 않을 거라고.”

두 거지는 자신들의 머리 위로 흑영이 지나갔다는 사실을 전혀 알아차리지 못한 채 음담패설에만 열중하고 있었다. 하기야 그들이 눈에 불을 켜고 임무에 충실했다 한들 흑영의 움직임을 잡아내기란 어려웠을 것이다. 흑영의 경신공부는 그만큼 빠르고 표홀했다.

허물어진 담을 넘어 잡초 무성한 뒤뜰을 소리 없이 질주하던 흑영은 구석에 서 있는 다섯 자 높이의 낡은 석등 아래 몸을 웅크렸다.

비록 웅크리고 있다고는 하지만 흑영은 석등의 그늘이 비좁을 만큼 장대한 체구를 지니고 있었다. 바위를 연상케 할 만큼 단단한 느낌을 풍기는 몸뚱이는 착 달라붙는 야행복夜行服 아래 감춰져 있고, 얼굴 역시 같은 재질의 검은 복면으로 가리고 있었다. 드러난 것이라고는 마디가 억세 보이는 커다란 손 그리고 복면의 눈구멍을 통해 엿볼 수 있는 한성寒星 같은 눈동자뿐.

그 눈동자가 수평으로 천천히 움직였다.

'우선 건물의 배치를 확인해 봐야겠군.'

흑영은 석등 뒤에서 빠져나와 전방 십여 장 떨어진 곳에 있는 단층 전각 쪽으로 달려갔다. 그의 발아래로 무수히 많은 잡초들이 스쳐 지나갔지만 흡사 얼음을 지치듯 버석거리는 풀 소리 한 번 울리지 않았다. 공력이 절정에 달하지 않고서는 결코 시전할 수 없다는 초상비草上飛의 경지였다.

전각에서 일 장쯤 떨어진 곳까지 그렇게 달리던 흑영은 발끝으로 돌부리 하나를 찍으며 허공으로 솟구치더니 처마 밑에 몸을 찰싹 붙였다. 거꾸로 뒤집힌 그의 시야에 어둠에 묻힌 장원의 풍경이 들어왔다.

그 풍경이 사전에 입수한 장원의 전도全圖와 크게 다르지 않음을 확인한 그는 지체 없이 처마 밑에서 몸을 빼 장원 중심을 향해 달려가기 시작했다.

그렇게 얼마나 달렸을까? 흑영의 장대한 신형이 갑자기 달리던 자리에서 사라졌다.

잠시 후, 흑영이 달리던 자리에 두 사람이 모습을 드러냈다. 하나같이 궁기가 잘잘 흐르는 초라한 신색. 저들이 거지가 아니라면 오히려 이상할 것이다.

"이상하다. 뭔가 움직인 것 같았는데."

한 거지가 고개를 갸웃거리자 다른 거지가 면박을 주었다.

"움직이긴 뭐가 움직였다고 그래? 설마 도둑이라도 들었을라고?"

처음 거지가 고개를 주억거렸다.

"하긴 거지 소굴에서 훔쳐 갈 게 뭐가 있다고."

"쓸데없는 일에 신경 쓰지 말고 하던 얘기나 계속해 보라고. 그래서 그 과부가 자네 괴춤을 더듬더라 이 말인가?"

"맞아, 그 얘기를 마저 해야지. 나도 설마하니 정절 높기로 유명한 그 여자가 다짜고짜 그렇게 나올 줄 몰랐지 뭔가. 그런데 그게 아니더라고. 정절은 무슨 얼어 죽을. 배때기를 슬쩍 만져 보니 왈캉달캉, 이건 숫제 베틀이더라고. 계집 쪽에서 이렇게 나오는데 가만히 있다면 사내가 아니지. 그래서 내가……."

말소리가 점점 멀어졌다. 이윽고 두 거지가 살피던 자리에 흑영이 스르르 나타났다. 두 거지가 보았다면 유령이라고 혼비백산하고도 남을 놀라운 신법이었다.

'누가 굶은 놈들 아니랄까 봐 하나같이 밝히기는…….'

흑영은 두 거지가 사라진 곳을 바라보며 실소를 흘린 뒤 다시 이동하기 시작했다.

장원 중심부에는 외장外牆과는 달리 붉은 벽돌로 튼튼하게 쌓아 올린 내장內牆이 있었고, 그 너머로 거지 소굴에 있기엔 아까운 번듯한 건물 한 채가 보였다.

내장 밑까지 접근한 흑영은 한 마리 거대한 도마뱀으로 화한 듯 정정의 벽호유장공壁虎遊牆功을 시전해 담벼락을 넘어갔다.

'여기가 삼각풍 위백의 거처인가?'

흑영은 눈앞에 서 있는 삼 층 전각을 올려다보았다. 퇴락한 이 장원 내에서 유일하게 잘 단장된 건물이기도 했다.

전각 남쪽으로 난 입구엔 보초 두 명이 지키고 있었다. 바깥쪽을 지키는 얼치기들과는 달리 태양혈太陽穴이 불룩 튀어나오고 두 눈에 정광이 번뜩이는 것이 과연 중지重地를 지키는 자들다워 보였다.

조심스러운 걸음으로 전각 뒤로 돌아간 흑영은 건물 벽에 바짝 붙어 선 커다란 은행나무를 발견하고는 소리 없이 웃었다.

'제발 타고 올라가 달라고 애원하는 것 같군.'

그는 주저하지 않고 은행나무를 타고 올라갔다.

지상으로부터 사오 장 올라가자 연녹색으로 무성한 은행잎 사이로 전각의 삼 층 창문이 눈에 들어왔다. 눈대중으로 가늠한 거리는 이 장 반 남짓. 남부의 후텁지근한 밤공기 탓인지 창문은 활짝 열려 있었다.

흑영은 문득 아까 어떤 거지가 한 말이 떠올랐다.

－거지 소굴에서 훔쳐 갈 게 뭐가 있다고.

모두들 그렇게 생각해 보초도 설렁설렁, 문단속도 설렁설렁인 모양이었다.

'그렇다면 바로 내가 거지 소굴에서 뭔가를 훔쳐 가려는 파렴치한 도둑놈이란 뜻이군.'

흑영은 쓰게 입맛을 다신 뒤 활짝 열린 창문 안으로 몸을 날렸다. 이 장 반이면 결코 가까운 거리라 할 수 없지만 비조처럼 어둠을 가르는 그에게는 별다른 장애가 되지 않았다.

처음 장원의 외장을 넘어 들어온 뒤 전각의 삼 층 창문으로 날아 들어간 시점까지 소요된 시간은 불과 일 각. 장원 안에는 꽤 많은 수의 보초들이 근무하고 있었지만 그 누구도 흑영을 발견하지는 못했다.

흑영이 넘어 들어온 창문은 전각 삼 층을 길게 가로지른 복도의 중앙에 난 것이었다. 복도의 중앙은 또 다른 복도와 정丁 자 모양으로 만나고 있었다.

창가에 선 흑영의 앞에는 그의 그림자가 창문을 통해 흘러들어 온 달빛 위로 길게 늘어서 있었다. 흑영은 자신의 그림자를 소리 없이 밟으며 걸음을 옮겨 놓았다.

'삼 층에는 집무실만 있는 것이 아니라 위백의 침실도 있다고 했다. 위백의 귀라면 경계할 필요가 있지.'

흑영의 운신이 더욱 조심스러워진 것은 바로 그 때문이었다.

그렇게 십여 보 앞으로 나아갔을 때, 흑영의 귓가에 어떤 소리가 흘러들어 왔다. 헐떡이는 듯하기도 하고 쌕쌕거리는 듯하기도 한 야릇한 소리. 그 소리는 앞쪽에 있는 방문으로부터 새어 나오고 있었다. 흑영은 호기심에 끌려 방문 앞으로 다가갔다.

"음! 으음! 헉!"

"아아! 여보…… 아!"

나무 문짝을 격하고 들려오는 소리는 오늘 같은 달밤에 무척이나 어울리는 일이 그 안에서 벌어지고 있음을 말해 주었다. 흑영은 고소를 지으며 몸을 돌렸다. 양상군자梁上君子도 군자인 바에야 이런 자리는 알아서 비켜 주는 게 예의였다.

그런데 그때 방문 너머로 짜증 섞인 여인의 목소리가 울려 나왔다.

"여보! 설마…… 벌써……?"

아마도 사내 쪽에서 실정失精을 한 듯했다.

어색한 숨소리가 후우, 후우, 들리더니 곧이어 사내의 맥없는 목소리가 이어졌다.

　"나도 이제는 정말로 늙었나 보이. 젊디젊은 자네 볼 낯이 없구면. 허! 천하의 위백이 이 무슨……."

　'과연 위백의 침실이었군. 얼마 전 늦장가를 들었다더니…….'

　침실 안의 사내가 개방의 소주 분타주 위백임을 안 흑영은 한층 더 긴장하면서도 한편으론 의구심을 감추지 못했다. 위백은 인걸이 많다는 개방 내에서도 다섯 손가락 안에 꼽힐 만한 심후한 공력의 소유자였다. 공력이 심후하다고 해서 모두 정력가인 것은 아니겠지만, 개방의 순양한 공력을 위백처럼 단계적으로 수련했다면 저렇듯 정精이 달려 비칠거리지는 않을 것이다.

　하지만 흑영은 곧 그런 의구심을 접었다. 방중房中의 깊은 우여곡절을 낱낱이 헤아린다는 것은 불가능하기도 하거니와 외인인 자신의 몫이 아니라고 여겼기 때문이었다.

　잠시 침묵이 흐른 뒤, 한결 다소곳하게 변한 여인의 목소리가 방문 너머로 들려왔다.

　"아마 당신이 여름을 타시나 봐요."

　"그런가? 하긴 올여름이 유난히 덥긴 하지."

　"그리고 소첩도 충분히 만족했으니까 그 일에 너무 신경 쓰지 마세요."

　하지만 위백은 여인의 말이 본심과 다름을 알고 있는 듯했다.

　"자네 보기 민망해서 안 되겠어. 날 밝는 대로 장 아우에게 일러 보약이라도 한 재 지어 오라고 해야겠네."

　"소첩의 이모부가 지어 주신 보약을 밤낮으로 드시면서 또 무슨 보약 타령이에요?"

　"그게…… 그 약은 어째 별 효과가 없는 것 같단 말이지."

위백의 푸념에 여인의 목소리가 뾰족해졌다.

"뭐라고요? 그럼 소첩의 이모부가 돌팔이란 말인가요?"

"아, 아닐세. 자네 이모부가 돌팔이일 리 있겠나?"

"하면 아무 소리 마시고 꾸준히 드시기나 하세요. 장복하면 반드시 효과를 볼 거라고 하셨으니까요."

"알았네, 알았어. 자네 말대로 하지."

"말 나온 김에 약이나 드시고 주무세요. 자……."

뭔가를 마시는 소리. 이어 방 안에서 흘러나오는 말소리가 점점 가늘어지더니 이내 아무 소리도 들리지 않았다. 위백과 여인 모두 불만스러웠던 방사를 덮어 두고 잠을 청하는 모양이었다.

흑영은 조심스럽게 방문 앞을 떠났다. 그러면서도 같은 남자로서 위백에 대해 동정심이 이는 것을 금치 못했다. 젊은 부인과 살면서 잠자리를 제대로 만족시켜 주지 못한다면, 나이 든 남자로서 그보다 더 굴욕감을 받는 일도 드물 터였다.

복도가 끝나는 곳에는 침실 문보다 갑절은 큰 양개문兩開門이 있었다. 문고리를 살며시 쥐어 보니 다행히 잠기지는 않은 듯했다. 흑영은 달걀을 옮기듯 신중하게 양개문의 한쪽을 열었다. 이곳에서 서른 걸음도 떨어지지 않은 곳에 위백이 누워 있음을 감안하면 이 이상으로 신중할 수 없는 것이 안타까울 정도였다.

재빨리 방 안으로 들어간 흑영은 안력을 돋워 주위를 둘러보았다. 조명이라곤 창문을 통해 들어오는 달빛이 전부였지만, 그의 내공은 이미 어둠의 장애를 초월한 경지에 이르러 있었다. 방 안의 경물들이 또렷이 시야에 들어왔다.

'제대로 찾았군.'

흑영은 고개를 끄덕였다. 옻칠을 한 커다란 서안書案과 한쪽 벽면을 채운 **빽빽**한 문갑으로부터 이 방이 개방 소주 분타주의 집무실임을 짐작할 수 있었던 것이다.

흑영은 문갑을 향해 걸어갔다. 문갑 하나하나에 붙은 목록표는 이 방의 주인인 위백의 꼼꼼한 성격을 말해 주는 듯했다. 흑영은 문갑 하나를 열어 그 안에 차곡차곡 쌓인 문서 더미를 뒤적였다.

'인사 기록서……. 괜찮겠지.'

흑영은 문서 더미 가운데에서 한 장을 뽑아 찬찬히 살펴보았다. 누렇게 변색된 종이 위에는 몇 사람의 이름과 그에 따른 신상이 차분한 필체로 기재되어 있었다. 하단에는 문서를 작성한 날짜와 작성한 사람의 이름이 적혀 있었고, 그 옆에는 개방 소주 분타주의 직인이 찍혀 있었다.

흑영은 수중의 문서를 두 번 접어 품속에 넣었다. 그 문서가 인사 기록서든 연애편지든, 그것은 그리 중요하지 않았다. 중요한 것은 작성자의 이름이 위백이라는 사실이었다.

집무실을 나선 흑영은 신중한 손길로 문고리를 당겨 양개문을 닫은 뒤 들어온 창문을 향해 걸음을 옮겼다.

위백의 침실 앞을 지날 때 흑영은 잠시 걸음을 멈추고 방 안의 동정을 살폈다. 방 안으로부터 새어 나오는 것이라곤 낮게 코를 고는 소리뿐, 다른 기척은 들리지 않았다.

창가에 이르러 잠시 아래를 살피던 흑영은 창틀 너머로 훌쩍 몸을 날렸다. 목적을 달성했다는 홀가분함 때문인지 그의 몸놀림은 무척이나 경쾌해 보였다.

새벽잠이 유난히 많은 황가黃哥가 근자 들어 부쩍 잦아진 새벽 근무에, 순번 잡는 놈이 농간을 부렸다느니 거지 노릇도 더는 못 해 먹겠다느니 등등의 불평을 늘어놓는 심정은 충분히 이해해 줄 수 있었다. 하지만 같은 조에 편성되었다는 이유만으로 그 불평을 혼자서 고스란히 받아 내야 하는 양가梁哥는 짜증을 느끼지 않을 수 없었다. 근무지로 이동하는 짧은 시간 동안에도 이 정도인데, 보초를 서는 시간 내내 저 폭포수 같은 불평에 시달릴 것을 생각하면 벌써부터 머리가 지끈거렸다. 하지만 감히 타박할 수 없는 것이, 황가는 양가보다 고참이었고 싸움 실력도 훨씬 좋았던 것이다. 그래서 양가는 생각했다.

'너는 짖어라. 나는 귀 막고 있으련다.'

귀만 막을 게 아니라 눈까지 외면한다면 더 좋을 듯싶어, 양가는 눈길마저도 부근의 풀숲으로 돌려 버렸다. 양가의 걸음이 멈춘 것은 바로 그때였다.

"응?"

그렇게 바라본 풀숲 안에 웅크리고 있는 시커먼 그림자 하나를 발견했기 때문이다. 제초할 때가 되었는지 풀숲은 꽤나 무성했지만, 그 그림자를 완전히 가려 줄 만큼 무성하지는 못했다.

"저, 저……!"

양가가 풀숲 안의 그림자를 손가락으로 가리키며 뭐라 말하려 하는데, 그 그림자의 상단으로부터 시퍼런 안광 두 줄기가 뿜어 나왔다. 양가는 뱀 눈빛에 쏘인 개구리처럼 그 자리에 얼어붙고 말았다.

다음 순간, 시커먼 그림자가 검은 구름으로 화하여 양가를 덮쳐 왔다.

"두고 봐라, 내가 삼 년 내로 이놈의 거지 짓을 때려치우지 않으면……."

상황 돌아가는 것을 전혀 모르는 황가의 푸념을 들으면서 양가의 몸뚱이는 짚단처럼 뒤로 넘어가고 있었다. 한 가지 다행스러운 점은, 곧바로 "흐억!" 하는 황가의 비명이 뒤따랐다는 사실이었다. 황가의 푸념에 귓밥 쌓일 날 없이 시달린 두 귀를 생각해도 자신만 당하고 황가가 무사해서는 안 되는 것이었다.

빠르게 아득해지는 양가의 의식 위로 왠지 편안한 느낌을 주는 굵은 목소리가 내려앉았다.

"한숨 푹 자 두게."

황가 놈이 좋아할 소리군.

양가는 이렇게 생각하며 의식을 잃었다.

다음 날 아침, 개방의 소주 분타가 둥지를 튼 녹양봉 아래 폐장원에는 큰 소란이 일어났다. 보초를 서기 위해 근무지로 가다가 종적을 감춘 두 거지가 풀숲 안 으슥한 곳에서 의식을 잃은 채 발견된 것이다.

정신을 차린 두 거지의 장황한 설명이 아니더라도, 분타의 총책임자인 삼각풍 위백은 지난밤 분타에 예사롭지 않는 인물이 다녀갔음을 짐작할 수 있었다. 두 거지의 몸에 베풀어진 고명한 점혈법占穴法이 감출 수 없는 증거였다.

소주 분타에는 곧 비상이 걸렸고, 밤새 무슨 일이 벌어졌는지를 파악하기 위한 대대적인 수색과 점검이 뒤따랐다. 그러나 오전 내내 법석을 떨어도 딱히 나오는 것이 없었다. 상한 사람도, 그리고 없어진 물건도 발견되지 않았다.

위백은 죽었다 깨어나도 알지 못할 것이다. 자신이 소주 분타주로 부임할 무렵인 십여 년 전, 자필로 작성한 방도들의 인사기록서 중 한 장이 집무실의 문갑 안에서 사라졌다는 사실을.

(2)

호구릉虎邱陵은 춘추시대 오나라 왕 부차夫差가 부친인 합려闔閭의 시신을 이장한 능이다. 이장을 마치고 사흘이 지난 뒤 한 마리 흰 호랑이가 언덕 위에 나타나 능을 지켰다고 하여 그런 이름이 붙은 것이다.

석년 부차는 부친의 시신과 함께 삼천 자루의 검을 묻어 부친을 죽인 월나라 왕 구천句踐에 대한 복수를 다짐했다고 하는데, 무덤에 든 검까지 꺼내 써야 할 판국에 왜 아까운 검을 삼천 자루씩이나 허비했는지 납득하기 힘든 일이다.

강동제일가의 가주 석대문은 호구릉에서 그리 떨어지지 않은 객점의 숙소에서 창 너머로 보이는 호구탑虎丘塔의 기울어진 탑신 위에 무심한 시선을 얹어 두고 있었다.

오대五代 말기 호구릉 남쪽에 건축된 호구탑은 한쪽으로 심하게 기울어져 금방이라도 쓰러질 것처럼 위태로워 보였다. 물론 건축될 당시에도 저렇게 기울어졌을 리는 없을 테니, 아마도 지반의 점진적 침하가 만들어 낸 기경일 것이다.

하지만 지금의 석대문에겐 호구탑의 그런 기경조차 아무런 감흥을 불러일으키지 못했다. 머릿속을 어지럽히고 있는 한 가지 난제 때문이었다.

"그것참……."

석대문은 혼잣말을 중얼거리며 방 중앙에 자리 잡은 작은 탁자를 돌아보았다. 탁자에는 종이 두 장이 놓여 있었다. 그는 탁자로 다가가 그것들을 양손에 집어 들었다. 왼손의 종이는 명지明紙 중에서도 가장 좋다는 관음지觀音紙인데, 오른손의 종이는 오래되고 누렇게 빛이 바래 그 같은 비전문가의 눈으로는 지질을 알아내기 힘들었다.

석대문은 이러다 사시가 되는 게 아닐까 염려스러울 정도로 양손에 들린 종이들을 뚫어져라 노려보다가 고개를 절레절레 흔들었다.

"아무리 봐도 같군."

종이 자체를 말하는 것이 아니라 그 위에 적힌 필체를 말하는 것이었다.

석대문은 자신이 어렵사리 확보한 이 두 장의 문서가 꽤나 긴 시차를 두고 작성되었음을 알고 있었다. 그럼에도 불구하고 그것들을 구성하는 필체는 한 사람의 것이 분명해 보였다.

먼저 왼손의 관음지 위에는 그리 길지 않은 서간체의 글이 적혀 있었다.

> 이렇듯 외인을 통해 전언하는 점을 송구히 생각하오.
> 닷새 전 혈랑곡도들의 종적이 강소 북부에 발견되었음을 확인했소. 양 대협이 당도하는 즉시 그들을 추격할 계획이니, 조속히 이리로 와 주길 바라오.
> 중차대한 사안인 만큼 보안에 유의해 주시오.

보낸 이의 이름은 없었다. 다만 편지가 든 겉봉에 '양무청 형 친전親展'이라는 여섯 자가 적혀 있었다고 하니, 석대문의 숙부인 양무청에게 온 전언이라는 것만은 확실했다. 만일 편지를 본 양무청이 아무런 말도 없이 집을 나섰다면, 강동제일가의 석씨 형제들은 이 전언을 보낸 이에 대해 어떠한 실마리도 얻지 못했을 것이다. 다행히도 양무청은 약간의 실마리를 남겨 둔 채 집을 나섰고, 그길로 실종되었다.

 ─하하! 오지랖 넓은 거지 친구도 이럴 때 보면 도움이 된단
말이야.

 행선지를 묻는 숙모에게 양무청이 대신 남긴 말이었다. 석대
문이 소홍까지 찾아가 직접 만나 본 숙모는 퉁퉁 부은 눈으로
이 말을 전하면서, 오지랖이 넓은 거지 친구라면 개방의 소주
분타주인 위백일 공산이 크다는 의견을 조심스럽게 피력했다.
그것은 앞서 파견한 동생 석대전이 가져온 정보와도 일치했다.
 다음은 오른손의 오래된 종이. 지난밤 위백의 집무실에서 몰
래 가져온 인사 기록서였다. 이것을 입수하기 위해 강호에 이름
높은 판검대인은 밤손님 흉내까지 내야만 했다.
 "결국 이 두 장 모두 위백이 썼다는 얘기인데⋯⋯."
 석대문은 두 장의 종이를 양손에 쥔 채 탁자에 걸터앉았다.
삐걱거리는 소리가 근육으로 뭉친 탄탄한 엉덩이 밑에서 요란
하게 울려 나왔다. 객점의 점소이가 보았다면 기겁할 일이지만
생각에 골몰한 석대문은 탁자의 처절한 비명을 듣지 못했다.
 '하지만 아전의 말에 따르면 위백은 양 숙부에게 편지를 보낸
적이 없다고 하지 않던가. 만일 그의 말이 거짓이라면?'
 하지만 그렇게 단정 짓기엔 삼각풍 위백이 오늘날까지 쌓아
온 명망이 너무 두터웠다. 한 푼 무게도 안 나가는 종이 두 장
으로 그런 위백을 추궁하는 것은 제 발로 거름 구덩이에 걸어
들어가는 일만큼이나 어리석은 짓이었다. 단서와 증거는 엄연
히 다르다. 단서가 증거로 자리 잡으려면 보다 전문적인 안목을
지닌 자의 공증이 필요했다.

뿌드득!

부실한 탁자 다리가 마침내 부러졌다. 탁자에 얹혀 있던 찻주전자며 찻잔들이 바닥에 떨어져 깨졌다. 하지만 석대문은 어느새 탁자로부터 일 장쯤 떨어진 창가를 거닐고 있었다.

"전문가, 전문가라……."

미간에 잔주름을 잔뜩 잡은 채 창가를 오가던 석대문의 눈이 어느 순간 번쩍 빛났다. 이 소주의 뒷골목에서 말년 재미를 쏠쏠히 보고 있다는 어떤 노인네를 떠올린 것이다.

'궁하면 통한다더니…….'

석대문은 까칠한 턱수염을 문지르며 미소를 지었다. 필체 감정에 관한 한 천하를 통틀어 그 노인네만 한 전문가는 찾기 힘들 터였다. 한창 시절엔 괴인 소리를 듣던 위인인 만큼 협조를 구하기가 그리 쉽지는 않겠지만 말이다.

석대문은 창 너머로 높이 솟은 태양을 바라보았다. 그 노인네의 주된 활동 시간은 해 질 녘부터라고 했다. 지금은 정오 전이니 시간이 제법 남는 셈이었다.

"잘됐군."

석대문은 웃통을 훨훨 벗었다. 그러고는 방구석에 놓인 나무 침대로 몸을 털썩 실었다. 침대에 깔린 베 이불의 뻣뻣한 느낌이 반가웠다. 어울리지도 않는 밤손님 흉내로 밤을 꼬박 새운 탓이다.

'잘되겠지.'

석대문은 이렇게 생각하며 눈을 감았다.

(3)

주 노대周老大는 잠깐 자신의 귀를 의심했다.

"얼마라고?"

"은자로 천이백 냥…… 억!"

대답을 하던 복칠必七은 배를 움켜쥐며 뒤로 주르륵 밀려 나
갔다. 입은 대답을 강요하면서 발은 대답이 끝나기를 기다려 주
지 않는 것을 보면 주 노대란 인간이 얼마나 헷갈리는 성격의
소유자인지 알 수 있다.

"조쾌수趙快手, 신투목申透目은 뭐 했기에 생판 처음 보는 놈에
게 천이백 냥씩이나 털려! 너, 그 돈 모으려면 이 코딱지만 한
도방賭房을 몇 달이나 굴려야 하는지 알아!"

주 노대의 찢어지는 외침을 들으며 복칠은 목구멍을 타고 올
라온 국숫발이 바닥에 깔린 값비싼 융단을 더럽히지 않게 하기
위해 필사적으로 이빨을 악물어야 했다. 여기서 융단까지 더럽
히는 날에는 돈에 관한 한 아귀보다 지독하다는 주 노대가 어떤
패악을 부릴지 알 수 없기 때문이었다.

입 안에 그득한 국숫발을 가까스로 되삼킨 복칠은 더위 먹은
소처럼 헐떡거리면서 말했다.

"조쾌수, 신투목이 나설 기회도 없었습니다."

"나설 기회도 없었다고? 하면 네놈은 어중이 도박꾼이 천이백
냥이란 거금을 판돈으로 거는 것을 그냥 보고만 있었다 이거냐?"

복칠은 언제 다시 날아들지 모르는 주 노대의 발길질을 경계
하며 재빨리 해명했다.

"상황이 워낙 공교롭게 돌아갔습니다. 놈이 어찌나 능란하게
당겼다 놨다 하는지, 놈을 상대한 전대운田大運도 주사위라면 이
력이 난 위인인데 속절없이 끌려 다니다가 그만 감당할 수 없는
액수까지 걸게 된 모양입니다."

쾌수니 투목이니 대운이니 하는 이름들은 하나같이 도박꾼의

별명이었다. 손이 빨라 쾌수요, 눈썰미가 좋아 투목이요, 운이 승해 대운인 것이다.

주 노대가 버럭 고함을 질렀다.

"그렇다면 상대를 빨리 조쾌수나 신투목으로 바꿨어야 하지 않느냐, 마누라 잃은 판에다가 딸까지 갖다 바칠 이 돌대가리 놈아!"

복칠도 할 말이 아주 없지는 않았다.

"바꿨지요. 제가 왜 안 바꿨겠습니까? 그런데 전대운을 상대로는 온갖 호기를 탕탕 부리던 놈이 신투목이 앞에 앉자 별안간 좀생원이 되어 버리는 데에는 아주 환장하겠다 이 말입니다."

"뭐라고?"

"생각해 보십시오. 신투목이 아무리 재주가 좋아도 한 판에 한 냥씩 따서 언제 그 돈을 모두 빨아내겠습니까?"

"한 판에 한 냥?"

주 노대는 꼬챙이처럼 뾰족한 턱수염을 부르르 떨다가 별안간 꽥 소리를 지르며 문 쪽으로 달려갔다.

"그런 날강도 놈이 있나!"

복칠이 다급히 따라붙으며 물었다.

"대, 대인, 갑자기 어딜 가시는 겁니까?"

"어디긴 어디야, 날강도 놈이 있는 도방이지. 내 그놈을 당장……!"

당장 물고를 내 버리겠다는 살벌한 장담은 이미 문 밖에서 울리고 있었다. 그리 길지도 않은 말을 머리는 집 안에다가, 꼬리는 집밖에다가 걸쳐 놓은 것을 보면 주 노대란 인간의 성격이 헷갈릴 뿐만 아니라 무척 급하다는 점까지 짐작할 수 있다.

어쨌거나 주인이 앞서 가면 개는 그 뒤를 따르는 법이라, 복칠은 끊어질 것처럼 아픈 뱃가죽을 달랠 새도 없이 허겁지겁 주노대의 뒤를 따랐다.

그렇게 달려간 두 사람이 도착한 곳은 주 노대의 집에서 두골목 떨어진 곳에 위치한, 복칠이 관리하고 주 노대가 주인으로 있는 도방이었다. 도방의 이름은 귀몽대貴夢臺. 그럴듯한 이름 만큼이나 건물의 외관이 웅장하여 아까 주 노대가 한 코딱지만 하다는 말이 사실과는 많이 다름을 알 수 있었다.

그런데 당장이라도 뛰어들 기세로 도방의 문전까지 이른 주노대가 갑자기 홱 돌아서더니 뒤따르던 복칠의 따귀를 냅다 후려갈기는 것이었다. 이것은 실로 예상치 못한 기습이어서 복칠은 두 눈 멀쩡히 뜬 채 볼따구니에 손도장을 새길 수밖에 없었다.

"너, 저번에 현판에다가 새로 금박 입힌다며 돈 타 갔지? 그돈 어디다 썼어?"

주 노대는 금박이 번쩍거리는 도방 현판을 가리키며 복칠을 추궁했다. 얼굴이 파랗게 질린 복칠이 더듬더듬 대답했다.

"부, 분명히 새로 입혔습니다만…….."

"입히긴 뭘 입혀! 내가 소경인 줄 아니? 순금과 가짜 금도 구분 못 하는 소경인 줄 아냐고!"

저 높은 곳에 걸린 현판 위의 금칠이 진짜 금인지 가짜 금인지 한 번 보고 구분해 내는 데에는 복칠도 어쩔 수 없었을 것이다. 그는 그 자리에 납작 엎드려 머리를 조아렸다.

"아이고! 대인 어른, 죽을죄를 졌습니다!"

"기르던 개에게 물린다더니 내가 완전히 그 꼴이구나! 에라, 이 밟아 죽일 놈아!"

정말 밟아 죽일 작정이었을까? 복칠은 맨땅에 엎드린 채 밟히기 시작했다. 중인환시에 주 노대의 발바닥 아래 이리저리 뭉개지는 복칠의 신세는 참으로 가련했지만, 다른 면으로 본다면 자승자박이라고도 할 수 있었다. 비록 헷갈리고 급한 성격이기는 해도 눈썰미 하나만큼은 귀몽대의 신투목마저도 여러 수 접어준다는 주 노대를 속이려 했으니까.

사람 하나를 맨땅에 납작하게 발라 버린 주 노대는 신발 자국으로 낭자한 복칠의 등판에다 대고 "오늘 내로 그 돈 채워 놓지 않으면 손목이 잘릴 줄 알아라!"라며 으름장을 놓은 뒤 도방으로 기세 좋게 쳐들어갔다.

도방 안으로 들어간 주 노대는 사람들로 북적거리는 일 층은 거들떠보지도 않고 계단을 달리듯 올라가기 시작했다. 백 냥이 넘는 돈이 오가는 큰 판은 이 층에서 벌어진다는 것을 잘 알기 때문이었다.

과연 계단을 오르자 인의 장막으로 빙 둘러싸인 탁자 하나가 눈에 확 들어왔다.

"허허, 스물일곱 판이나 연달아 진다는 게 어디 말이나 되는 일이오? 손발 다 들었소. 정말로 다 들었다고."

인의 장막 한가운데에서 울려 나온 굵은 목소리를 들으며 주 노대는 사람들을 헤치고 안쪽으로 들어갔다.

별로 크지 않은 장방형 탁자의 짧은 변을 사이에 두고 마주 앉은 두 사내. 하나는 주 노대도 익히 아는 신투목인데 다른 하나는 안면이 전혀 없는 흑의 장한이었다.

손발 다 들었다며 엄살을 부리는 흑의 장한은 여유 만만해 보이는 반면, 스물일곱 판이나 연달아 이겼다는 신투목의 얼굴에는 초조감이 흐르고 있었다. 복칠의 말에 따르면, 전대운으로부터 천이백 냥이나 딴 흑의 장한이 신투목과 판을 벌린 이후론

한 냥씩만 걸었다고 한다. 그러니 스물일곱 판이라고 해 봤자 겨우 스물일곱 냥. 하루 벌어 하루 먹고사는 서민들에게는 큰돈 일지 모르지만 천이백 냥을 이미 잃은 주 노대에게는 그야말로 조족지혈에 불과한 것이다. 그러니 신투목이 어찌 초조해하지 않겠는가.

주 노대는 눈을 가늘게 뜨고 흑의 장한을 살펴보았다. 삼십 대 초중반의 나이에 눈빛이 깊고 생김새가 늠연하다. 어느 모로 봐도 이런 도방에서 야료를 부릴 하류배로는 보이지 않았다.

그러던 중 주 노대의 눈길이 탁자에 얹힌 흑의 장한의 오른손에서 멈췄다. 그 손은 자연스럽게 주먹으로 말려 있었는데, 손등으로 드러난 희미한 잔금들이 주 노대의 눈길을 잡아끈 것이다.

'얼씨구, 이것 봐라?'

주 노대가 판단하기로 저 잔금들은 검에 의한 상처, 그것도 수련 중에 스스로에게 입힌 상처였다. 저런 상처가 있다는 얘기는, 흑의 장한이 변화가 매우 복잡한 검법을 수련한 적이 있음을 말해 주었다.

그렇다면 검은 어디에 있는 것일까?

주 노대는 이 물음의 해답을 금방 알아낼 수 있었다. 흑의 장한의 허리에 감긴 요대! 오광烏光이 반질반질 흐르는 저 요대가 아마도 흑의 장한이 사용하는 연검軟劍이리라.

'그것도 명검 소리에 부족하지 않는 철중쟁쟁鐵中錚錚의 검이겠지.'

주 노대는 눈살을 찌푸렸다. 강호인이라면 더 이상 상종하지 않겠노라 다짐한 지 벌써 십 년. 길다면 긴 그 세월 동안 그의 다짐을 흔들 만한 사건은 별로 일어나지 않았다. 그래서 이제는 강호를 거의 잊었다고 생각했는데, 그리고 강호로부터도 거의 잊혔다고 생각했는데, 이 시점에 벌어진 저 흑의 장한의 출현은 과연 순수한 우연의 산물일까?

'그럴 리 없지.'

주 노대는 쓰게 입맛을 다셨다. 이 판단으로 인해 날아갈 비용을 생각한 것이다. 은자로 자그마치 천이백 냥.

'물론 아깝다. 하지만……'

그 돈은 수전노로 살아온 지난 십 년의 습성을 굳이 거론하지 않더라도 충분히 아까운 거금이었다. 그러나 십 년 동안 지켜 온 다짐을 깨뜨릴 정도로까지 아까운 것은 아니었다. 돈이란 다시 모으면 그만. 하지만 세월은 되돌릴 수 없다.

'그래, 깨끗이 포기하자.'

주 노대는 갈등을 접고 슬며시 몸을 빼냈다. 이 도방에서 가장 솜씨 좋은 신투목이 나섰으니 더 이상 잃지는 않겠지. 마음속으로 이렇게 자위하면서. 그런데…….

미운 놈은 미운 짓만 한다는 말이 있다. 복칠이란 놈이 바로 그랬다.

"대, 대인, 저 시커먼 옷을 입은 놈이 바로 그놈입니다!"

목소리나 작으면, 아니 말이라도 더디면 도중에 막기나 하지. 계단 가에서 터져 나온 복칠의 외침은 아래층의 북적거림까지 조용히 만들 만큼 우렁찼고, 주 노대의 빠른 손 속으로도 끼어들 여지가 없을 만큼 급작스러웠다. 이참에 주인으로부터 잃어버린 신임을 만회해 보려는 속셈일까? 흙먼지로 더러워진 복칠의 얼굴엔 과장된 비장감이 어려 있었다.

모든 사람들의 시선이 복칠에게 쏠린 것은 당연한 일인데, 그 바람에 계단 쪽으로 슬금슬금 뒷걸음질을 치던 주 노대까지

덩달아 주목을 받게 되었다.

사람들 사이를 뚫고 신투목이 달려 나오며 주 노대를 향해 허리를 굽혔다.

"대인, 이제야 나오셨군요."

신투목의 얼굴은 지옥에서 지장보살이라도 만난 것처럼 환하게 펴져 있었다. 그는 자신이 현재 처한 곤경을 주 노대가 대신 해결해 줄 것이라 추호도 의심치 않는 눈치였다.

"어…… 그, 그래, 수고가 많네."

주 노대가 안색을 고치며 대충 대꾸하자 신투목이 두 손을 아랫배 앞으로 공손히 모으고 주 노대의 뒷전에 시립했다. 이제부터는 당신이 알아서 하시라는 무언의 압박이었다.

"이런이런, 안 그래도 잃기만 하는 판에 진짜 거물까지 등장하면 이 몸은 어쩌라는 거지?"

흑의 장한의 푸념이 사람들 너머로 들려왔다. 이제는 소위 기호지세, 호랑이 등에 탄 이상 도중에 내릴 수는 없는 것이다.

'그래, 주사위를 굴리는 일 정도라면 상대가 누구든 상관없겠지.'

주 노대는 이 상황을 애써 낙관적으로 여기며 사람들 사이로 걸어 들어갔다. 세간에는 잘 알려지지 않은 사실이지만 그의 주사위 솜씨는 조쾌수와 신투목이 함께 달려들어도 당하지 못할 만큼 뛰어났다. 당대 제일가는 도박꾼으로 알려진 무양문武陽門의 투패탈명공자投牌奪命公子 봉장평鳳章平마저도, 주사위 놀음에 관해서만큼은 그에게 한 수 뒤짐을 자인했을 정도였다.

흑의 장한은 의자 등받이에 몸을 깊이 묻은 오만한 자세로 주 노대의 입장을 바라보고 있었다. 방금 부린 엄살과는 달리 그자의 눈빛에서는 일말의 동요도 찾아볼 수 없었다. 그것은 도박꾼의 눈빛이 아니요, 건달의 눈빛은 더더욱 아니요, 바로 검객의 눈빛이었다.

그 점을 불길하게 여기며, 주 노대는 흑의 장한의 맞은편에 자리를 잡았다.

"손님께서는 도박장의 규칙을 잘 모르시는 모양이오. 자고로 진정한 도박꾼이란 전대가 비지 않는 이상 한번 올린 판돈을 내리지 않는 법이오만."

주 노대가 뾰족한 수염을 쓸어내리며 점잖게 운을 뗐다.

"하면 분수를 모르고 덤비다 패가망신하는 자가 진정한 도박꾼이란 말씀이오?"

흑의 장한이 만만치 않게 응수해 왔다.

"젊은 사람이 그렇게도 자신의 도박 솜씨를 못 믿으시오?"

"나는 도박 솜씨보다 내 눈을 더 신뢰하는 편이오. 노인장께선 어떠시오?"

'이놈이 달마 앞에서 좌선을 시범 보이려 드는군.'

눈에 관한 얘기가 나오자 주 노대의 얼굴에 자신감이 떠올랐다. 아니, 그것은 자신감을 넘어선 확신이었다.

"나도 그런 편이오."

주 노대가 묵직하게 대답했다. 한데 그런 주 노대의 얼굴을 물끄러미 바라보던 흑의 장한이 고개를 도리도리 흔드는 것이었다.

"내가 보기에 노인장의 눈은 신뢰받기에 너무 늙은 것 같소."

주 노대의 뾰족한 수염이 부르르 떨렸다. 늙은이가 정말로 못 견디는 일은 늙은이 취급받는 것이었다. 더구나 눈은 주 노대가 가장 자부하는 신체 부위였다. 이놈이 혹시 격장지계激將之計를 쓰는 건 아닐까 하는 의구심이 들지 않은 것은 아니지만,

그래도 창자 끄트머리가 간질거릴 만큼 불쾌해지는 것은 어쩔 수 없었다.

"이런 말 들어 보셨소? 인분은 새것일수록 구린내가 나고 보옥은 묵을수록 값이 나간다는."

주 노대는 불쾌감을 지그시 누르며 노련한 풍자를 발휘했다. 그러나 흑의 장한의 입심도 주 노대의 것에 못지않았다.

"그것은 보옥일 경우에나 통하는 말이 아니겠소? 새 인분은 개라도 먹지, 묵은 인분은 개도 안 돌아본다오."

'네 눈이 무슨 보옥이냐, 내 보기엔 다 똑같은 인분이다.'라는 뜻이었다.

주 노대의 얼굴에 냉기가 물들기 시작했다. 반면 가슴속은 용암처럼 부글부글 끓어오르고 있었다. 앞서도 밝혔다시피 이 주 노대란 위인은 헷갈리고 급한 성질인 데다 눈썰미에 대한 자부심이 굉장히 컸다. 이 세 가지 특징이 흑의 장한의 조롱 몇 마디에 상승작용을 일으키고 있는 것이다.

십 년간 지켜 온 다짐? 격장지계? 그따위 것들이 다 무엇에 쓰는 물건이더냐!

"너, 강호인이지?"

갑자기 변한 주 노대의 말투에 흑의 장한은 조금 움찔한 기색을 보였다. 그러나 그것도 잠시뿐. 그는 순순히 고개를 끄덕였다.

"그렇소."

"변화가 복잡한 검법을 익혔지?"

이 말에 흑의 장한의 등이 의자의 등받이에서 떨어졌다.

"호, 그것까지 알고 계셨소?"

"내 눈이 인분인지 보옥인지 확인해 보고 싶으냐?"

흑의 장한은 미소를 지으며 고개를 크게 끄덕였다. 주 노대는 등 뒤에 서 있는 복칠을 돌아보았다.

"오늘 영업은 이걸로 끝이다. 손님들 내보내고 문 걸어라."

잘근잘근 밟힌 것이 불과 일 각 전인 복칠이 어찌 거역하겠는가.

"분부대로 거행하겠습니다! 얘들아, 판 걷어라!"

도박꾼들의 원성과 불평은 제법 오랫동안 귀몽대를 어수선하게 만들었다. 그사이 주 노대는 미동도 않고 앉은 채 살벌한 눈초리로 흑의 장한을 노려보고 있었다. 하지만 흑의 장한은 여유만만한 얼굴로 그 시선을 받아넘기고 있었다.

이윽고 주위가 잠잠해졌다. 주 노대가 착 가라앉은 목소리로 흑의 장한에게 말했다.

"가장 자신 있는 검초를 펼쳐 봐. 내가 밝혀내지 못하는 변화가 하나라도 있다면 네가 이긴 것이다."

흑의 장한의 눈이 번쩍 빛났다.

"나와 내기를 하자는 거요?"

"그렇다."

"그렇다면……."

탕!

주사위가 구르던 도박판 위에 큼직한 주머니 하나가 얹혔다. 흑의 장한은 그 주머니 위에 왼손을 얹은 채 말했다.

"이 집에서 딴 은자가 모두 이 안에 들어 있소. 내가 지면 고스란히 돌려 드리리다."

주 노대는 주머니를 일별한 뒤 고개를 저었다.

"그것만으론 안 돼."

흑의 장한은 고개를 갸웃거렸다.

"그럼 또 뭘 걸란 말이오?"

"네 오른손."

흑의 장한은 자신의 오른손을 흘깃 내려다보더니 엷은 미소를 떠올렸다.

"내기 한 판에 걸리는 판돈치고는 제법 큰 편이구려. 하면 노인장은 무엇을 거시겠소?"

"네가 원하는 것이라면 무엇이든 들어주마."

"무엇이든?"

주 노대의 두 눈에서 새파란 빛이 뿜어 나왔다.

"그렇다!"

흑의 장한은 느릿하게 몸을 일으켰다. 그러고는 주위에 서 있던 도방 사람들을 둘러보았다.

"자리를 만들어 주겠소?"

도방 사람들은 주 노대의 눈치를 살폈고, 주 노대가 짧게 고개를 끄덕이자 빠른 손길로 도박판이며 의자 등의 가구들을 치우기 시작했다. 흑의 장한의 주위로 곧 널찍한 공간이 마련되었다.

"가장 자신 있는 검초는 아니지만 손에 익은 것으로 펼쳐 보리다. 몇 번을 펼치면 되겠소?"

흑의 장한이 물었다.

"한 번이면 충분하다."

주 노대는 자신 있게 대답했고 실제로도 자신이 있었다. 그의 눈을 현혹시킬 만한 검초는 천하를 통틀어도 극히 드물었다. 그는 눈앞에서 건방을 떠는 저 밉살맞은 작자가 그런 대단한 검초를 익혔으리라고는 믿지 않았다.

"시작하겠소."

긴장한 기색이라곤 찾아볼 수 없는 여유로운 한마디와 함께 흑의 장한이 자세를 약간 갖추며 두 다리를 어깨 넓이로 벌렸다. 주 노대는 실처럼 가늘게 접은 눈으로 흑의 장한의 오른손이 허리춤의 검은 요대 쪽으로 움직이는 것을 지켜보았다. 다음 순간…….

주 노대의 시야 안에서 시커먼 섬광이 작렬했다.

콰콰콰콰콰ー.

쾌속함은 말할 것도 없거니와 그 종잡을 수 없는 변화라니!

마치 삼라만상을 그린 거대한 만다라도曼茶羅圖가 정체불명의 힘에 휩쓸려 혼류混流하는 듯한 광경이었다.

'이, 이런 검초가……!'

자신감에 차 있던 주 노대의 두 눈이 얼굴에서 튀어나올 것처럼 툭 불거졌다.

과거 주 노대의 눈을 거친 가장 수준 높은 검법은 검왕劍王 연벽제燕礮濟의 검뢰대구식劍雷大九式이었다. 주 노대는 죽는 날까지 잊지 못할 것이다, 하늘 아래 두려울 것이 없다던 음산陰山의 세 노괴물이 검뢰대구식의 날벼락 같은 검광 아래 일패도지하던 장관을.

그런데 방금 흑의 장한이 펼친 검초는 그 검뢰대구식에 비해 전혀 손색이 없는 것 같았다. 아니, 변화가 복잡하기로는 검뢰대구식을 오히려 능가할지도 모른다는 생각이 들었다.

"잘 보았소?"

흑의 장한이 주 노대에게 물었다. 그의 수중엔 이미 아무것도 들려 있지 않았다. 귀몽대 이 층에 모여 있던 사람들의 혼백을 구만리장천으로 날려 버린 불가해不可解의 검초. 그 검초를 창조해 낸 신비한 검은 어느새 요대의 형태로 되돌아간 모양이었다.

흑의 장한은 도방 사람들이 멀찍이 치워 둔 의자 중 하나를 주 노대의 앞에 끌어다 놓고 앉았다.

"이 검초는 스물한 군데의 드러난 변화와 세 군데의 숨은 변화를 합쳐 도합 이십사변二十四變을 내포하고 있소. 그중 세 가지의 숨은 변화가 신체의 어느 부위를 노리는지 밝힌다면 내가 내기에 진 것으로 하고 이 오른손을 내 드리리다."

흑의 장한이 오른손을 내밀었다. 그 손을 한동안 바라보던 주 노대가 마침내 말라붙은 입술을 떼었다.

"첫 번째는 오른쪽 다리 안쪽의 곡천혈曲泉穴이고……."

흑의 장한이 고개를 끄덕였다.

"맞았소."

"두 번째는 임맥任脈 상의 수분혈水分穴인 것 같은데……."

흑의 장한은 빙긋 웃었다.

"엄밀히 말하면 그보다 일 촌 아래인 신궐神闕(배꼽 부근)이지만 맞는 것으로 해 드리겠소. 세 번째는?"

"세 번째는…… 세 번째는……."

앞서 두 가지 변화를 맞춘 것만 해도 천운이라고 할 수 있었다. 세 번째 변화는 좌측 상반신의 어딘가를 노린 것 같은데, 그 이상은 도저히 파악할 수 없었다.

"내가…… 졌다."

주 노대는 마침내 패배를 시인하고 말았다. 패배의 아픔은 이루 말할 수 없이 쓰라렸다. 그가 신안자神眼子라는 별호를 얻은 것도 어언 사십 년 전의 일. 안목을 시험받아 패하기는 이번이 처음이었던 것이다.

비참한 표정으로 시선을 떨군 주 노대의 귓가로 누군가의 전음轉音이 흘러들어 온 것은 바로 그때의 일이었다.

―석씨검법石氏劍法의 혼류만다라混流曼茶羅는 처음 대한 사람이 변화를 모두 파악할 만큼 가벼운 검초가 아닙니다. 애당초 선배님께 불리한 내기였으니 너무 상심하지 마십시오.

　'석씨검법?'

　마룻바닥으로 떨어졌던 주 노대의 시선이 흑의 장한의 얼굴을 향해 번쩍 들렸다.

　"그럼 자네가 바로……?"

　다시 날아온 전음이 주 노대의 뒷말을 가로막았다.

　―소생은 지금 이 일대에서 어떤 사건 하나를 은밀히 조사하는 중입니다. 부탁드리건대 소생의 신분을 밝히지 말아 주시기 바랍니다.

　주 노대는 흑의 장한의 얼굴을 한동안 바라보다가 맥 풀린 목소리로 중얼거렸다.

　"애당초 나를 목표로 이 소란을 꾸민 게로군."

　흑의 장한이 이번에는 육성으로 대답했다.

　"죄송합니다."

　"왜 처음부터 사정을 밝히고 도움을 구하지 않았는가?"

　주 노대의 냉랭한 물음에 흑의 장한이 뒤통수를 긁적거렸다.

　"저 같은 사람을 꺼리신다는 이야기를 들은 적이 있어서……."

　주 노대의 눈빛이 표독해졌다.

　"어떤 망할 놈이 그따위 소리를 하던가?"

　"술독에 빠져 사는 노인네입니다."

　흑의 장한은 순순히 대답했고, 이 대답은 주 노대의 안색을 여러 차례 변하게 만들었다. 이윽고 주 노대가 긴 한숨을 내쉬었다.

　"술 귀신 놈이 아직 살아 있었군. 하긴 나도 살아 있는데 그

질긴 늙은이가 먼저 죽을 리 없겠지. 그래, 그 늙은이는 요즘 어떻게 지내는가?"

"술을 조금만 줄이시면 괜찮으실 텐데……."

흑의 장한의 대답에 주 노대는 코웃음을 쳤다.

"술 귀신더러 술을 줄이란 얘기는 그냥 죽으란 얘기나 마찬가지겠지."

흑의 장한이 빙긋 웃었다.

"그래서 그런 얘기는 안 하고 있지요."

주 노대는 두 눈을 지그시 감고 옛 시절을 떠올려 보았다. 기碁, 화火, 주酒, 안眼, 통通의 다섯 괴인들이 중원 천하를 활보하던 그 시절을.

잠시 후 주 노대는 눈을 떴다. 이 나이를 먹는 동안 터득한 달관이 밴 눈이었다.

"자, 이 늙은이에게 원하는 게 뭔가?"

강호오괴의 한 사람이자 한때 천하에서 가장 뛰어난 감식안을 지닌 것으로 알려진 신안자 주두진周斗眞은 지난 십 년간 그를 주인으로 받들어 온 사람이라면 절대로 믿지 못할 차분한 목소리로 눈앞에 앉아 있는 흑의 장한, 석대문에게 물었다.

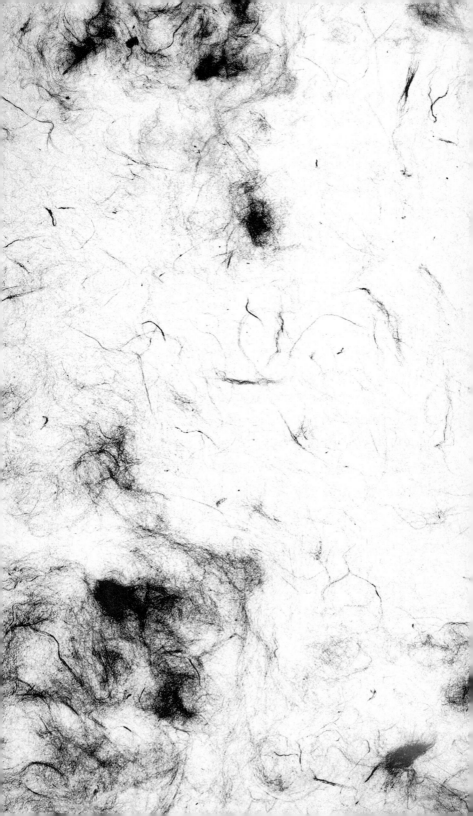

연벽제 燕襞濟

(1)

　연벽제는 오후 수련을 마치고 연무장으로부터 걸어 나왔다. 실전을 방불한 격렬한 수련 때문인지 연녹색 무복은 땀으로 흠뻑 젖어 마흔아홉 살 중년의 군살 없는 단단한 육체에 감겨 있었다.

　열세 살에 검을 처음 손에 쥔 뒤, 연벽제는 삼십 년이 넘는 긴 세월을 피비린내 속에서 뒹굴어 왔다. 수많은 적들과 검을 맞대고도 그가 살아남은 것은 적에게 패하기 전에 적을 이겼기 때문이요, 적에게 죽기 전에 적을 죽였기 때문이다. 그것이 가능했던 이유는 오직 한 가지였다. 적보다 강했기에, 그의 실력이 적의 실력을 능가했기에 그는 이겼고, 죽였고, 살아남았다.

　그 강함의 원천은 바로 부단한 수련이었다. 살기가 오가는 가운데 끊임없이 목숨을 위협받는, 실전과 진배없는 혹독한 수련.

"정말 더운 날이군."

연벽제는 지열로 일그러진 태원太原의 하늘을 올려다보며 혼 잣말을 중얼거렸다. 중천 서편에 걸린 태양은 구름 한 점 없는 파란 하늘을 폭군처럼 지배하고 있었다. 한낮이 제법 지난 시간 인데도 쏟아지는 불볕은 조금도 수그러지지 않는 듯했다.

하늘을 올려다보던 연벽제는 엷은 현기증을 느끼며 눈을 감 았다. 올해 여름은 유난히 더울 것 같다는 생각이 들었다. 다시 뜬 그의 눈에 들어온 것은 폭염에 휘청거리는 오태산五台山의 짙 푸른 줄기. 목이 말랐다.

"수련을 마치셨습니까?"

언제 다가온 것일까? 연벽제 옆으로 커다란 쟁반을 두 손으 로 받쳐 든 청의 사내가 서 있었다. 쟁반에는 단정하게 갠 수건 한 장과 사기로 만든 물병 하나가 얹혀 있었다.

연벽제는 쟁반의 물병을 집어 들더니 입술에 대고 단숨에 들 이켰다. 얼음장 밑을 흐르는 듯한 차가운 물이 갈증을 기분 좋 게 덮어 가는 것이 느껴졌다.

청의 사내는 이 한 병의 물을 마련하기 위해 멀리 떨어진 빙 고冰庫에 다녀왔을 것이다, 언제나 그랬듯이.

마시다 남은 물을 머리에 쫙 들이부은 연벽제는 쟁반의 깨끗 한 수건으로 얼굴을 대충 문지른 뒤 청의 사내에게 말했다.

"고맙네, 두전."

마조魔爪 두전杜展.

이제는 연벽제의 수족과 다름없이 되어 버린 청의 사내의 이 름이었다.

두전은 연벽제의 이름이 강호를 진동하기 전부터 그를 그림자처럼 따라다니던 충직한 수하이자 신봉자였다. 쟁반을 받쳐 든 그의 손가락은 시체의 것처럼 푸르스름한 기운이 감돌고 있었다.

두전을 아는 사람들은 이 푸르스름한 손가락을 두고 청강마조靑罡魔爪라 부르며 두려워했다. 청강마조를 통해 펼쳐지는 괴이하고 신랄한 응조공鷹爪功은, 지금으로부터 십일 년 전 연벽제가 각에 투신할 당시에도 능히 일방一方을 주름잡을 만한 경지에 올라 있었다. 그러나 신처럼 떠받들던 연벽제가 각에 투신하자 두전 또한 모든 것을 정리하고 그의 뒤를 좇았다. 각에서 얻은 직위는 실로 미천했지만, 그것은 오히려 두전이 바라던 바. 두전은 일개 비복의 신분으로 지난 십일 년 동안 연벽제의 수발을 들어온 것이다.

연벽제가 젖은 수건을 쟁반에 내려놓자 두전이 공손한 목소리로 말했다.

"처소에 객이 와 있습니다."

"객? 오랜만에 들어 보는 말이군. 그래, 누군가?"

"사십일비영四十一秘影입니다."

"사십일."

연벽제는 두전이 말한 숫자를 작게 뇌까리며 기억을 더듬었다.

마흔아홉 개의 숫자로 구별되는, 그것도 수시로 변하는 비영들의 서열을 모두 외우기란 간단한 일이 아니었다. 하지만 연벽제가 사십일이란 숫자와 귀문도 우낙이란 이름을 연결시키는 데에는 그리 긴 시간이 필요하지 않았다. 며칠 전 그 숫자와 이름을 함께 들을 기회가 있었기 때문이다.

"용건은?"

올해로 입각한 지 오 년이 되는 우낙은 연벽제와 개인적인 소통이 거의 없는 위인이었다. 하기야 대다수 비영들과의 관계도 마찬가지지만. 연벽제는 독보적인 인물이었고, 외로움은 그의 운명이었다. 그는 그 운명을 결코 싫어하지 않았다.

두전이 대답했다.

"어제 귀환한 사십일비영과 사십이비영의 실패와 관련이 있는 듯해 보였습니다."

사십일비영과 사십이비영, 강호의 이름으로 말하자면 귀문도 우낙과 의수신안륜 부대연이 실패한 건에 관해서는 닷새 전에 소집된 십영회의+影會議를 통해 들은 바 있었다.

처음 그 소식을 이비영二秘影 문강文康의 입을 통해 전해 들었을 때, 연벽제는 약간의 흥미를 느꼈다. 각의 행사가 이번처럼 철저하게 실패한 것은 참으로 오랜만의 일이기 때문이었다. 하지만 전서구를 통해 각으로 날아 들어온 보고에는 한계가 있는 탓에 그 이상의 자세한 사정은 알 수 없었고, 실패에 책임이 있는 우낙과 부대연에 대한 징계가 각 내의 규율을 관장하는 사비영四秘影에게 맡겨지는 것으로 그 안건은 종결되었다.

사비영은 젊은 나이임에도 불구하고 공사에 치우침이 없는 사려 깊은 인물이니, 우낙과 부대연에게는 귀환과 동시에 합당한 징계가 내려졌을 터. 징계를 받고 근신 중일 우낙이 연벽제를 찾아온 데에는 분명 곡절이 있을 터였다.

'만나 보면 알겠지.'

연벽제는 의아한 기분을 접어 둔 채 처소인 인검원忍劍院으로 발길을 옮겼다. 머리카락에서 흘러 떨어진 물방울들이 메마른 바닥에 회흑색 무늬를 그리고, 그 뒤를 두전이 그림자처럼 따라붙었다.

"사십일비영 우낙이 삼비영三秘影님을 뵙습니다."

연벽제가 문을 열고 들어서자 의자에 앉아 있던 초로인이 벌떡 일어서서 읍례揖禮를 올렸다. 질 좋은 비단으로 지은 화복을 잘 차려입고 있지만 머리카락과 수염이 그슬리고 얼굴 군데군데 화상 자국이 있어 풍채 좋은 것과는 거리가 멀어 보였다. 사천 땅 만수림에서 늑대 탈을 쓰고 나타나 신무전의 제자들을 핍박하던 귀문도 우낙이 바로 이 사람이었다.

"한솥밥을 먹는 처지로 이렇게 단둘이 만나긴 처음인 것 같소. 잘 오셨소."

연벽제는 가볍게 답례한 뒤 자리를 권했다.

각 내에서 비영들의 관계는 대체로 수평적이라고 볼 수 있었다. 하지만 거기에도 예외는 있었으니, 일비영一秘影에서 십비영十秘影까지, 십영회의에 참가할 자격이 주어지는 상위 열 명에겐 여타 비영들의 생사마저도 좌지우지할 수 있는 절대적인 권력이 주어졌다. 그러므로 삼비영인 연벽제와 사십일비영인 우낙 사이엔 까마득한 신분 차가 있는 것이다. 거기에 더하여 강호에서 연벽제가 쌓은 우레와 같은 명성까지 고려하면……. 그러므로 우낙의 입장에서는 연벽제가 하대하지 않는 것만으로도 감지덕지할 일이었다.

연벽제의 호의는 거기서 그치지 않았다.

"조금 이른 시간이지만 술이라도 한잔하겠소?"

우낙의 입이 저절로 벌어졌다.

"주신다면 저야 감사할 따름이지요."

연벽제는 문밖에서 대기하고 있는 두전을 불러 술자리 준비를 부탁했고, 잠시 후 녹색 치마를 입은 시녀가 양손에 쟁반을 들고 방 안으로 들어왔다.

    탁자에 하나씩 놓이는 집기들을 바라보던 우낙의 눈에 일말
의 의혹이 담겼다. 자신의 앞에 놓인 것은 분명 술병인데, 연벽
제의 앞에 놓인 것은 기이하게도 물병처럼 보였던 것이다.

    우낙의 내심을 읽은 연벽제가 담담히 웃으며 말했다.

    "나는 오래전에 술을 끊었소. 물로써 대작한다고 너무 탓하
지는 마시오."

    "아! 그러셨군요."

    우낙은 대수롭지 않게 받아 넘겼다. 그러나 연벽제의 단주는
결코 대수롭지 않은 일이 아니었다. 그 일에 얽힌 사연은 연벽
제의 생애에 가장 큰 아픔을 새겨 놓았던 것이다.

    잠시 후 술잔과 물 잔이 가볍게 부딪치고 술과 물이 두 사람
의 입술을 적셨다.

    "술맛이 아주 기가 막힙니다."

    우낙이 입술을 핥으며 술맛을 칭찬했다.

    "회향주回香酒라고 하오. 손님 접대를 위해 두전이 애써 구해
온 술이니 아마 마실 만할 거요."

    우낙의 눈이 동그래졌다. 마조 두전으로 말할 것 같으면 명
성 면으로 보나 실력 면으로 보나 우낙이 함부로 대할 수 있는
사람이 아니었다. 그런 두전이 구해 온 술을 접대받는 입장으로
마실 수 있다는 사실이 우낙의 기분을 흥겹게 만들었다.

    "회향주라. 과연 술이 배 속으로 흘러 내려가는 순간 그 향기
가 다시 부드럽게 돌아오는군요. 이름에 걸맞은 참으로 좋은 술
입니다. 서장이나 몽고에서 온 미개한 놈들은 당최 술맛이란 것
을 모르더군요. 발 씻은 물처럼 퀴퀴한 마유주馬乳酒가 최고인
줄 알고 있으니……. 하하!"

    연벽제는 눈썹을 슬쩍 찡그렸다.

"발 씻은 물이라, 너무 심한 말 아니오?"

"심하긴요. 달포 전인가 한 번 먹고 토할 뻔하기도 했습니다."

우낙의 말이 단순히 술맛에만 국한되지 않다는 것을 연벽제는 잘 알고 있었다. 각의 구성원 중에는 한족만 있는 것이 아니라 국경을 넘어온 이족도 제법 있었다. 그것은 이족의 아들로 태어나 한족으로 귀화한 노각주老閣主의 내력과도 밀접한 관련이 있었다.

한족이 이족을 멸시하고 이족이 한족을 경원하는 것은 새삼스러운 일이 아니었다. 비록 한 가지 목표를 위해 각이라는 배에 함께 올라타긴 했지만, 두 부류 사이에 보이지 않는 질시와 반목이 존재하는 것은 엄연한 사실이었다.

술병과 물병이 절반쯤 비었을 무렵, 연벽제는 비로소 우낙에게 용건을 물었다.

"그런데 무슨 일로 이 사람을 찾아오셨소?"

우낙은 손에 든 술잔을 내려놓고 안색을 진지하게 고치더니 목소리를 낮춰 말했다.

"실은 가르침을 청할 일이 있어서 찾아왔습니다."

"가르침이라면……?"

우낙은 잠시 뜸을 들인 후 말했다.

"삼비영께서는 천하제일의 검객으로 위명을 떨치신 분, 강호의 제반 검법에 대한 견식도 해박하신 걸로 알고 있습니다."

연벽제는 잠자코 우낙의 보비위를 들어 넘겼다. 우낙은 연벽제의 눈치를 살피며 조심스럽게 말을 이어 나갔다.

"아시다시피 얼마 전 부대연과 저는 상부의 명을 받잡고 사천에 간 일이 있었습니다."

두전의 예상대로 과연 그 일 때문이었다. 연벽제는 눈을 가늘게 뜨고 우낙의 다음 말을 기다렸다.

"그런데 거사가 거의 성사되려던 찰나 두 명의 노소가 나타났습니다. 그중 늙은이 쪽에서 사용한 검법이 어찌나 괴이한지, 부끄럽게도 저는 몇 수 버텨 보지도 못하고 패하고 말았습니다."

연벽제는 손바닥을 내밀어 우낙의 말을 잠시 잘랐다.

"그 일에 관해서는 십영회의를 통해 들어 알고 있소. 본론으로 들어갑시다."

그 말이 조금 냉정하게 들린 듯, 우낙은 부쩍 움츠러든 목소리로 말했다.

"그 일로 인해 부대연과 저는 백일 근신의 징계를 받았습니다. 한데 오늘 아침 이비영님의 부름이 있어 찾아뵈니, 그 늙은이가 사용한 검법을 파악하여 보고하라는 명을 내리시지 뭡니까. 그런데 제 견식은 워낙 천박한지라……. 해서 이렇게 삼비영 나리를 찾아뵙게 된 겁니다."

꽤나 급했던지 우낙은 나리라는 호칭까지 쓰고 있었다.

'문강이 그랬단 말이지?'

연벽제는 순간적으로 이비영 문강의 청수한 얼굴을 떠올렸다.

초로의 나이답지 않게 윤기 나는 피부와 혜지가 감도는 심유한 눈빛, 얇은 입술 위에 감도는 깃털처럼 부드러운 미소.

문강은 십영회의의 주재자인 동시에 각의 모든 대외 활동에 관한 전략을 세우는 책사였다. 그리고 연벽제에게 있어선 단주에 얽힌 비극을 강요한 장본인이기도 했다.

연벽제는 비로소 호기심이 생겼다. 문강이 개입된 일이라면 뭐든지 알아 두는 편이 나은 것이다.

"강호는 넓고 그 안에 존재하는 검법은 헤아릴 수 없이 많소. 그러니 내가 아는 검법이라고 해 봐야 극히 일부에 지나지 않을 것이오. 하지만 운 좋게도 그 일부 중 하나일지도 모르니 우 비영께서는 한번 설명해 보시오."

"감사합니다. 한데 말로 설명드리기보다는 직접 보여 드리는 쪽이 나을 것 같은데⋯⋯."

연벽제는 손을 가볍게 흔들어 뜻대로 하기를 권했다.

우낙은 자리에서 일어서 남쪽 벽을 향해 돌아섰다.

"청정한 처소에서 병기를 뽑는 것을 용서해 주시길."

양해를 구하는 우낙의 말과 함께 한 자 남짓한 짤막한 칼, 귀문도가 모습을 드러냈다.

"그 늙은이가 펼친 초식은 모두 네 가지였습니다."

'네 가지?'

연벽제의 눈빛이 묘해졌다. 네 가지 초식, 다시 말해 네 번의 칼질만으로 귀문도 우낙을 꺾었다는 뜻이기 때문이었다. 물론 연벽제 본인이라면 우낙 정도 되는 위인을 꺾는 데 두 번의 칼질이 필요치 않을 것이다. 하지만 그것은 연벽제가 검왕, 천하 검객의 최고봉이기에 가능한 일이지, 아무나 그럴 수 있다는 것은 아니다. 우낙이 비록 절정의 강자라고는 할 수 없겠지만, 그렇다고 아무에게나 깨지고 다니는 하류라고 볼 수는 없기 때문이다.

연벽제의 내심을 읽었는지 우낙이 재빨리 덧붙였다.

"제가 네 초 만에 꺾인 데에는 그에 앞서 신무전 제자 놈이 사용한 화기에 부상을 당한 것이 적잖게 작용했습니다."

자존심을 세우기 위한 변명처럼 들렸지만 연벽제는 개의치 않았다. 우낙의 자존심 따위는 그에게 있어서 아무런 문제도 되지 못했다.

"계속하시오."

연벽제가 재촉하자 우낙은 오른손에 쥔 귀문도를 가슴 높이로 쭉 뻗어 내며 말했다.

"우선 검봉을 중단으로 내밀어 상대를 향하는 것이 그 늙은이가 사용한 검법의 시초인 것 같았습니다."

연벽제는 잠시 생각을 정리한 뒤 말문을 열었다.

"중단직지中段直指를 기수식으로 삼는 검법 중에서 우 비영을 곤란하게 만들 만한 것은 곤륜파崑崙派의 곤륜검법崑崙劍法, 광동廣東 제민장濟民莊의 사일팔검射日八劍, 동해 금부도錦浮島의 연파십팔검鉛波十八劍 등이 있소. 그 검법을 수련한 검객들 중에서 검법의 오의를 체득한 사람은 곤륜파의 장로 두어 명과 금부도의 동해뇌왕東海雷王 정도가 아닐까 싶은데……. 하지만 설령 그들이라도 우 비영을 그렇게 짧은 시간 안에 곤란하게 만들지는 못할 것이오."

연벽제가 슬쩍 추켜세워 주자 우낙은 기쁜 기색을 감추지 못하며 설명을 이어 나갔다.

"첫 번째 초식은 찌르는 수법이었습니다. 하지만 찌르기 직전 미세한 변화가 앞섰습니다. 그 변화는 뭐랄까, 마치 붉은 안개가 피어오르는 것 같았지요. 그 안개 속에서 검봉이 불쑥 튀어나오는데, 변화가 어찌나 괴이한지 검로를 예측할 수가 없었습니다. 이 상처는 바로 그때 입은 겁니다."

우낙은 흰 붕대에 친친 감긴 목을 가리켰다.

'붉은 안개 같은 변화? 설마……!'

병기의 형태상 도법에는 베는 초식이 많고 검법에는 찌르는 초식이 많다. 그러므로 찌르는 초식은 천하의 어떤 검법에도 포함되어 있다고 할 터였다. 하지만 찌르는 초식은 싸움이 어느 정도 전개된 연후에 등장하는 것이 상례였다. 검로가 확연히 드러나는 탓에, 처음부터 시전하다간 상대에게 반격의 실마리를 제공할 수 있기 때문이다.

그러나 특별하게 뛰어난 어떤 초식, 예를 들면 연벽제가 방금 머릿속으로 떠올린 초식은 예외였다. 그 초식은 사전에 검기를 발출함으로써 안개와도 같은 환영을 만들어 내기 때문에 자체적으로도 검로를 충분히 감출 수 있는 것이다.

그 초식의 이름은 혈랑출세血狼出世. 혈랑이 세상으로 나온다는, 다분히 상징적인 의미를 가지고 있었다.

연벽제가 그런 생각을 하는 동안에도 우낙의 설명은 계속되었다.

"두 번째는 수비식이었으므로 그렇다 치고, 세 번째는 몸을 회전하며 검을 수평으로 크게 휘돌리는 초식이었습니다. 한데 특이한 것은 회전이 진행될수록 검권劍圈의 범위가 비약적으로 넓어졌다는 점입니다. 흡사 저를 향해서 달려오는 거대한 수레바퀴를 바라보는 기분이었지요."

'무상륜無上輪!'

우낙의 비유는 연벽제로 하여금 또 하나의 초식을 떠올리게 해 주었다. 그것은 가속이 붙은 회전력을 이용해 검력의 범위를 계속 증가시켜 나가는 연환회전검초連環回轉劍招였다. 사십여 년 전 어떤 검객의 붉은 검을 통해 펼쳐진 무상륜은 당시 천하제일을 다투던 세 절대자의 얼굴을 백짓장처럼 만들어 놓았다고 한다. 만일 그 노인이 전개한 수법이 정말로 무상륜이라면, 저 우낙이 감당하지 못했던 것도 무리가 아니었다.

"네 번째 초식은 어떤 것이었소?"

연벽제가 차분한 목소리로 물었다. 상승의 검도를 통해 단련된 그의 정력定力은 금강석처럼 견고했다. 그는 우낙이 말을 멈춘 촌각을 이용해 심중의 격동을 가라앉힐 수 있었다.

우낙이 다시 말했다.

"네 번째 역시 찌르는 초식인데, 앞서 설명드린 첫 번째 초식과는 판이했습니다. 손목이나 팔꿈치 그리고 어깨와 허리를 웅크렸다 펴는 동작에서 추진력을 얻는 것이 일반적인 찌르기라면, 그 늙은이는 아무런 사전 동작 없이 검을 찔러 내더군요. 하지만 속도만큼은 제가 처음 겪어 보는 쾌속한 것이었습니다. 만일 그때 사십이비영이 도와주지 않았다면 제 미간에는 꼼짝없이 바람구멍이 뚫렸을 겁니다."

당시의 공포를 떠올린 듯 우낙은 왼손 인지와 중지로 자신의 이마를 문지르며 어깨를 가늘게 떨었다.

연벽제는 자신의 앞에 놓인 물 잔을 천천히 비웠다. 그는 이미 우낙의 설명이 야기한 모든 종류의 흔들림으로부터 벗어난 뒤였다. 지금 그가 생각하는 것은 전혀 다른 문제였다.

'우낙은 스스로의 판단에 의해 이곳에 온 것이 아니다.'

우낙을 이곳으로 보낸 사람은 분명히 이비영 문강일 것이다. 아마도 스쳐 지나가는 식으로 언질을 주었을 터. 뭐라고 했을까?

ㅡ검법에 관해서라면 인검원의 삼비영에게 자문을 구하는 편이 빠를 것이오.

아마도 이렇게 말하지 않았을까?

연벽제는 빈 물 잔을 물끄러미 내려다보며 생각에 잠겼다.

문강은 우낙을 패배시킨 검법의 정체를 이미 짐작하고 있는 것이 분명했다. 그럼에도 우낙을 군이 자신에게로 보내어 확인받으려는 의도는 대체 무엇일까?

'아직도 나를 의심한다는 뜻이겠지.'

연벽제가 입각한 지도 벌써 십일 년이나 지났건만 문강의 의심은 줄어들 줄 모르는 것이다. 입각의 증표로 들고 온 투명장投命狀이 그토록 완벽한 것임에도, 그 투명장을 만들기 위해 연벽제가 어떤 희생을 감수했는지 잘 알면서도.

"제 설명은 끝났습니다. 이제 삼비영님의 고견을 경청하고 싶습니다만……."

우낙이 조심스럽게 말했다.

연벽제는 우낙이 설명한 검법의 정체를 알고 있었다. 그래서 갈등을 느꼈다. 하지만 그런 갈등은 오래가지 않았다. 문강이 그 검법의 정체를 짐작하고 있는 이상, 군이 내심을 감춰 문강의 기분을 즐겁게 만들어 줄 이유는 없었다. 이른바 허허실실. 오히려 솔직하게 나가는 쪽이 머리 좋은 책사를 곤혹스럽게 만들지도 모른다.

"내가 알기론 그런 검법은 천하에 단 한 가지밖에 없소. 그전에 우 비영의 행사를 방해했다는 노소에 관해 좀 더 듣고 싶은데……."

우낙의 표정이 환해졌다. 징계를 받은 몸으로 그 무게를 조금이나마 줄일 수 있는 길을 찾았으니 어찌 기쁘지 않겠는가.

"늙은이는 성마르고 볼품없는 얼굴에 왜소한 체구를 지녔습니다. 한韓이라는 성을 쓴다고 하더군요. 그리고 청년은 체격이 무척 장대했습니다. 음, 육비영六秘影님과 견주어도 뒤지지 않을 것 같더군요."

육비영은 연벽제가 이제껏 만난 사람 중 가장 큰 체격을 가진 인물이었다.

"이름은 밝히지 않았소?"

연벽제가 묻자 우낙은 깜박했다는 표정을 지으며 급히 대답했다.

"석대원! 분명히 석대원이라는 이름이었습니다."

그 순간 연벽제의 머릿속으로 하나의 목소리가 울렸다.

─우와! 검왕이라고요? 그럼 검 쓰는 사람들 중에서 임금이란 뜻인가요?

아원阿原…….

머릿속에서 메아리친 아이치고는 굵고 낮은 목소리가 십일 년이라는 시간을 뛰어넘어 쓰라린 기억을 되새기게 만들고 있었다. 연벽제는 눈을 지그시 감았다. 예상은 했지만 우낙의 입을 통해 직접 그 이름을 들으니 눈시울이 새삼 후끈해진 것이다.

"저…… 대체 그 검법의 이름이 무엇입니까?"

우낙이 물었다.

연벽제는 감았던 눈을 천천히 떴다.

"우 비영이 설명한 네 번째 초식의 이름은 낭아천미狼牙穿眉라고 하오."

"낭아천미?"

늑대의 이빨이 미간을 꿰뚫는다. 피비린내 물씬 풍기는 이름을 곱씹는 동안 우낙의 안색은 자신도 모르게 창백해지고 있었다.

그런 가운데 연벽제의 목소리가 잔잔히 이어졌다.

"낭아천미는 천하제일의 마검법, 혈랑검법血狼劍法 중 한 초식이오."

(2)

태행산太行山 서쪽에 있는 땅이라 하여 산서성이라 불리는 중원 중북부 지방에선 농경 문명과 유목 문명이 공존하는 것을 심심찮게 발견할 수 있다.

흔히 중화 문명이라면 농경 문명만을 연상하기가 쉬운데, 그렇지 않다는 것은 그들의 문자인 한자를 통해서도 쉽게 짐작할 수 있다. 예를 들면, '양羊을 바라보는[示] 것'은 상서롭다는 '상祥' 자가 되고 '내[我]가 양羊을 떠받드는 것'은 의롭다는 '의義' 자가 되니, 양을 키우는 유목 문명이 문물의 저변에 얼마나 큰 영향을 끼쳤는지 알 수 있다.

산서성에 공존하던 농경과 유목, 두 문명은 유목 문명을 대표하는 몽고족이 주씨朱氏의 명나라에 의해 장성 너머로 쫓겨간 이후 공존이라기보다는 알력과 충돌의 형태로 표출되었다. 장성 북쪽의 몽고족들이 재기를 외칠 때마다 지역 전체가 한바탕 몸살을 앓아야 했기 때문이다.

그러한 알력과 충돌의 양상은 정통제正統帝가 보위에 오른 십오 세기 중엽부터 더욱 심화되었으니, 가장 큰 원인으로는 성 바로 북쪽에 자리 잡은 오이라트의 흥성을 꼽을 수 있었다. 쿠빌라이 이후 가장 뛰어난 지도자라는 에센[也先]의 등장으로 오이라트는 숙적인 동쪽의 타타르를 병합하고 그 세력을 서서히 동남쪽으로 넓히기 시작한 것이다. 황토 고원이 대부분인 산서성이 군사적 요충지로 주목받게 된 데에는 이런 내막이 있었다.

산서성의 성도省都인 태원부太原府 서북쪽 교외에 자리 잡은 거대한 장원.

본래에는 군사용 보급기지로 건설된 것을, 북경에 사는 어떤 거부가 구입하여 별장 겸 북방 교역을 위한 거점으로 사용한다고 알려져 있었다. 그러나 그 장원의 진실한 용도가 무엇인지, 그리고 그곳에 실제로 거주하는 사람들이 누구인지는 정확히 알려진 바 없었다. 이 점에 호기심을 느낀 사람들이 아주 없지는 않았지만, 장원의 정문을 열두 시진 철통처럼 지키는 수문무사들의 날카로운 눈매와 당당한 체격은 사람들로 하여금 위험한 호기심을 당장 버리도록 하기에 부족하지 않았다.

오늘, 바로 그 장원의 심처에 위치한 거대한 대전에 여섯 사람이 모였다, 강호 천하를 암중에서 도모하기 위한 모임, 십영회의를 개최하기 위해서.

딱, 따닥딱딱, 따닥.

습기 찬 공기 속으로 경쾌한 박자를 담은 타성打聲이 싱싱한 물고기처럼 펄떡거리며 뛰어다닌다. 창문 밖에선 그에 호응하기라도 하듯 요란한 빗소리가 후드득후드득 울리고 있었다.

비천대전秘天大殿의 너른 회의청.

가치가 같은 무게의 은과 맞먹는다는 침향목沈香木으로 만든 육중한 탁자가 회의청 중앙을 차지하고 있었다. 탁자의 형태는 기이하게도 모든 변의 길이가 균등한 십각형. 열 개의 변마다 등받이가 높은 커다란 의자가 하나씩 놓였는데 그중 넷은 비어 있었다. 그러므로 이 십각형 침향목 탁자에 둘러앉은 사람의 수는 모두 여섯.

연령대와 복식은 각기 다르지만 여섯 사람 모두를 아우르는 공통점이 있었으니, 하나는 일신에 어린 범상치 않은 기도요, 다른 하나는 얼굴에 떠오른 경직된 표정이었다.

　따닥, 딱, 딱!

　탁자 위 공기를 희롱하던 타성이 어느 순간 뚝 끊어졌다.

　"웃기는 일이군."

　타성을 만들어 내던 두 개의 손가락은 탁자에 여전히 놓여 있는데, 손가락의 주인은 뭐가 그리 재미있는지 고개까지 천천히 흔들어 가면서 헛웃음을 흘리고 있었다. 다른 다섯 명의 시선이 그 사람에게로 쏠렸다.

　"혈랑이 마침내 등장했다? 자그마치 사십 년이 넘는 세월을 뛰어넘어? 허허!"

　경쾌하던 타성과는 전혀 어울리지 않는 질그릇이 깨지는 듯한 목소리였다. 하기야 어울리지 않는 것은 목소리뿐이 아니었다. 악기로 사용되었던 손가락 두 개를 합치면 웬만한 장정의 팔뚝만 할 것이다. 구부정하게 앉아 있음에도 보통 사람의 선키를 훌쩍 넘고 있으니, 저 몸을 일으켜 세우면 대체 얼마나 굉장할지. 아마도 이 넓은 회의청이 비좁게 여겨질 것이 분명하리라. 이런 거한이 그토록 경쾌하게 손가락을 놀릴 수 있다는 것은, 강호에 몸담은 사람들에게도 결코 단순하게 보이지만은 않을 것이다.

　탁자에 둘러앉은 다른 다섯 사람은 거한의 말에 아무런 대꾸도 하지 않았다.

　"내 비록 싸움밖에 모르는 미련한 무부에 불과하지만, 혈랑이 이미 옛날이야기에 불과하다는 것쯤은 알고 있소."

　동의를 구하기 위함인지 거한의 목소리가 조금 커졌다. 그러자 쇠붙이를 비비는 듯한 카랑카랑한 목소리가 그 뒤를 따랐다.

"육비영의 말씀이 백번 지당하오. 혈랑의 존재 유무를 확인하기 위해 본 각은 사십 년이 넘는 세월을 소비했소. 그동안 대 강남북은 물론이거니와, 관외關外에 있는 본 교의 지원을 받아 서장西藏과 대막大漠 그리고 청해靑海의 오지에 이르기까지 혈랑을 찾는 노력은 부단히 진행되어 왔소. 그래서 내린 최종 결론은……."

잠시 말을 멈추고 주위를 스윽 둘러보는 사람은 해골에 살가죽을 입혀 놓은 듯한 깡마른 노승이었다. 유난히도 창백한 피부에 안와상융기가 유달리 튀어나온 것이 그 노승의 출신이 중원이 아님을 짐작케 해 주었다. 그러고 보니 노승이 걸친 복식도 중원 승려의 그것과는 많이 달랐다. 노승은 흔히 라마승이라 불리는 밀교密敎의 승려였던 것이다.

"……그 결론이 무엇인지는 모두 잘 아시리라 믿소."

노승의 말에 호응하듯 가늘고 음산한 목소리가 울렸다.

"혈랑은 현세에 존재하지 않는다. 이는 몇 해 전 바로 이 십영회의에서 내린 결론이었지요."

유부幽府에서 흘러나온 것 같은 기분 나쁜 목소리의 주인은 삼십 전후로 보이는 마른 남자였다. 남자의 옷은 이 여섯 명 가운데도 무척 특이했다. 백황색 장포 여기저기에 부적처럼 생긴 붉은 문양을 수놓은 것이 마치 혹세무민함으로써 이익을 취하는 삿된 방술사方術士처럼 보였다.

남자의 말에 고무된 듯, 안 그래도 카랑카랑하던 노승의 목소리가 한층 높아졌다.

"맞소. 본 각이 혈랑을 강호 도모의 표기로 마음 놓고 사용하기 시작한 것도 바로 그때부터였소. 그리고 그러한 전략은 현

시점까지 매우 효과적이었다고 평가할 수 있소. 그런데 이제 우낙 같은 하급 비영의 진술 몇 마디로 전략 자체를 수정해야 한다?"

돌연 노승의 두 눈에서 섬뜩한 청록색 광채가 뿜어 나왔다.

"본 법왕法王은 단호히 반대하는 바요!"

강경한 어조로 말을 마친 노승은 어떠냐는 식의 표정으로 오른쪽으로 한 자리 떨어진 곳에 앉은 사람을 돌아보았다. 그러고는 창날처럼 곧게 뻗은 허연 눈썹을 부르르 떨고 말았다. 자신의 시선을 받은 사람이 한가하기 그지없는 표정으로 멀리 창 너머 풍경을 바라보는 모습이 눈에 들어왔기 때문이다. 옆집 개가 짖어도 저렇게 한가한 신색을 보이지는 못할 터.

노승의 동공에 어린 청록색 광채가 더욱 짙어졌다. 그것은 마라살강魔羅煞罡이라는 이름의 밀종密宗 공력이 극성에 이르렀을 때 벌어지는 현상이었다. 뒤이어 터져 나온 노갈은…….

"삼비영, 그대는 이 십영회의가 장난으로 여겨지오? 본 법왕은 혈랑검법이니 뭐니 하는 말로 우낙을 부추긴 사람이 바로 그대라는 사실을 알고 있소! 모름지기 장부라면 자신이 한 말에 책임을 져야 할 게 아니오!"

창 너머를 바라보던 사람이 고개를 천천히 노승 쪽으로 돌렸다. 한 쌍의 담담한 두 눈이 노승의 시선과 마주쳤다. 그 순간, 노승의 동공에서 뿜어 나오던 청록색 광채가 크게 흔들렸다. 그 담담한 두 눈에 내포된 무형의 예기를 감히 받아들일 수 없었기 때문이다.

'이, 이자의 기파가 이 정도였던가?'

노승은 마음 한구석이 차갑게 얼어붙는 것을 느꼈다. 다행히 노승을 핍박하던 예기는 곧 사라졌다.

"패륵법왕貝勒法王께선 한어 솜씨가 무척 좋아지셨소. 이제는 한인이라고 우겨도 눈치채지 못하겠구려."

시선을 통한 무형검기無形劍氣만으로 노승, 패륵법왕의 마음을 얼어붙게 만든 사람이 느릿느릿 말문을 열었다. 눈빛이 깊고 구레나룻이 위맹한 중년의 남자. 바로 삼비영 연벽제였다.

"한데 듣자 하니 법왕께선 우낙만이 아니라 이 연 모燕某도 믿지 못하시는 모양이오."

칠비영 패륵법왕은 서장 남부를 진동시킨 악명에 걸맞지 않게 더듬더듬 대답했다.

"아, 아니…… 연 비영의 말을 믿지 못하는 것이 아니라…… 사, 사안이 사안이다 보니……."

연벽제는 기이할 만큼 얇은 미소를 지으며 패륵법왕으로부터 시선을 돌린 뒤 좌중을 둘러보며 조용히 물었다.

"다른 분들께서도 그렇게 생각하시오?"

한동안 아무도 입을 열지 않았다. 심지어 처음 운을 뗀 거구의 육비영마저도 꿀 먹은 벙어리처럼 자기 앞의 탁자만 내려다보고 있을 따름이었다.

이 침묵을 깬 것은 연벽제의 맞은편에 앉아 있는 유삼儒衫 차림의 초로인이었다.

"다른 분들께서 의혹을 품는 것도 무리는 아니오. 왜냐하면 혈랑검법이 세상에 모습을 보인 적이 극히 드물기 때문이오."

참으로 청아한 목소리였다.

연벽제는 유삼 차림의 초로인을 바라보았다.

길쭉한 눈초리, 길쭉한 목, 그리고 학우선鶴羽扇을 쥐고 있는 길쭉한 손가락.

전체적으로 학식 높은 고고한 문사의 분위기를 풍기는 모습이었다. 천하제일 검객으로 공인된 검왕 연벽제를 포함, 강호의 네 마인 중에서도 첫 번째 자리를 차지하는 거구의 육비영, 서장의 명사인 패륵법왕 등이 참가한 이 십영회의의 주관자가 닭 모가지 하나 비틀지 못할 것 같은 저 유삼 초로인이라는 사실을 믿을 사람이 얼마나 있을까? 하지만 그것이 엄연한 현실이었다.

비영 서열로 따지면 연벽제보다도 오히려 한 단계 높은 이비영 문강이 바로 저 유삼 초로인의 이름이었다.

연벽제는 담담한 시선을 문강의 청수한 얼굴에 고정시킨 채 천천히 말했다.

"나는 수년 전 노각주님과 검에 관한 토론을 벌이던 중, 요행히도 혈랑검법에 관해 가르침을 받을 기회가 있었소. 우낙은 분명히 혈랑검법만이 지니는 몇 가지 독창적인 초식들을 내게 설명했소. 그가 자신의 과오를 덜어 볼 요량으로 상대의 실력을 부풀리는 과정에서 꾸며 낸 몇 가지 검초들이 우연히 혈랑검법의 초식들과 일치했다고 생각하지는 않소."

문강의 단아한 입술 위로 부드러운 미소가 떠올랐다.

"그런 우연은 있을 수 없겠지요. 나도 삼비영의 말씀에 동의하오."

그러자 문강의 옆자리에 앉아 있던 백의 청년이 고개를 끄덕이며 대화에 끼어들었다. 단정한 콧날에 별빛처럼 서늘한 눈매가 인상적인, 참으로 잘생긴 청년이었다.

"소생의 생각도 그렇습니다. 우낙과 부대연이 비록 임무를 완수하지 못한 것은 사실이나, 그 죄를 덜어 볼 요량으로 거짓을 꾸밀 만큼 간교한 인물들은 아니라고 봅니다."

약관을 넘긴 지 얼마 안 돼 보이는 백의 청년이 연벽제 같은 거물들과 어깨를 나란히 하고 앉아 있다는 사실은 충분히 놀랄 만한 일이었다. 하지만 그보다 더 놀랄 만한 일은 백의 청년에게는 그만한 자격과 능력이 충분히 있다는 점이었다.

문강은 연벽제에게 주었던 시선을 뗀 뒤 현기 어린 맑은 눈동자로 주위를 둘러보았다.

"비록 우낙의 말에 신빙성이 크다 해도, 단지 그것만으로 수년간 지속되어 온 본 각의 핵심 전략을 수정하는 것은 너무 섣부른 판단일 것이오. 그래서 본인은 이 문제를 해결하기 위하여 보다 간단한 방도를 취하고자 하오."

패륵법왕이 조심스럽게 물었다.

"방도라면?"

"화근을 미연에 제거하는 것이오."

부드러운 미소와 함께 흘러나온 문강의 말은 비단 듣기 좋을 뿐만 아니라 듣는 사람으로 하여금 확고한 믿음을 갖게 해 줄 만큼 설득력이 풍부했다.

"화근을 제거한다면 누구에게 그 임무를 맡기시겠단 말씀이오?"

패륵법왕이 다시 문강에게 물었다. 이미 준비해 둔 듯, 문강의 대답이 곧바로 이어졌다.

"마침 팔비영八秘影이 사천에 나가 있소. 팔비영과 염련鹽聯의 조직력이면 그들 노소를 제거하는 일이 그리 어렵지 않을 것이오."

문강의 대답에 백의 청년이 약간 곤혹스러운 표정을 지었다.

"팔비영이 사천에 간 것은 개인적인 용무 때문입니다. 아버님께도 이미 승낙을 받은, 말하자면 휴가와 마찬가지라고 할 수 있는데…… 그런 팔비영에게 과격한 임무를 맡긴다는 것은 합당치 않다고 생각합니다."

문강의 시선이 백의 청년을 향했다.

"사비영, 자네는 공사에 엄정한 사람인데 오직 팔비영에 관해서만큼은 그렇지 못한 것 같군."

"그, 그건……."

백의 청년은 대답을 쉬 이어 나가지 못하고 옥처럼 희고 단아한 뺨을 약간 붉혔다. 그 모습을 바라보던 문강이 입매를 살짝 굳히며 말했다.

"비록 휴가 중이라도 사정이 급하면 동원되는 것이 마땅한 일. 그들 노소가 청류산에 계속 머물 것이라는 보장이 없는 한, 이 일은 한시바삐 진행되어야 하네. 자칫 그들이 사천을 벗어나기라도 한다면 곤란하지 않겠는가?"

이치를 따져 가는 문강의 말에 백의 청년은 더 이상 이의를 제기하지 못했다.

문강은 다시 주위를 둘러보았다.

"다른 의견이 없다면 사천의 실패에 관한 안건은 이쯤에서 마무리 짓도록 하겠소. 다음은 강동의 사업에 관한 안건으로 넘어가겠소. 십비영十秘影은 보고해 주시오."

"흐흐, 알겠습니다."

음산한 웃음과 함께 한 사람이 자리에서 일어섰다. 아까 패륵법왕의 말에 맞장구를 쳐 주었던 방술사 차림의 마른 남자였다. 한밤중에 마주쳤다면 강시가 아닐까 의심할 만큼 창백한 안색을 지닌 그 남자의 이름은 사생史生, 생김새와 어울리게 매령귀사賣靈鬼使라는 별호를 지녔고, 중원인이되 서역 종파의 제자가 되어 사이한 방술을 배운 특이한 이력의 소유자였다.

사생이 하얀 안색과 대비되는 붉은 입술을 열었다.

"올해 초부터 소주를 중심으로 추진해 온 사업은 성공적으로 진행 중입니다. 개방의 소주 분타주인 위백을 이용한다는 계교가 잘 먹혀든 셈이지요. 이 사업을 통해 현재 신병이 확보된 강동 일대의 명숙들은 모두 일곱. 그중 과거 강동삼수의 일원이었던 일장진삼주 양무청을 수중에 넣은 것이 가장 큰 성과로 꼽을 수 있을 겁니다."

짝! 짝! 짝!

문강은 손뼉을 세 번 친 뒤 말했다.

"훌륭하오. 양무청은 사자검문獅子劍門의 냉면무정검과 석가장의 석씨 형제들을 효과적으로 견제할 수 있는 좋은 인질, 감시에 소홀함이 없도록 유의해야 할 것이오."

사생은 박수에 답례하듯 문강을 향해 두 주먹을 모아 보였다.

"이비영께선 염려하지 않으셔도 됩니다. 현재 양무청은 철군도鐵群島의 뇌옥에 수감해 둔 상태인데, 가급적 빠른 시일 내에 이곳으로 호송해 올 계획입니다."

"과연 십비영의 일 처리는 세심하오."

문강이 흡족한 표정으로 다시 한 번 치하하자 사생은 창백한 얼굴 가득 득의양양한 빛을 띠며 말했다.

"강동은 이곳에서 너무 멀리 떨어진 탓에 지금까지는 수하들에게만 맡겨 놓는 실정입니다. 각에서 허락해 주신다면 이 몸이 직접 강동으로 내려가 개방 전체를 송두리째 흔들어 볼까 합니다."

이 말에 패륵법왕이 이의를 표하고 나섰다.

"개방 전체라고? 하지만 개방의 총타는 강동이 아니라 개봉開封에 있지 않소?"

하지만 사생의 자신감은 누그러지지 않았다.

"흐흐, 뱀을 잡으려면 머리를 쳐야 하는 법. 우두머리만 잡을 수 있다면 장소가 무슨 상관이겠소이까?"

문강은 학우선을 살랑거리며 잠시 생각하다가 고개를 천천히 흔들었다.

"십비영의 과단성과 추진력은 높이 평가하는 바이나, 일을 지나치게 간단히 여기는 것은 경계해야 할 것이오. 현재 개방은 소림少林과 무당武黨을 능가하는 성세를 구가하고 있소. 더구나 개방의 현 용두방주인 우근又勤은 결코 십비영 혼자의 힘으로 감당할 수 있는 상대가 아니오."

사생의 얼굴에 떠오른 득의양양한 빛이 한순간에 사라졌다. 그 자리를 빠른 속도로 메운 것은 상처 입은 자신감에 대한 분노였다.

"이 몸이 확보한 미끼는 어떤 월척도 낚을 수 있을 만큼 먹음직스럽습니다. 만일 실패한다면 각의 율법으로 다스리셔도 무방하니, 부디 허락해 주십시오!"

문강은 심유한 눈길로 사생을 바라보다가 어쩔 수 없다는 듯이 고개를 끄덕였다.

"그렇게까지 말하니 허락하지 않을 수 없구려. 단, 만전을 기하는 의미에서 따로 조력자를 붙여 주겠소."

"조력자?"

"그렇소. 십일비영十一秘影이라면 아마도 십비영이 일을 추진하는 데 작지 않은 도움이 되리라 믿소."

"십일비영이라, 솔직히 썩 달갑지는 않지만 이비영님의 호의를 받아들이기로 하겠습니다."

말을 마친 사생이 자리에 앉았다.

분위기를 환기하듯 학우선을 슬쩍 부친 문강이 청아한 목소리를 이어 나갔다.

"다음 안건으로 넘어가겠소. 사비영은 모용풍募容楓에 관한 건을 보고해 주기 바라오."

문강의 지목을 받은 잘생긴 백의 청년, 사비영 이군영이 천천히 몸을 일으켰다.

"삼십이비영三十二秘影으로부터 섬서陝西 땅 화소花昭 부근에서 모용풍의 행적을 발견했다는 전갈이 있었습니다. 그래서 섬서 일대에 파견 나가 있던 다른 두 비영에게 삼십이비영을 도우라는 지시를 내렸습니다. 그들의 능력으로 미루어 머지않은 시일 내에 모용풍을 제거할 수 있으리라 생각합니다."

이때까지 방관자처럼 팔짱을 낀 채 회의 석상에서 오가는 이야기들을 듣고 있던 연벽제의 눈동자가 순간적으로 작은 동요를 일으켰다. 하지만 찰나지간에 지나간 일이라서 탁자에 둘러앉은 어느 누구도 그러한 기색을 눈치채지 못했다.

문강이 이군영을 향해 말했다.

"모용풍이 본 각에 관해 오래전부터 조사해 왔다는 사실은 이미 확인된바, 만에 하나 그가 조사한 사항 중에 오비영五秘影과 구비영九秘影에 관한 것이 포함되어 있다면, 각의 대계는 막대한 손실을 입을 수밖에 없소. 어떠한 대가를 치르더라도 모용풍을 반드시 제거해야만 할 것이오."

인간의 목숨 하나를 말살하라는 명령을 이토록 청아한 목소리와 부드러운 말투로 하달할 수 있다는 것은 기이함을 뛰어넘어 소름 끼치는 일이 아닐 수 없었다.

'문강, 저자는 대체…….'

연벽제는 후텁지근한 날씨 속에서도 한 줄기 스산한 기운이 척추를 따라 달려 내려가는 것을 느꼈다.

그는 각에 투신하기 훨씬 전부터 검왕이란 별호로 중원 천하를 위진威震시키던 최강의 검객이었다. 그런 그가, 입각 이전에는 이름조차 들어 본 적 없는 일개 책사에게 일말의 위압감을 느낀다면, 아마도 다른 사람들은 믿으려 들지 않을 것이다. 그러나 그것이 현실이었다. 문강은 보통 책사가 아니었다. 여우의 교활함과 뱀의 비정함, 사자의 단호함, 거기에 사슴의 은일함까지 함께 갖춘 초인적인 책사였다.

문강은 과연 무공을 익히고 있는 것일까? 문강이 무공을 사용하는 모습을 본 사람은 없다고 한다. 화경에 이른 연벽제의 안력으로도 문강이 무공을 익혔는지 여부는 가려낼 수 없었다. 다만 추측할 수 있는 사실은, 만일 문강이 무공을 익혔다면 앞서 언급한 여러 덕목이 아니더라도 무공 하나만으로 충분히 이 회의에 참석할 자격이 있으리라는 점이었다. 문강은 그 정도로 두렵고도 신비한 인물이었다.

두렵고도 신비한 인물은 비단 문강만이 아니었다. 같은 각원이면서도 그 정체를 도저히 알 수 없는 오비영과 구비영. 연벽제는 그들을 만나 보기는커녕 이름조차 알지 못한다. 각 내에서도 그들의 진정한 신분을 아는 사람은 노각주와 일비영 그리고 문강 정도뿐. 짐작컨대 그들 두 비영은 강호의 어떤 문파에 침투해 위험한 독소를 쌓아 놓고 있을 것이다. 각의 대계가 본격화되는 그날을 위해.

그리고 노각주…….

'음!'

사고가 노각주에게 이어지자 연벽제는 자신도 모르게 침음을 삼키지 않을 수 없었다. 노각주와 처음 대면하던 날의 기억이 현기증을 닮은 아득함에 실려 그의 머릿속에서 되살아났다.

　ㅡ자네가 연벽제로군. 검왕이라는 칭호는 아무에게나 붙는 것이 아니지. 과연 명불허전일세.

　지고한 신분이 아니면 법으로 금하는 짙은 황색의 장포를 입은 비대한 체구의 노인. 항상 웃음을 잃지 않는 두 눈. 보름달처럼 환한 빛이 감도는 얼굴. 온몸에 넘쳐흘러 상대로 하여금 저절로 긴장을 풀게끔 만드는 유쾌함.
　연벽제가 장담하건대 노각주는 천하를 통틀어 적수를 찾기어려운 강자였다. 바다처럼 깊은 무공과 강철처럼 굳센 의지와낙타처럼 질긴 인내력으로 무장한 절대적인 강자였다. 게다가모든 수하들로부터 진심 어린 충성을 받을 만큼 도량이 넓고 인덕 또한 깊었다. 연벽제는 바로 그런 강자와 적대하려 하는 것이다.
　십영회의는 문강의 주관 아래 계속 진행되고 있었고, 창문너머로 내리꽂히는 빗줄기는 쉽사리 그칠 것 같지 않았다. 연벽제는 십일 년 전 매제가 한 말이 문득 생각났다.

　ㅡ그들은 너무도 강하고 은밀하오.

객잔풍운客棧風雲

(1)

일찍이 황석공의 묘리를 이은 장량이 항우의 패도覇道로부터 유방을 피신시킨 곳도, 중국 역사상 최고의 전략가로 꼽히는 제갈량이 낭인에 불과한 유비를 위해 삼국정립三國鼎立의 계책을 편 곳도, 모두 서촉西蜀, 다시 말해 사천 땅이었다.

다른 시대를 살았던 두 천재가 사천이라는 지역을 천하 웅패의 초석으로 지목한 공통적인 이유는 두 가지로 요약할 수 있다. 첫째는 사천 분지를 통해 생산되는 풍부한 곡물 때문이요, 둘째는 〈촉도난蜀道難〉의 시구처럼 지역 자체가 천혜의 요새이기 때문이다. 부국과 강병을 동시에 노리던 두 천재는 사천을 택함으로써 건국 초기의 국가 경영을 효과적으로 수행하는 데 성공할 수 있었던 것이다.

아미천하수峨嵋天下秀라는 말로 유명한 아미산에서 동쪽으로 백여 리 떨어진 곳에 위치한 산해주山海州.

산해주를 포함한 산해막고원山海膜高原 일대에는 예부터 암염이 많이 생산되어 이를 취급하는 염소鹽所가 자주 눈에 띈다. 암염으로 말할 것 같으면 음식물을 절이고 간을 맞추는 향신료로 사용될 뿐만 아니라 약재로써도 그 쓰임새가 많은 물건이요, 산해주로 말할 것 같으면 일대에서 생산된 암염들을 동쪽으로 운반할 때 반드시 거쳐야 하는 관문 같은 곳이다. 그러니 산해주가 상도商都로서 번창할 수 있었던 일등 공신이 암염임은 당연할 터. 그 암염을 취급하는 무리, 나라의 허가를 받은 정식 염상과 그러지 못한 암상 들이 산해주의 양지와 음지를 장악하고 지배하는 것 또한 당연한 일이리라.

그 산해주에 며칠째 장대비가 쏟아지고 있었다.

"진짜 지겹게 퍼붓는군."

굵은 목소리가 울렸다. 하지만 산해주 전 지역을 후려갈기는 세찬 빗줄기는 그 목소리를 금방 삼켜 버렸다.

본격적으로 시작된 우기였다. 안 그래도 습하기로 유명한 사천은 사흘 전부터 내리기 시작한 억수 같은 빗줄기에 물의 나라로 되어 가고 있었다.

"거리가 왜 이렇게 한산한 거죠? 꼭 귀신 마을에라도 들어온 것 같아요."

피곤과 짜증이 뒤섞인 소녀의 목소리가 울렸다. 아까의 굵은 목소리가 곧바로 대답했다.

"사천 사람들은 이 시기에 외출을 꺼린다고 합니다. 고지대들이 워낙 많아서 갑자기 불어난 물이 언제 어디서 덮칠지 예측

할 수 없는 탓이라더군요."

굵은 목소리의 주인공은 석대원, 다른 사람보다 두 배 큰 체
구 덕분에 다른 사람보다 네 배 더 젖어 버린 불쌍한 사내였다.
그의 손에 동그마니 들린, 끄트머리에 앙상한 살이 몇 줄 달린
대나무 막대기는 사흘 전에만 해도 우산이라 불리던 물건이
었다. 우산한테서 우산으로서의 기능을 앗아 간 것은 그 주인의
말마따나 진짜 지겹게 퍼붓는 우기의 빗줄기였다.

석대원의 옆에는 구양현이 걷고 있었다. 쓰고 있던 죽립의
긴 챙을 슬쩍 들어 올려 두꺼운 비구름에 덮인 시커먼 하늘을
잠깐 올려다본 대가로 얼굴 전체를 빗줄기에 난타당한 그는 음
울한 목소리로 뒤늦은 맞장구를 쳤다.

"지겹다는 석 형의 말에 동의할 수밖에 없군요."

손바닥으로 얼굴을 훔치는 구양현을 향해 소소가 걱정이 담
긴 목소리로 말했다.

"이런 비를 계속 맞으며 다니는 것은 삼사형의 회복에 안 좋
을 거예요."

석대원도 구양현을 돌아보며 말했다.

"소 소저의 말씀이 옳은 것 같군요."

구양현의 얼굴에 미안한 기색이 떠올랐다.

"소제로 말미암아 두 분의 행보가 많이 지체되었다는 것을
압니다. 소제의 몸은 이제 거의 정상으로 돌아왔으니 그렇게 신
경 쓰지 않으셔도 됩니다."

청류산 적심관에서 이 산해주까지의 거리는 오백 리 남짓이
어서 건각을 지닌 사람이라면 열흘 안에 충분히 지날 수 있는
거리였다. 하지만 오늘로써 적심관을 떠난 지 보름. 악전의 후
유에서 채 벗어나지 못한 구양현의 건강 상태가 일행의 행보를

더디게 만든 가장 큰 이유였다.

"반드시 구양 형 때문만은 아닙니다. 점심이 부실했던 탓인지 소생의 다리도 지금 후들거리고 있으니까요."

석대원이 웃으며 말했다. 구양현은 저 말이 자신의 심적 부담을 덜어 주기 위한 것임을 모를 만큼 둔하지 않았다. 하지만 뒤따라오는 소소의 얼굴을 돌아본 구양현은 석대원의 배려를 받아들이기로 마음먹었다. 빗물에 젖어 파랗게 질린 사매의 얼굴이 몹시도 안돼 보이기 때문이었다.

"그러면 오늘은 이쯤에서 쉬기로 할까요?"

구양현의 제안에 석대원은 빙긋 미소를 지은 뒤 앞쪽을 향해 말했다.

"한로, 쉴 만한 곳을 알아봐 주시오."

일행의 선두에서는 삿갓과 도롱이로 무장한 한로가 적심관에서 새로 깎은 지팡이로 진창을 짚어 가며 걸어가고 있었다. 뒤에서 날아든 젊은 주인의 지시에 한로는 돌아보지도 않고 투덜거렸다.

"에잉, 젊은것들 놔두고 꼭 늙은이를 시킨단 말이야."

하지만 푸념과는 달리 한로의 왜소한 몸은 이미 빗발을 뚫고 앞으로 달려 나가고 있었다.

빗줄기의 장막 속으로 멀어지는 노인의 뒷모습을 보며 구양현이 민망한 표정을 지었다.

"한 노인께서는 저희들과 하는 동행이 탐탁지 않으신가 봅니다."

석대원은 픽 웃었다.

"원체 심보가 저리 생겨 먹은 양반이니 괘념치 마십시오. 자, 우리도 어서 따라가 봅시다."

세 사람은 한로의 뒤를 따라 걸음을 재게 놀렸다.

그들이 앞서 간 한로를 다시 만난 것은 그로부터 반 각쯤 지난 뒤였다. 한로는 오미객잔五味客棧이라는 간판이 걸린 건물 문밖에서 오는 비를 다 맞으며 일행을 기다리고 있었다.

"안에서 기다리시지 왜 나와 계시오?"

석대원이 묻자 한로가 삿갓을 들추며 대답했다.

"이 날씨에 무슨 놈의 손님들이 그리 많은지, 객방은 다 찼고 별채만 비었다고 하더이다."

소소가 한 발짝 나서며 말했다.

"별채면 더 좋잖아요. 난 사람들 북적거리는 데는 싫더라."

한로는 딱하다는 눈길로 소소를 바라보았다, 그렇게 물정 몰라서 어디 시집이나 제대로 가겠느냐는 듯이.

구양현이 얼른 그녀에게 말했다.

"사매, 별채는 객방 열 개를 빌리는 것만큼이나 돈이 들어."

"돈요? 사형, 전에서 나올 때 노자 안 가져왔어요?"

"물론 노자야 가져왔지만……."

구양현은 뒷말을 잇지 못하고 한숨을 쉬었다. 노자는 충분히 가져왔다. 하지만 '충분히'란 말은 '예상되는 경비보다 조금 더 많이'라는 뜻이었다. 갈 때는 사매의 말썽으로 인해, 그리고 올 때는 자신의 부상으로 인해 여정이 두 배 이상 지연되리란 점까지 사전에 예상했다면, 구양현은 검자루가 아니라 점쟁이의 산통算筒을 쥐어야 마땅할 것이다.

"다른 객점을 알아봐야겠구려."

석대원이 다소 풀죽은 목소리로 중얼거렸다. 그러자 소소가 입술을 쭉 내밀며 그 자리에 쪼그려 앉았다.

"아이고, 난 이제 한 걸음도 못 가요! 빨리 쉬고 싶단 말이에요!"

한로는 너만 쉬고 싶은 줄 아느냐는 눈으로 소소를 내려다보았고, 이래저래 구양현만 난처해졌다. 그런 구양현의 눈에 소소의 죽립 아래로 삐죽 나와 있는 물건 하나가 들어왔다. 반가운, 아주아주 반가운 물건이었다.

"사매, 이 집 별채에서 쉬고 싶어?"

소소는 구양현을 올려다보며 떼쟁이 어린애 같은 얼굴로 "응." 하고 고개를 끄덕였다.

"그럼 그거…….."

소소가 고개를 갸웃거렸다.

"그거 말이야."

구양현은 눈짓만이 아니라 손가락까지 동원해 가리켰다. 손을 얼굴 위로 들어 그 부위를 더듬던 소소는 얼굴을 일그러뜨리고 말았다. 사형이 가리킨 물건이 무엇인지 알아차린 것이다.

"이건 이사형이 저번 생일에 선물해 준…….."

"별채 좋지?"

구양현은 재빨리 소소의 말을 막았다.

"이런 날 호젓한 별채에서 뜨끈뜨끈한 물에 몸을 푹 담근다면 피곤이 금방 풀릴 거야."

소소의 얼굴이 점점 더 일그러졌다.

❖

소소의 이사형이자 신무전주 소철의 둘째 제자인 금검옥공자 백운평은 얼굴이 잘생기고 한 자루 용형금검龍形金劍을 잘 쓸 뿐만 아니라 사교성 또한 남달라서 각종 장신구에 대한 안목이 탁월했다. 그런 그가 눈에 넣어도 아프지 않을 만큼 귀여워하는 사매에게 생일 선물로 준 머리 장신구가 범상한 물건일 리 없었다.

"아아! 정말 날아갈 것 같네."

뜨거운 물에 적당히 분 야들야들한 살갗 위로 뽀송뽀송 마른 옷을 걸치자 소소는 그야말로 몸이 둥둥 떠오르는 것만 같았다. 물론 그렇다고 해서 이 객잔의 돼지 같은 주인 놈에게 이사형이 선물해 준 비취금장호접잠翡翠金裝胡蝶簪을 헐값에 넘긴 아쉬움이 완전히 사라진 것은 아니었다. '신외지물身外之物에 연연하면 당당한 여협이라고 할 수 없지 않을까?'라는 구양현의 교묘하고도 얄미운 부추김만 없었다면 현장에서 즉시 거절해 버렸을지도 몰랐다. 하지만 구양현 뒤에서는 석대원이 지켜보고 있고, 소소는 그에게 신외지물에 연연하지 않는 당당한 여협으로 보이고 싶었던 것이다. 나비 모양의 장식이 달린 그 예쁜 비녀는…… 그녀의 패물 목록 일 호는…….

'이사형에게 또 사 달라면 되지, 뭐.'

하북에서 떵떵거리는 무림세가의 상속인인 만큼 같은 선물 두 번 하는 걸 아까워하지는 않을 것 같았다.

'그럼 헌것 대신 새것이 생기는 셈이네?'

생각이 마음을 결정한다고, 희망적인 생각을 하자 마음 또한 밝아졌다. 소소의 얼굴에 들러붙어 있던 마지막 아쉬움이 사라졌다.

그때 방문 밖에서 구양현의 목소리가 울렸다.

"사매, 다 갈아입었어?"

"예."

소소가 사뿐사뿐 걸어가 방문을 열자 늙고 젊은 세 사내가 그녀를 기다리고 있었다.

"이 옷 어때요?"

소소는 방긋 웃으며 문가에서 한 바퀴 맴을 돌았다. 구양현
이 웃으며 손뼉을 쳤다.

"좋아, 좋아! 아주 멋진걸."

"목욕도 좋았고, 방도 마음에 들어요. 그깟 비녀, 팔아 치우
길 잘했어요."

"그거 다행이군. 배고프지? 식사는 객잔으로 나가서 해야
한다더군. 어서 나가자고."

잘 막힌 건물 안이지만 빗소리는 여전히 사방을 두드리고 있
었다. 소소가 눈살을 살짝 찡그리며 물었다.

"귀찮은데 이리로 시키면 안 돼요?"

구양현은 잠시 머뭇거리다가 어색한 웃음을 지으며 말했다.

"이리로 날라 오면 음식이 비에 젖지 않겠어? 비에 젖은 음식
을 먹을 바에야 차라리 우리가 나가는 편이 낫지."

"그건 그래요. 그럼 어서 나가요."

속 편한 소소는 밝게 대답하며 몸을 돌렸고, 구양현은 안도
의 한숨을 내쉬었다. 사실 그가 염려한 것은 음식이 젖는 일이
아니었다. 비가 아무리 억수같이 내린들 쟁반에 뚜껑만 잘 씌우
면 음식이 왜 젖겠는가. 그가 염려한 것은 이 객잔을 떠난 뒤부
터 들어갈 노자였다. 사매가 아끼는 패물을 팔아 가면서까지 만
들어 낸 노자도 이 잘난 별채를 빌리느라 절반이 뭉텅 날아갔는
데, 별채에 앉아 비싼 요리를 주문하면 남은 절반마저도 간당간
당해질 것이 뻔했다. 그러니 유비무환이라는 의가 특유의 덕목
에 충실한 그가 어찌 다음 일을 걱정하지 않겠는가. 그렇다고
싸구려 국수나 소채 따위를 별채까지 배달시키기도 민망한 일

이었으니…….

'사매가 속아 주니 다행이지 뭐야.'

구양현은 이렇게 생각하며 소소의 뒤를 따랐다.

하지만 미봉책이란 언젠가 구멍이 뚫리는 법. 그 구멍은 객잔 식탁에서 드러났다.

"우리가 염손가요?"

구양현은 대답하지 못했다.

"아니면 토낀가요?"

구양현은 역시 대답하지 못했다.

소소는 젓가락으로 접시를 뒤적거리다가 성질을 팩 부렸다.

"설령 염소나 토끼라도 좋아요. 풀이라도 좀 싱싱해야 되는 거 아닌가요?"

신무전의 금지옥엽이라는 그녀의 신분을 애써 언급하지 않더라도 일행이 앞둔 식탁은 실로 비참했다. 팅팅 분 국수에 딱딱한 만두, 거기에 소채라고 나온 것은 초식동물들도 외면할 만큼 풀이 죽은 배추 줄거리에 지나지 않았으니 말이다.

마침내 대답하기 위해 구양현은 땀을 흘려야만 했다.

"사매, 그게 말이지…….."

"그게고 저게고 간에 난 이런 거 절대 못 먹으니까 사형이나 실컷 드세요."

소소는 젓가락을 탁, 소리 나게 식탁에 내려놓았다. 그때 음식 우물거리는 소리에 섞인 굵은 목소리가 들려왔다.

"음식을 타박하면 키가 안 자라요."

식탁 한쪽에서 국수 먹기에 여념이 없던 석대원이었다. 소소의 시선이 자신에게로 향하자 석대원은 마치 나 좀 보란 듯이 씩 웃었다. 이어 젓가락을 그릇에 푹 찔러 휘휘 돌리더니 장정 주먹만큼이나 큼직하게 말린 국수를 동굴처럼 커다란 입속으로 쑥 집어넣는 것이었다.

그러고는 씹기나 몇 번 씹었을까? 그릇에 남은 국물을 후루룩후루룩 들이마시니, 이것으로 네 그릇째의 국수가 그의 위장 안으로 사라진 것이다.

"조금 불긴 했지만 사십 문자리 치고는 국물이 꽤 괜찮아요."

석대원이 말했다. 거한의 박력 있는 식사에 잠시 넋이 빠져 있던 소소가 그에게 물었다.

"국물이 괜찮다고요?"

"예. 한번 마셔 보세요."

"음, 그럼 국물만 조금 먹어 볼까나?"

소소는 그릇을 들어 국물을 한 모금 마셨다. 그런 다음 한 모금을 또 마셨다. 그러고는 젓가락을 들고 국수를 먹기 시작했다. 사실 음식 타박을 하기엔 너무 배가 고팠던 것이다.

그 모습을 바라보는 구양현의 표정이 조금은 밝아지는데, 석대원이 그를 돌아보며 말했다.

"내상도 거의 치유되신 듯하니 내일쯤은 작별을 고할까 합니다."

이 말에 구양현은 물론이거니와 국수 그릇에 얼굴을 묻고 있던 소소까지 깜짝 놀랐다.

"석 형, 이대로 헤어지면 저희들로선 은혜에 보답할 길이 없지 않겠습니까?"

구양현이 급히 말했다.

"맞아요! 우리와 함께 신무전으로 가요! 제가 할아버지한테 졸라서 전 내의 높은 자리를 주라고 할게요."

소소도 울상이 되어 석대원을 만류했다. 그러나 석대원은 담담히 웃으며 고개를 저었다.

"북악신무의 성세를 직접 보고 싶은 마음이야 굴뚝같습니다만, 소생에겐 일정에 맞춰 만나야 할 사람이 있습니다."

"그 사람이 누군가요? 그 사람도 신무전으로 초청하면 되잖아요?"

"그렇게 부를 수 있는 사정이 아니라서……. 귀전을 방문하는 것은 부득불 다음 기회로 미루기로 하겠습니다."

"아이 참! 한 노인, 석 오라버니 좀 말려 주세요!"

석대원이 완곡한 가운데도 자신의 의견을 굽히려 들지 않자 초조해진 소소는 한로에게 구원을 요청했다. 하지만 한로는 심드렁한 시선으로 소소의 얼굴을 힐끔 돌아본 뒤, 손에 쥔 만두를 계속 먹을 따름이었다. 내가 왜 네 말을 들어야 하냐는 식의 냉랭한 반응이었다.

석대원의 뜻이 확고함을 깨달은 구양현이 한숨을 쉬었다.

"석 형의 뜻이 정 그러시다면 어쩔 수 없군요. 저희들 염려는 하지 마십시오. 여기서 멀지 않은 성도成都에는 신무전의 지부가 있으니 거기까지만 가면 별문제 없을 겁니다."

구양현마저 이별을 기정사실로 받아들이자 소소의 속은 숯처럼 새카매지고 말았다. 그녀의 순진무구한 방심엔 이미 석대원의 커다란 그림자가 깊이 드리워, 더불어 지낸 하루하루가 잊을 수 없는 기억이 되어 버린 것이다.

그런데도 저 무뚝뚝한 사내를 보라. 그녀의 마음 따위는 알 바 아니라는 듯 저리도 담담히 이별을 이야기하지 않는가.

말이 좋아 후일이지, 이 넓은 대륙에서 한번 이별이 영원한 이별이 되지 말란 법은 없었다. 게다가 그는 뜨내기, 일정한 거처가 있어 연락을 주고받을 수도 없는 신세였다.

'아! 내 운명은 왜 이다지도 가혹한 걸까?'

소소는 아랫입술을 꼭 깨문 채 눈물만 그렁거렸다. 그녀가 갑자기 닭똥 같은 눈물을 뚝뚝 흘리자 구양현은 안타까움을 느꼈다.

'석 형은 정중하고 예의 바른 사람이다. 하지만 남녀 간의 감정에 신경을 쓸 만큼 세심하고 다정한 사람은 아닌 모양이다. 만일 사매가 석 형에게 정을 두었다면 결과가 썩 밝을 것 같지 않구나.'

잠시 생각하던 구양현은 품속에서 작은 동패銅牌 하나를 꺼냈다.

"석 형과의 만남은 소제에게 인세에서 다시 만나기 힘든 복연처럼 여겨지는군요. 그것을 기념하기 위해 이 물건을 석 형께 드리고 싶습니다."

어른 손바닥만 한 크기의 팔각 동패 위에는 한 마리 비상하는 매가 정교하게 양각되어 있었다. 그것은 신무전 내삼당內三堂 중 하나인 비응당飛鷹堂의 영패로써, 당주인 구양현을 상징하는 신물이기도 했다. 이 영패만 내밀면 강북 곳곳에 산재한 열여섯 군데 신무전 지부로부터 각종 편리를 제공받을 수 있었다.

그런 귀중한 물건이란 것을 아는지 모르는지, 석대원은 여일한 표정으로 손을 내밀어 구양현이 내민 동패를 받았다.

"감사히 받겠습니다. 한데 워낙 빈한한 처지라 구양 형의 선물에 제대로 답례해 드릴 방도가 없군요. 음…….'"

팔짱을 낀 채 왼 주먹으로 턱을 툭툭 두드리던 석대원이 한로를 돌아보며 불쑥 물었다.

"일전에 제가 드린 칼 있지요?"

만두를 씹던 한로의 눈이 묘하게 짜부라졌다.

"한번 준 물건을 왜 찾으시오?"

"준 것 취소요. 지금 돌려주시오."

한로는 킹, 하고 콧방귀를 뀌더니 허리춤에서 검은 가죽집에 든 소도를 빼내어 팽개치듯 탁자에 내려놓았다. 적심관에서 지팡이를 깎던 바로 그 소도였다.

"날도 시원찮은 이깟 칼, 돌려 달라면 아까울까?"

석대원은 넉살 좋게 탁자의 소도를 냉큼 집더니 구양현에게 내밀었다.

"들으셨다시피 잘 들지도 않는 칼입니다. 하지만 선물로 드릴 만한 것이라곤 이것뿐이니 모쪼록 받아 주시기 바랍니다."

받자니 한로 보기 미안한 일이고 안 받자니 석대원의 내민 팔이 민망해진다. 구양현은 잠시 망설이다가 조심스레 소도를 받아 들었다. 수중에 들어온 소도를 슬쩍 돌려 보니 검은 가죽집에 칼로 새긴 아원阿原이라는 두 글자가 눈에 들어왔다. 아마도 석대원의 아명兒名인 듯.

"이 물건을 석 형이라 생각하고 소중히 간직하겠습니다."

구양현이 소도를 요대에 꽂으며 말했다.

그때 탁자 앞에 앉아 눈물만 뚝뚝 흘리던 소소가 젖은 얼굴을 석대원에게로 바짝 들이밀며 큰 소리로 말했다.

"석 오라버니, 제게도 아무거나 주세요!"

석대원은 얼굴을 뒤로 물리며 난처한 표정을 지었다. 그도 그럴 것이, 내외에 엄격한 시절이었다. 혼인하지 않은 남녀 간에 교환되는 물건은 곧바로 정표情表로 인식되기 십상인 것이다.

"거친 산사람이 자칫 고귀하게 자란 소저의 손을 더럽힐까 염려되는군요."

석대원이 조심스럽게 거절의 뜻을 비치자 소소의 얼굴이 홍당무처럼 달아올랐다. 물건을 달라는 게 무슨 뜻인지 그녀가 왜 모르겠는가? 큰 결심을 하고 날려 보낸 연모의 화살이 과녁으로부터 이처럼 거부당하자, 그녀는 자살이라도 사양하지 않을 만큼 처참한 심정이 되어 버렸다.

보다 못한 구양현이 어린 사매를 거들고 나섰다.

"하하, 석 형께서도 이젠 강호에 발을 담그신 몸. 남녀 간의 예법에 크게 구애받지 않으셔야 하리라 생각합니다. 대수롭지 않은 물건이더라도 하나 남겨 주시면 사매가 무척 기뻐할 겁니다."

이는 참으로 적절한 도피처를 만들어 준 말이어서 석대원은 빙긋 웃을 수 있었다.

"이거 제 생각이 짧았군요. 그렇다면…….."

석대원은 왼손 중지에 끼고 있던 철로 만든 반지를 뽑아 소소에게 내밀었다. 바깥쪽 표면에 제비 한 마리가 새겨진 것을 제외하면 다른 꾸밈이라고는 찾아볼 수 없는 평범한 반지였다.

"이 반지는 돌아가신 모친께서 남기신 물건입니다. 값어치는 미미하지만 소생에게는 소중한 물건이지요. 인연의 기념으로 소 소저께 드리겠습니다."

'어머님께서 끼던 반지라고?'

소소의 얼굴에 어린 처참한 기운이 한순간에 사라졌다. 그녀는 활짝 웃으며 석대원이 내민 철지환鐵指環을 받았다.

"고마워요, 석 오라버니! 잠잘 때에도 세수할 때에도 이 반지를 절대로 빼지 않겠어요!"

굳은 신념이 담긴 맹세였다. 그러나 그 맹세를 실천하는 데엔 문제가 하나 있었다. 손바닥 위의 철지환을 만지작거리다가 손가락에 끼워 본 소소가 난처한 얼굴로 말했다.

"그런데 모친께서도 석 오라버니처럼 손이 크셨나 봐요. 이 반지는 제겐 팔찌로나 써야겠는걸요."

소소의 말대로 석대원이 준 철지환은 보통 반지보다 직경이 배 이상 컸다. 그녀가 손가락을 흔들자 철지환은 마치 줄에 꿰인 동전처럼 뱅글뱅글 돌아갔다.

"하하, 모친께서 어찌 소생처럼 미련한 손가락을 지니셨겠습니까? 이리 줘 보십시오. 소생이 이 물건을 어떻게 늘이고 줄이는지 보여 드리겠습니다."

소소에게서 철지환을 다시 받아 든 석대원은 손가락으로 그 가장자리를 슬쩍 어루만졌다.

그 모습을 바라보던 구양현의 눈이 휘둥그레졌다. 철지환을 어루만지는 석대원의 손가락에는 아무런 힘도 들어 있지 않은 것 같은데, 철로 만든 반지가 조금씩 줄어들고 있었기 때문이다.

사실 무공을 익힌 강호인이 아니더라도 저런 철지환을 우그러뜨리기란 그리 어려운 일이 아니었다. 하지만 석대원의 손가락 아래에서 줄어든 철지환은 마치 새롭게 세공된 듯 전체적인 형태는 전혀 변하지 않은 상태에서 단지 크기만 바뀌고 있었던 것이다. 심지어는 표면의 제비 문양까지도 그 모양새가 조금도 이지러지지 않았으니, 이는 내공의 수발이 지극히 미세한 영역까지 자유롭다는 증거였다.

"어머! 오라버니는 요술도 부릴 줄 아시네요."

소소는 자신의 손가락에 알맞게 줄어든 철지환을 받아 들고 신기한 듯 말했다. 무공에 대한 견식이 일천한 그녀로서는 석대원이 방금 펼친 재주가 저잣거리 광대의 눈속임처럼 비친 모양이었다.

"아, 따듯해서 좋군요."

철지환을 왼손 중지에 낀 소소가 방긋 웃으며 말했다. 철지환의 표면에는 아직 석대원의 내력이 감돌고 있었던 것이다.

그때 석대원의 귓전으로 한로의 전음이 흘러들었다.

-소주, 동쪽 창문 아래 있는 무리가 낯설지 않소이다.

석대원은 내심 의아해했지만, 겉으로는 그런 기색을 전혀 내비치지 않았다.

"내일이면 이별인데 술이라도 한잔 있어야 하지 않을까요?"

석대원은 구양현과 소소에게 이렇게 묻는 한편, 한로가 말한 동쪽 창문 아래 무리를 암중으로 관찰하기 시작했다. 하나같이 평범한 마의麻衣를 입고 다리에는 각반을 두른 상인 차림의 사내들. 그 수는 모두 다섯인데 각자 짐 보따리 하나씩을 의자 옆에 괴어 놓고 있었다.

"맞아요. 이별주가 맛있어야 재회가 빠르다는 말도 있잖아요."

소소의 말을 듣는 동안, 석대원은 상인 차림의 사내들 중에서 오른쪽 눈알 흰자에 작은 점이 박힌 초로의 사내를 찾아낼 수 있었다. 석대원의 입가에 보일 듯 말 듯한 미소가 스쳤다. 저 점이라면 이틀 전에도 본 기억이 있었던 것이다.

"이별주는 의당 저희 쪽에서 대접해야 도리겠지요. 점소이를 부르겠습니다."

회계나 다름없는 구양현이 지출 의사를 분명히 했다. 그런데 석대원이 이를 만류했다.

"잠시만 기다려 보십시오."

"예?"

"운 좋게도 고마운 물주를 찾은 것 같아서요."

이렇게 대답한 석대원은 자리에서 일어나서 동쪽 창문 아래 자리 잡은 다섯 명의 사내들에게로 성큼성큼 걸어갔다. 석대원의 돌발적인 행동에 어리둥절해진 구양현과 소소는 서로의 얼굴을 돌아보았다.

"안녕하시오."

석대원은 호방한 목소리로 다섯 사내들에게 인사를 던졌다. 그의 커다란 얼굴엔 오랜 친구를 만난 듯 환한 웃음이 떠올라 있었다.

다섯 사내들의 얼굴로 당혹스러운 기색이 번져 나갔다. 이윽고 오른쪽 눈알 흰자에 작은 점이 박힌 사내가 몸을 일으키며 말했다.

"젊은이와는 초면인 듯하오만…… 우리 같은 장사치들에게 무슨 용무라도 있으시오?"

사내의 키는 보통 사람들보다 한 뼘가량 작았다. 그런 그가 거구 중에서도 거구인 석대원과 마주 서자 마치 어른과 아이가 마주한 형국이었다.

한 번의 눈짓으로 사내의 전신을 빠르게 훑어본 석대원은 실소를 금치 못했다. 사내가 양손에 끼고 있는 누런 가죽 장갑을 발견한 것이다. 제 살갗도 벗어 던지고 싶은 이 날씨에 가죽 장갑이라니!

"초면이라고 하시니 섭섭합니다. 이틀 전 풍산豊汕의 나루에서도 뵌 적이 있지 않습니까. 아, 그러고 보니 그때엔 무인 차림이었던 것 같은데, 새로 장사라도 시작하신 모양이지요? 하기야 요즘처럼 태평한 세상에는 칼로 밥 먹기가 그리 쉽지 않겠지요."

석대원의 너스레에 사내의 눈초리가 위로 쭉 올라갔다.

"눈썰미가 괜찮은 젊은이로군."

사내가 턱짓을 한 번 하자 탁자에 둘러앉은 나머지 네 명이 몸을 일으켰다. 조금 전까지만 해도 내비치던 장사꾼 특유의 바지런 떠는 기색이 몸을 일으키는 짧은 시간 사이 온데간데없이 사라졌다. 그 대신 턱을 치켜들고 눈을 내리까는 동작 하나하나에는 강호인 특유의 묵직한 기세가 묻어나고 있었다.

"아이고, 갑자기 왜들 이러십니까? 사연은 모르지만 제발 진정들 하시지요."

입구의 회계대에 앉아 있던 객잔 주인이 심상치 않은 분위기에 놀라 달려왔다. 하지만 눈알에 점이 박힌 사내의 한마디에 고개를 어깨 사이에 파묻고 뒷걸음질을 치고 말았다.

"염련의 행사다. 끼어들면 다친다."

탁자를 절반쯤 메운 손님들도 염련이란 말에 슬금슬금 꼬리를 빼기 시작했다. 염련이란 집단이 이 일대에 미치는 영향력이 어떠한지를 짐작케 해 주는 광경이었다.

"염련이라, 새로 시작하신 장사가 소금 장사인 모양이군요."

석대원이 싱글거리며 말했다. 눈알에 점이 박힌 사내가 표독스러운 눈으로 석대원을 올려다보다가 느릿느릿 입술을 뗐다.

"새로 시작한 게 아니라 본업이 소금 장사라네. 그건 그렇고 자네가 청류산에서 내려온 석대원이 맞는가?"

석대원은 '내가 아니면 누구겠느냐?'는 듯이 고개를 크게 끄덕였다.

석대원의 이름을 알고 있다는 것은 청류산에 나타난 혈랑곡 도들과 연관이 있음을 자인하는 것과도 같았다. 여태껏 어리둥절한 얼굴로 자리에 앉아 있던 구양현도 그제야 사태의 심각성을 알아차리고 재빨리 몸을 일으켰다.

그때 자리에 계속 앉아 있던 한로가 카랑카랑한 목소리로 사내들을 향해 외쳤다.

"밖에서 얼쩡거리는 강아지들도 같은 부류렷다?"

아닌 게 아니라 매서운 빗줄기에도 불구하고 열린 문밖으로 어른거리는 그림자들이 있었다.

"그런가 보구려. 한로가 쫓아 주겠소?"

석대원이 돌아보며 말하자 한로는 투덜거리며 일어섰다.

"매사가 이런 식이라니까. 늙은이를 저 빗속으로 내몰다니 매정한 주인이지 뭐람."

문가로 걸어 나가는 한로의 손에는 적심관에서 깎아 만든 나무 지팡이가 들려 있었다.

그 무렵, 눈알에 점이 박힌 사내는 각의 간부가 도착하기 전까지 섣불리 몸을 드러내지 말라던 염련주의 지시를 떠올리고 있었다. 암상들의 조직인 염련의 규율은 매우 엄격하여 염련주의 지시를 어기는 것은 죽음으로 걸어 들어가는 것과 마찬가지였다. 하지만…….

'상대는 겨우 네 명이 아닌가.'

그것도 계집애와 늙은이와 얼굴에 병색이 가시지 않은 젊은 놈을 제외하면, 힘깨나 쓸 만한 인물이라고는 눈앞의 덩치밖에는 보이지 않았다. 자신이 데려온 이십 명의 수하들을 생각할 때, 이들을 제압하는 데에는 큰 곤란이 없을 것 같았다. 만일 그럴 수만 있다면 뜻하지 않은 대공을 세우는 셈.

'저쪽에서 먼저 알아보고 나섰다고 해명하면 연주께서도 이해해 주시겠지.'

이 일을 계기로 각에서 온다는 간부의 눈에 들기라도 한다면, 남은 생을 이 눅눅한 사천 구석에서 소금에 절어 보내지 않을 수도 있었다. 흰자에 박힌 작은 점 하나로 인해 어딘지 모르게 산만한 느낌을 주는 사내의 시선 속으로 탐욕의 기운이 스쳐 갔다.

"괜히 반항하다가 몸을 다치면 자네들만 손해 아니겠는가. 순순히 따라오면 다치는 일은 없을 걸세."

눈알에 점 박힌 사내가 점잖게 투항을 종용했다. 석대원은 그를 포함한 다섯 명을 쓱 둘러보더니 코웃음을 쳤다.

"귀하들로는 조금 어려울 텐데. 돌아가서 쓸 만한 인물들로 몇 명 더 데려오라고 권하고 싶소."

"건방진 놈!"

그 순간 우렁찬 호통과 함께 뒷전에 서 있던 네 사내 중 하나가 석대원에게 득달같이 달려들었다. 어느새 뽑아 들었는지 그의 손에는 날카로운 쇠침이 숭숭 박힌 낭아봉狼牙棒 한 자루가 들려 있었다.

"쯧."

나직하게 혀를 차는 소리와 함께 석대원의 몸이 휘청 흔들렸다. 그저 가볍게 한 걸음 물러섰다가 다시 제자리로 돌아온 것에 불과한데, 하지만 이 가벼운 후퇴와 전진의 바로 앞에는 사내가 휘두른 낭아봉이 있었다. 낭아봉이 돌아 나올 때 물러섰고 낭아봉이 돌아 들어갈 때 나아간 것이다.

그리고 사내가 낭아봉을 회수하며 다음 공격을 준비하는 극히 짧은 시간을 비집고 석대원의 오른손이 슬쩍 뻗어 나왔다. 솥뚜껑처럼 큼직한 손바닥이 노린 부위는 낭아봉을 쥔 사내의 오른쪽 손목. 큰 힘은 필요 없었다. 잘 굴러가는 마차를 미는 데 큰 수고가 필요치 않은 것과 같은 이치기에.

푹!

심상치 않은 소리와 함께 낭아봉은 주인의 왼쪽 어깨에 틀어박혔다. 사내가 낭아봉을 휘두른 수법은 발출에서 회수까지 반원을 그리는 것인데, 큼직한 손바닥의 개입으로 인해 움직임의 범위가 조금 더 연장되어 버린 것이다.

"흐윽!"

날카로운 쇠침에 어깨가 뭉그러졌으니 그 고통이 어찌 가벼울까. 사내는 비명조차 제대로 지르지 못하고 그 자리에 주저앉고 말았다.

사천 일대에서는 기문사살奇門四煞이란 이름으로 제법 이름을 떨치던 사내들은 동료가 스스로 휘두른 병기에 패퇴하자 잠시 어이없어하는 눈치였다.

"용감한 건 좋지만 조금 급했군. 당신들은 거기 계속 서 있을 셈이오?"

석대원이 기문사살의 남은 세 명을 향해 물었다. 이 말에 자극받은 그들은 의자 옆에 놔둔 각자의 짐 보따리에서 병기를 꺼냈다. 석대원은 흥미로워하는 눈초리로 그들이 꺼내 든 병기를 바라보았다.

크고 작은 고리의 가장자리에 날을 세운 것은 자모환도子母環刀요, 삼지창처럼 생긴 짤막한 검은 삼지육인검三枝六刃劍이었고, 세 개를 한 조로 하여 손등에 끼우게 만들어진 쇠 손톱은 용조수갑龍爪手匣이었다. 하기야 앞선 사내가 휘두르던 낭아봉만 하더라도 좀처럼 만나기 힘든 기문병기라고 할 수 있으니, 그러므로 기문사살인 것이다.

눈알에 점 박힌 사내는 위풍당당하게 서 있는 수하들을 둘러보며 여유 있는 목소리로 지시를 내렸다.

"쳐라. 죽여도 좋다."

"옛!"

삼구일성三口一聲.

이제는 기문삼살이 되어 버린 세 사내는 사냥감을 향해 달려드는 사냥개처럼 석대원을 덮쳐 갔다. 각자의 손에 들린 기문병기들이 생김새만큼이나 흉흉한 살기를 뿜어내고 있었다.

"저런!"

먼발치에서 이를 지켜보던 구양현은 석대원을 도와야 한다고 생각했다. 아직 완쾌되었다고는 할 수 없는 몸 상태가 걸림돌이 되었지만, 그렇다고 보고만 있을 수는 없는 노릇이었다.

그러나 막 달려 나가려던 구양현의 두 다리는 석대원의 왼손을 본 순간 우뚝 정지하고 말았다. 허리 뒤로 자연스럽게 감춘 그 왼손에 은은한 홍광紅光이 어리는 것을 발견했기 때문이다.

'저건 대체……?'

그 홍광을 바라보는 기분을 대체 무슨 말로 표현할 수 있을까? 인세에는 속하지 않는, 속해서는 절대로 안 되는 위험천만한 마물이 요악한 붉은 눈을 천천히 뜨는 광경을 바라보고 있는 기분이랄까? 입 안이 순식간에 깔깔해진 구양현은 자신도 모르게 마른침을 꿀꺽 삼켰다.

그러는 사이에도 석대원의 거구는 세 자루 기문병기들에 의해 난자당하고 있었다. 아니, 그런 것처럼 보였다.

휘리리릭!

긴 휘파람 소리를 꼬리처럼 매단 채 석대원의 양쪽 어깨를 베어 온 것은 크고 작은 고리 두 개, 자모환도였다. 각각의 고리는 맹렬한 회전력을 내포하고 있어서 슬쩍 스치기만 해도 살덩이가 뭉텅 떨어지는 참사를 면할 수 없을 것 같았다. 하지만 석대원은 조금의 망설임도 없이 허리 뒤에 감추었던 왼손을 크게 휘저어 두 개의 고리를 동시에 쓸어 잡았다.

"악!"

구양현의 뒤에 서 있던 소소의 입에서 비명이 터져 나왔다. 저 자모환도가 종이로 만들어지지 않은 바에야 피륙으로 이루어진 인간의 손이 당해 낼 리 없을 터이기 때문이었다.

그런데 결과는 의외였다.

뿌드득!

그 자모환도가 종이로 만들어지지는 않은 것 같았다. 대신 밀가루나 두부로 반죽한 모양이었다. 그렇지 않고서야 피륙으로 이루어진 인간의 손에서 어찌 저리 맥없이 으스러지겠는가.

자모환도를 너무도 간단히 으스러뜨리고 그 주인의 얼굴을 향해 밀려들어 간 것은 핏물을 바른 듯 홍광에 휩싸인 거대한 붉은 손이었다.

"킥!"

자모환도를 휘두르던 사내는 달려들던 속도만큼이나 빠르게 뒤로 날아갔다. 붉은 손에 가격 당한 그의 얼굴은 원형을 알아보기 힘들 만치 뭉개져 있었다.

덩치와는 어울리지 않게 쾌속한 석대원의 움직임은 한 사람의 생김새를 완전히 다른 모양으로 바꿔 놓은 것에서 멈추지 않았다. 그는 오른 손바닥을 가볍게 뒤집어 옆구리를 파고드는 삼지육인검의 넓은 면을 눌러 멈추게 한 뒤, 재빨리 팔꿈치를 뒤채어 그 주인의 목덜미를 찍어 쳤다. 그 순간 그의 하복부를 할퀴려던 용조수갑의 섬뜩한 쇠 손톱들은 예의 붉은 손에 걸려 고드름들처럼 부러지고 있었다.

이어 허공으로 치켜 올린 오른 주먹으로 정수리를 쾅 내리찍으니, 용조수갑을 낀 사내는 찍 소리도 내지 못한 채 단단한 마룻바닥 속으로 무릎까지 박혀 버렸다.

석대원이 보여 준 몇 가지 동작들은 비단 쾌속할 뿐만 아니라 노련한 무용수가 펼치는 춤사위처럼 유연했다. 개개의 동작이 맞물려 하나의 형形을 만들고, 그 형의 절정 혹은 변곡점에는 반드시 가격할 목표물이 있었다. 그 결과 그가 세 자루의 기문 병기들과 세 명의 사내들을 폐물로 만든 데 소요된 시간은 문자 그대로 눈 깜짝할 새에 불과했다. 만일 구양현이 끼어들었다 한들, 싸움판에 채 이르기도 전에 상황이 끝났을 것이다.

"이젠 당신 차례요."

석대원이 손을 툭툭 털며 눈알에 점 박힌 사내를 돌아보았다. 넋이 나간 사람처럼 입만 헤벌리고 있던 사내는 석대원의 눈길이 불길이라도 되는 양 화들짝 놀라며 뒷걸음질을 치기 시작했다. 하지만 석대원의 이어진 말에 그의 발길은 얼어붙고 말았다.

"그냥 갈 거요? 각에서 용서하지 않을 텐데?"

석대원이 각의 존재를 알고 있다는 데 대한 놀라움은 그리 크지 않았다. 사내를 얼어붙게 만든 것은 공포였다. 그 무서운 염련의 연주마저도 두려워 마지않는 각에 대한 공포!

"와아압!"

눈알에 점 박힌 사내는 비명인지 기합인지 모를 괴성을 내지르며 석대원에게 달려들었다.

"어이쿠, 살살 합시다."

석대원의 엄살에 뒤이어 툭탁거리는 격타 음이 몇 차례 울려 나왔다. 그러더니 눈알에 점 박힌 사내가 얼굴을 일그러뜨리며 뒤로 정신없이 밀려나는 것이었다. 사내가 입은 마의의 소매 부분은 걸레처럼 찢겨 있었고, 그 사이로 내비친 팔뚝은 푸르뎅뎅

한 빛깔로 부풀어 있었다. 반면 석대원은 처음 서 있던 바로 그 자리에 유람이라도 나온 사람처럼 뒷짐까지 지고 서 있었다.

"내, 내가 졌다! 내가 졌어!"

눈알에 점 박힌 사내가 어른에게 비는 어린아이처럼 두 손을 가슴 앞으로 모으며 상체를 새우처럼 웅크렸다. 조금 전 악귀처럼 발악하며 달려들던 사람이라고는 믿어지지 않을 만큼 비굴한 모습이었다.

"이거 너무 싱거운걸."

석대원은 어깨를 으쓱거리더니 그 사내에게로 다가갔다. 그러면서 동의를 구하듯 구양현을 돌아보며 "안 그렇소?" 하고 웃었다. 암수를 감춘 사내에겐 더할 나위 없이 좋은 기회가 도래한 셈이었다.

"석 형, 조심……!"

구양현의 입에서 다급한 경호성이 터져 나올 때, 석대원의 전면은 이미 사내가 쏘아 낸 암수의 물결로 가득 메워져 있었다. 때문에 오른손을 어깨 위로 돌려 검자루를 잡아 가는 석대원의 손길은 터무니없이 때늦어 보일 수밖에 없었다. 하지만 실제로도 그럴까?

쉬아아악!

비교할 그 어떤 것도 생각나지 않는 섬뜩한 파공성이 객잔의 공기를 진저리치게 만들었다. 붉은 빛, 보는 것만으로도 동공을 시리게 만드는 눈부신 붉은 빛이 석대원의 전면에 시뻘건 장막을 만들었다. 그것은 여러 단지의 핏물을 한꺼번에 뿌린 듯한 오싹한 장관이었다.

쩔컥.

검의 호수구護手具와 검집 입구의 쇠테가 부딪치는 소리가 작게 울리더니…….

후드득!

그토록 위험해 보이던 암수들이 객잔의 마룻바닥 위로 맥없이 떨어져 내렸다.

"장갑이나 벗고 있었어야 속아 주든가 하지, 원."

석대원이 빙긋 웃으며 사내를 향해 말했다. 그의 발치엔 크기가 어린아이 새끼손가락만 한 철정鐵釘들이 무수히 널려 있었다. 가시처럼 뾰족한 끄트머리에 푸르스름한 빛이 번들거리는 것으로 미루어 절독絶毒을 바른 듯. 하지만 그것들은 하나같이 두 조각으로 잘려 있었다. 모두 조금 전 석대원의 전방에서 작렬한 시뻘건 장막이 만들어 낸 작품이었다.

눈알에 점 박힌 사내는 하얗게 질린 얼굴로 주춤주춤 물러서면서 두 팔을 품속에 집어넣었다. 그 순간 석대원의 얼굴에 어린 웃음기가 슬쩍 사라졌다.

"한 번만 더 장난을 친다면 내 검에 잘리는 것은 장난감만이 아닐 것이오."

그리 크지는 않지만 듣는 이로 하여금 반드시 그렇게 되리라는 믿음을 갖게 만드는 목소리였다. 사내의 두 팔은 품 안에 들어간 채 그대로 굳어 버렸다.

"쯧, 남자가 자기 가슴을 그렇게 더듬다니, 보기에 영 민망하구려."

석대원은 큰 걸음으로 성큼성큼 다가가더니 사내의 두 팔꿈치를 덥석 움켜잡았다.

"아으으."

사내의 입에서 신음이 흘러나왔다. 석대원의 악력은 상상을 초월하는 것이어서, 팔꿈치 아랫부분이 맷돌에 갈리는 듯한 고통을 느낀 것이다. 석대원은 그렇게 사내의 두 팔을 제압한 뒤, 품에서 강제로 끄집어냈다.

"더울 테니 장갑은 내가 벗겨 주리다."

팔을 제압한 것도 모자라 피독유避毒油에 절인 장갑마저 훌렁 벗겨 버리니, 독암기毒暗器를 장기로 삼는 사내로선 차포 다 떼이고 장기판 앞에 앉은 꼴이었다.

그때 빗물에 젖은 주렴이 촥 소리와 함께 젖히며 흠뻑 젖은 노인 하나가 객잔 안으로 터덜터덜 걸어 들어왔다. 소란이 시작되기 직전 석대원의 명을 받고 객잔 밖으로 나간 한로가 바로 그 사람이었다.

"늦었구려."

석대원의 타박에 한로는 처량한 얼굴로 투덜거렸다.

"칭찬은 못 들을망정……. 이보시오, 소주. 이 늙은이도 이제는 비 맞으며 강아지들 쫓을 나이는 지나지 않았소? 앞으론 제발 작작 좀 부려 먹으시오."

이들 노소의 대화를 듣는 동안, 눈알에 점 박힌 사내의 얼굴은 완전히 잿빛으로 물들어 버렸다. 늙은이의 말 중에 등장하는 강아지들이 그가 염련에서 차출해 온 무사들임을 알아차렸기 때문이다.

석대원은 송장의 것 같은 얼굴이 된 사내의 뒷덜미를 잡아 답삭 들어 올렸다.

"자, 이제 우리가 대화를 나눌 시간이 온 것 같구려."

석대원은 사내를 대롱대롱 들고서 구양현이 있는 탁자 쪽으로 걸어왔다. 사내를 찍어 누르듯이 앉힌 곳은 일 각 전 석대원이 앉았던 바로 그 의자인데, 그는 사내의 어깨를 오른손으로 슬며시 누르면서 싱긋 웃었다.

"내 부탁 하나만 들어준다면 고이 돌려보내 드리리다."

말이 좋아 슬며시지, 사내의 귓전엔 자신의 어깨뼈가 지르는 비명 소리가 들리는 듯했다. 그러나 고통이 아무리 극심한들 조직의 기밀을 함부로 누설할 수는 없었다. 그것을 누설하는 날에는 화가 어깨뼈에 그치지 않음을 너무도 잘 알고 있기 때문이었다. 그래서 사내는 점이 박힌 눈알을 부릅뜨며 소리를 질렀다.

"염련의 호걸을 모욕하지 마라! 아무리 지독한 고문을 가한다 한들 나는 한마디도 뻥긋하지 않을 것이다!"

이 말이 얼마나 비장하게 들리는지, 석대원은 감탄하는 표정이 되어 버렸다.

"오!"

석대원이 이 짧은 감탄을 내뱉는 동안에도 사내의 어깨를 짓누르는 힘은 시시각각 가중되고 있었다. 사내는 진땀을 흘리기 시작했다.

"아, 아무리 그래 봤자 내가 말할 수 있는 것은…… 내 신분이 여, 염련의 총집사總執事란 것밖에 없다!"

"이분의 심지는 정말 꿋꿋하구려."

석대원이 구양현을 돌아보며 소감을 밝혔다. 그러는 동안에도 사내의 어깨를 누르는 손은 점점 더 무거워지고 있었다.

"으윽! 내, 내 이름은 곡요谷耀다! 그리고 나, 나는 닷새 전부터 너희들을 미행하기 시작했다. 으…… 더 이상 내게 뭔가를 들으려면 차라리, 차라리 나를 죽여라!"

이게 한계였다. 더 이상의 기밀, 가령 각의 존재에 관한 사항이라든지, 또는 각에서 석대원을 상대하기 위해 간부를 파견한 일 등을 발설했다간 살아 돌아가도 살아 돌아가는 게 아니었다.

석대원은 실소를 흘리며 눈알에 점 박힌 사내, 곡요의 어깨에 얹은 오른손을 떼어 냈다.

"누가 곡 선생을 죽인다고 했소? 부탁 하나 들어 달라는데 그런 흉측한 얘기는 왜 꺼내시오?"

곡요는 깨질 것 같은 어깨를 부여잡으며 석대원을 올려다보았다.

"부, 부탁이라고?"

석대원은 구양현을 보며 빙긋 웃은 뒤, 곡요에게 말했다.

"실은 술값이 간당간당해서 그러는데 곡 선생께서 조금 보태 주실 수 있겠소?"

곡요의 두 눈이 토끼처럼 커졌다.

(2)

돈이면 귀신도 부린다는 말이 괜히 나온 얘기가 아니었다. 팅팅 분 국수에 딱딱한 만두, 초식동물도 돌아보지 않을 것 같은 풀 죽은 배추 줄거리뿐이던 보잘것없던 식탁이 왕손도 군소리하지 않을 만큼 호화찬란하게 변한 데엔 바로 그 돈의 신통방통함이 크게 작용했다.

퐁!

팔선도八仙圖가 그려진 새하얀 술 호로의 마개가 경쾌한 소리와 함께 뽑혔다. 그와 함께 번져 나가는 그윽한 주향이라니.

구양현은 어금니 사이에 저절로 침이 괴는 것을 느꼈다. 마개가 뽑힌 채 팅 비어 버린 호로가 벌써 넷이건만 이놈의 침은 도무지 그칠 줄 모르는 것 같았다.

"분주汾酒는 역시 사천 것이 최고 같습니다."

구양현이 말했다. 맞장구친 사람은 매사에 심드렁한 한로였는데, 그리 놀랄 일도 아니었다. 구양현은 술 호로의 마개를 뽑을 때마다 매번 같은 칭찬을 했고, 또 그럴 때마다 한로는 같은 맞장구를 치고 나왔으니 이 궁합도 벌써 네 번째였다.

"젊은 사람치고는 혀가 제대로 달렸나 보군."

네 번이나 같은 맞장구를 듣고 나니 구양현은 한로의 출신이 사천임을 의심치 않게 되었다. 항간에 알려진 사천 사람 판별법은 두 가지. 산서 분주가 최고라고 빼기든지 제갈공명을 얼간이라고 욕하면 사천 사람은 반드시 참지 못하고 튀어나온다고 한다.

"그럼 한 잔 받으시지요."

구양현은 주향을 폴폴 피어 올리는 술 호로를 들어 한로에게 권했다. 한로는 고개를 저었다.

"종이 어찌 먼저……. 첫잔은 소주께서 받아야겠지."

구양현은 내심 실소를 흘렸다. 실로 아리송한 충성심이라 아니할 수 없었기 때문이다. 어떨 때 보면 누가 주인인지 구분하기 힘들 만큼 함부로 대하다가도, 이럴 때 보면 엉덩이라도 핥아 줄 것처럼 극진하게 구니…….

"의당 주인이 먼저 받아야겠지요."

보통 사람의 것보다 곱절은 크고 굵은 손가락 사이에 끼워져 어쩐지 가련해 보이는 술잔을 앞으로 내미는 사람은 물론 석대원이었다. 볕에 그을린 그의 두 뺨은 불그레하게 달아올라 있었다. 물론 뺨이 달아오른 것은 그 혼자만이 아니었다. 독하다는 분주 중에서도 더욱 독하기로 유명한 것이 사천 분주였으니, 이번 것까지 다섯 병이면 네 사람을 알딸딸하게 만들기에 충분했던 것이다.

향긋한 분주가 다시 잔들을 채웠다. 대체 몇 번째 잔일까? 빛깔이 뽀얗고 잡스러운 부유물이 전혀 없는 것이, 한 근에 오백 문이 조금도 아깝지 않은 상등품인 것만은 확실했다.

네 개의 잔이 다시 네 사람의 목구멍을 적셨다. 소소만 한두 차례 콜록거렸을 뿐, 나머지 세 사람의 얼굴엔 지기를 만난 듯한 흡족한 미소가 감돌았다.

"술이라면 대사형을 당할 사람이 없다고 믿었는데, 이제 보니 진인眞人은 따로 있었나 봅니다."

구양현이 석대원을 향해 웃으며 말했다.

"소생의 견식이 천해 신무전의 큰 제자 되는 분에 관해서는 아는 바가 없군요. 부디 가르쳐 주시길 바랍니다."

석대원의 겸손한 요구에 소소가 냉큼 끼어들었다.

"우리 대사형은 한마디로 산돼지죠. 막무가내인 데다 짐승 냄새를 풀풀 풍기고 다니는 산돼지. 히힛!"

이 비유가 마음에 드는지 소소가 입술을 가리고 키득거렸다. 구양현은 그런 소소를 마땅찮은 눈길로 노려본 뒤 석대원에게 말했다.

"소제의 대사형께선 화북華北 태생이십니다. 도陶 자 정正 자를 이름으로 쓰시는데, 소생보다 십 년쯤 연상이시죠. 막무가내란 말은 그분의 성품이 워낙 소탈하셔서 그런 겁니다. 그리고 짐승 냄새를 풍긴다는 말은…… 으음."

구양현이 말꼬리를 흐리자 석대원이 충분히 짐작 간다는 투로 그 말을 이었다.

"남자라는 거군요."

"뭐, 그렇다고 할 수 있지요."

구양현이 고개를 끄덕이며 웃었다. 그러자 소소가 샐쭉한 표정으로 두 사람에게 쏘아붙였다.

"그따위 말이 어디 있어요? 더러운 냄새를 풍기고 다니면 전부 남잔가요?"

석대원은 옷소매를 코로 가져가 킁킁거리더니 씩 웃었다.

"전부는 아니지만 대개 그렇지요."

사실 석대원의 옷은 과히 향기롭지 못한 냄새에 절어 있었다. 그것은 구양현과 한로, 두 남자도 마찬가지였다. 소소와 달리 마른 옷으로 갈아입지 않았으니, 비에 젖은 옷을 내공으로 말리든 그냥 입어 말리든 악취를 풍기긴 마찬가지였던 것이다.

이런 이야기들이 오가는 동안, 두 개의 새 호로가 주방으로부터 옮겨져 왔다. 이것으로 일곱 병째. 술에 관한 한 남에게 별로 뒤진다 생각해 본 적이 없는 구양현도 슬슬 머리가 어지러워지는 것을 느꼈다.

'더 취하기 전에⋯⋯.'

구양현은 자꾸 육체로부터 벗어나려는 사고의 줄기를 단단히 움켜잡은 다음 조심스러운 목소리로 말문을 열었다.

"혹시 과거에 염련과 무슨 원한 관계라도 맺은 적이 있으신지요?"

석대원은 방금 자신이 비운 술잔에서 시선을 떼어 구양현을 똑바로 바라보았다. 그의 눈빛은 여전히 또렷했다. 두 뺨이 불그레하니 달아오른 것을 제외하면 취기를 찾아볼 수 없는 모습이었다. 이를 보면 음주에 관한 공력이 무공에 관한 공력에 못지않은 모양이었다.

"소생은 십일 년 전 청류산에 들어간 뒤로 한 번도 산을 떠난 적이 없었습니다."

석대원이 차분한 목소리로 대답했다. 자신과 염련 사이에 원한 따위가 끼어들 여지가 근본적으로 없다는 뜻이었다. 구양현은 고개를 끄덕인 뒤 준비해 둔 말을 이어 나갔다.

"염련이라면 소제도 아는 바가 조금 있습니다. 사천 일대에서 소금 이권에 관여한 십여 개 군소 방파들의 연합이 바로 염련이지요. 역사는 제법 오래된 것으로 기억합니다. 과거 소주 전투 때에 장적張賊을 지원했다는 말도 있으니 최소한으로 잡아도 백 년……. 국초의 혼란기를 피해 여태껏 살아남은 것이 용하다 할 수 있지요."

장적이라면 원나라 말, 오왕吳王을 자처하며 소주를 중심으로 세력을 확장하던 장사성張士誠을 가리키는 말이다. 장사성의 출신은 소금 밀매업자인 염효鹽梟. 소주 전투에서 주원장에게 패해 자살하기 전까지 그의 세도는 실로 대단했으니, 그를 꺾은 주원장이 "마침내 천하를 얻었다!"며 기뻐한 것도 그런 이유에서였다.

석대원은 묵묵히 잔을 비웠다.

구양현이 그의 잔을 채워 주는데, 목덜미까지 빨개진 소소가 풀린 혓바닥으로 표독스럽게 말했다.

"흥! 그땐 용케 살아남았는지 모르지만, 이젠 그런 행운을 바랄 수 없을걸. 내가 돌아가기만 해 봐라. 할아버지께 일러 기둥뿌리를 뽑아 버리도록 만들 테니까."

구양현이 소소의 말을 이었다.

"사매의 말에도 일리가 있습니다. 염련의 세력이 이 일대에서 아무리 강성하다 한들 결국 흑도 군소 방파들의 연합체에 불과합니다. 감히 신무전을 상대로 독자적으로 간계를 꾸밀 간담은 없다고 봅니다."

듣고 있던 한로가 나직이 코웃음을 쳤다. 구양현은 얼굴을 붉히며 고개를 숙였다.

"소제가 스스로의 얼굴에 금칠을 했나 봅니다."

그러자 소소가 쌍심지를 세우며 나섰다.

"우리 신무전이 어때서요? 말이 나왔으니 하는 말인데, 염련 나부랭이가 무슨 배짱으로 본 전에 수작을 부린단 말이죠? 미치지 않고서야 말도 안 되는 일이에요."

분위기가 소란스러워질 기미를 보이자 석대원이 빙긋 웃으며 손을 가볍게 내저었다.

"두 분의 말씀은 객관적으로 보아도 이치에 맞습니다. 강북 강호를 오랜 세월 군림해 온 신무전에 비하면 이곳의 염련은 실로 미미한 세력에 불과할 겁니다."

"아무렴, 비교할 데다 비교해야죠."

소소가 콧대를 세우며 으쓱거렸다.

구양현이 조심스럽게 석대원에게 물었다.

"그래서 드리는 말씀입니다만, 아까 곡요란 자가 말하던 각이란 곳이 대체 어디입니까? 석 형께서는 뭔가를 알고 계시던 눈치던데……."

석대원은 뭐라 말하려는 듯 입술을 두어 번 움찔거렸지만, 끝내 말문을 떼지 못하고 애꿎은 술잔만 비웠다.

"석 오라버니, 혼자만 알고 있지 말고 우리들에게도 좀 알려주세요. 예?"

소소가 구양현에 이어 석대원을 졸랐다.

석대원은 빈 잔을 탁자에 내려놓고 두 사람의 얼굴을 둘러본 뒤 조용히 말했다.

"그렇게 물으시니 말씀드리겠습니다. 소생은 그곳을 비각秘閣이라고 믿고 있습니다."

"비각이라면…… '구중비각九重秘閣'의 그 비각 말씀이십니까?"

구양현의 반문에 석대원은 고개를 끄덕였다.

"그렇습니다."

"그럴 리가…… 비각이 왜……?"

구양현이 석대원의 말을 쉽사리 받아들이려 하지 않자, 한로가 차갑게 내뱉었다.

"믿지도 않을 것을 묻긴 왜 묻는지, 원."

"송구합니다. 석 형의 말씀을 믿지 못한다는 것이 아니라……."

구양현이 황급히 변명을 늘어놓는데, 석대원이 담담히 웃으며 그를 두둔해 주었다.

"구양 형의 심정, 충분히 이해합니다. 소생이 선뜻 대답 드리지 못한 이유도 바로 거기에 있었습니다."

구양현은 잠시 생각을 정리한 뒤 말했다.

"비각은 강호 문파가 아닌 관부에 속한 집단입니다. 관부와 강호 사이에 특별한 간섭이 존재하지 않은 것도 벌써 수십 년에 이르는데, 이 시점에서 비각이 무슨 까닭으로 염련과 같은 흑도의 무리를 사주해 소란을 일으키겠습니까?"

구양현의 물음에 석대원의 입가에 자조를 닮은 쓸쓸한 미소가 떠올랐다.

"그 점에 관해서는 소생도 명확히 대답해 드릴 수 없군요. 소생이 아는 것이라곤 하나같이 증명되지 않은 추측에 불과하니까요."

석대원은 잠시 말을 멈췄다가 고개를 가볍게 흔들었다.

"추측만으로 일을 처리한다는 것은 대단히 위험하지요. 소생이 조금 전에 한 말을 부디 잊어 주시기 바랍니다."

이 말은 부드러운 가운데에도 칼 같은 단호함이 담겨 있는 탓에, 구양현으로서는 그 화제를 계속 이어 나가는 데 적잖은 부담을 느낄 수밖에 없었다. 하지만 소소는 달랐다. 고운 미간을 한껏 찌푸린 채 혼자만의 생각에 골몰해 있던 그녀는 어느 순간, 객잔이 떠나가라 소리를 질렀다.

"맞아! 혈랑곡!"

석대원과 한로는 눈살을 찌푸리며 소소를 바라보았다. 소소는 두 사람을 번갈아 바라보며 의기양양하게 외쳤다.

"석 오라버니가 잘못 생각한 거예요! 염련의 조무래기들을 사주한 자들은 비각이 아니라 혈랑곡이니까요! 왜 그런지 이유를 들어 보시겠어요?"

석대원과 한로는 서로의 얼굴을 마주 본 뒤 아무런 대꾸 없이 술잔을 비웠다.

"아이 참! 술만 마시지 말고 왜 그런지 한번 들어 보라니까요! 기억하세요? 아까 눈알이 이상하게 생긴 그 곡 뭐라는 작자는 분명히 석 오라버니의 이름을 알고 있었어요. 석 오라버니는 염련과 아무런 원한이 없다는데 그 작자는 과연 어떻게 석 오라버니의 이름을 알고 있을까요? 이 질문이 무엇을 의미하느냐! 바로 청류산에서 나타났던 혈랑곡도들과 아까 덤빈 염련의 조무래기들이 한패라는 사실을 의미하지요. 어때요, 제 명석한 추리가?"

소소는 자화자찬으로 뻐기면서 말을 맺었다.

'너무 명석해서 눈물이 날 지경이다.'

구양현은 떼쟁이 사매에게 들키지 않게 한숨을 쉬었다. 그녀의 말 중에 등장하는 '아까'라는 시기는 구체적으로 석대원이 염련의 무리를 상대하던 한 시진 전을 가리켰다. 그러니 구양현의 판단력과 소소의 판단력 사이에는 한 시진의 시간 차가 존재하는 것이다. 남들 다 할 수 있는 생각을 이제야 해 놓고 뻐기는 꼴이라니.

석대원과 한로는 아무 말 하지 않고 안주만 뒤적거렸다. 두 사람의 잔을 채우려 술 호로를 잡아 가던 구양현은 그것이 비었음을 깨닫고 주방 쪽을 바라보았다.

"이보시오! 여기……."

그런데 석대원이 구양현을 말렸다.

"구양 형, 웬만큼 마신 것 같은데 이만 술자리를 파하는 것이 어떨까요?"

구양현은 석대원을 돌아보았다. 허리를 곧게 세우고 앉아 있는 석대원은 여전히 멀쩡해 보였다. 그럼에도 불구하고 술자리를 서둘러 파하자는 이유는 무엇일까? 혹 그들 사이의 이별에 이 정도 의식이면 부족하지 않다 여긴 것은 아닐까?

"말도 안 돼요! 이렇게 짧은 이별연離別宴이 어디 있어요?"

울먹거리는 소소의 목소리. 구양현은 옆자리에 앉은 그녀를 힐끔 훔쳐보았다. 아니나 다를까, 취기로 새빨개진 그녀의 얼굴은 금방이라도 울음을 터뜨릴 것처럼 일그러져 있었다.

반면 석대원의 얼굴은 변함이 없었다. 온화하고 친근하지만 깊은 정은 담기지 않은 표정.

'석 형은 역시 외유내강, 아니 외온내한外溫內寒한 사람……. 사매를 위해서도 인연을 억지로 늘리는 것은 바람직하지 않겠지.'

이렇게 판단한 구양현은 소소에게 말했다.

"아직 남은 여정이 멀어. 내일을 위해서 사매도 이젠 쉬어야지."

"하지만, 하지만……!"

구양현은 소소의 뒷말을 기다리지 않고 석대원을 향해 빙긋 웃어 보였다.

"석 형의 뜻이 그러시다면 어쩔 수 없죠. 아쉽지만 술자리는 다음으로 미뤄야겠군요."

"그러면 소생은 먼저 건너가겠습니다."

석대원은 천천히 몸을 세워 별채가 있는 방향으로 걸음을 옮겼다. 한로가 호위하듯 그 뒤를 따르는데, 몇 발짝 걸어가던 석대원의 몸이 우뚝 멈췄다.

"구양 형께 한 가지 일러 드리고 싶은 말이 있습니다."

석대원이 고개를 돌리며 말했다. 구양현은 자세를 고쳐 경청할 준비를 갖췄다.

"신무전에 돌아가시면 소 전주께 꼭 전해 드리십시오. 혈랑곡에 대한 섣부른 판단은 삼가시라고 말입니다."

아마도 이제까지 석대원이 했던 말들과 반드시 관련이 있는 청이리라. 구양현은 고개를 끄덕였다.

"반드시 그렇게 하겠습니다."

석대원은 잠시 말을 멈췄다가 힘 있는 목소리로 덧붙였다.

"그 일에는 분명 드러나지 않은 비밀이 숨어 있습니다, 어쩌면 천하를 커다란 혼란에 빠뜨릴지도 모르는 비밀이."

순풍이 順風耳

(1)

중국의 유구한 역사를 통틀어 볼 때 영웅이라 불린 이들은 모래알처럼 많다. 하지만 생명이 다하고 오랜 세월이 흐른 뒤에도 민간에서 신처럼 추앙 받는 천고의 영웅은 그리 많지 않을 것이다. 천고의 영웅이 되기 위해선 무척 까다로운 조건들을 만족시켜야 하기 때문이다.

첫째는 생전의 놀라운 업적이다. 신명을 바쳐 나라를 섬긴 보국안민의 충정, 금석처럼 변치 않는 장부로서의 의리, 후대 이야기꾼들에게 떨어지지 않는 소재를 제공해 주는 만인당적 萬人當敵의 무용 등. 이런 것들은 천고의 영웅이 갖춰야 할 필수적인 요소일 것이다.

둘째는 죽음, 혹은 죽음에 이르는 과정의 특이성이다. 천고의 영웅 소리를 들으려면 푹신한 이불 위에서 자손들의 손을 잡은 채 눈을 감아서는 안 된다. 최소한 눈알을 뽑아 망루 위에 걸어 놓든지, 잘린 수급이 상자에 담긴 채 이곳저곳을 전전해야 하든지, 아니면 어두운 옥중에서 간악한 모리배가 은밀히 보낸 독을 마셔야 하는 것이다.

셋째는 그 죽음으로 인해 한스러운 역사가 시작되어야 한다는 점이다. 사실 이것이 가장 중요하고도 힘든 조건일지도 모른다. 찬연한 생애와 비극적인 죽음의 주인공은 어느 시대에서나 찾아볼 수 있지만, 그 죽음으로 인해 역사가 바뀌는 일은 극히 드물기 때문이다. 예를 들면, 그 죽음으로 인해 오왕 부차가 월왕 구천에게 패하여 오나라의 영화로 상징되던 고소대姑蘇臺가 불길에 휩싸여야 하고, 그 죽음으로 인해 한나라의 중흥을 외치던 유비가 오나라 장수 육손의 화공에 당해 웅지를 꺾고 스러져야 하고, 그 죽음으로 인해 송나라 황제가 알토란같은 강북 땅을 이민족에게 내주고 강남으로 쫓겨 가야 한다.

그러므로 위의 세 가지 조건을 모두 만족시키는 천고의 영웅은 손가락으로 꼽을 수 있을 만큼 드물 수밖에 없다. 굳이 꼽는다면 운몽택雲夢澤에서 초왕楚王의 시체에 쇠 채찍을 휘두른 오자서, 다섯 관문을 지나며 여섯 장수의 목을 벤 관우, 산은 흔들어도 악군岳軍은 흔들 수 없다는 악비 정도가 아닐까?

그중에서도 중국 민간에 가장 널리 알려지고, 또 추앙받는 인물은 단연 관우일 것이다. 이유는 두 가지. 하나는 그의 이야기가 담긴 삼국지연의三國志演義가 대중에 널리 퍼졌기 때문이고, 다른 하나는 적토마와 청룡도와 배꼽까지 내려온 수염 덕에 다른 이들보다 형상화하기 쉬웠기 때문이다.

덕분에 관우를 기리는 관제묘關帝廟는 중국 어디에서건 찾아볼 수 있었다. 사천과 섬서의 경계에 위치한 화소산花昭山 추오령秋烏嶺 위에도 그런 관제묘가 한 채 서 있었다.

———◆———

한 줄기 바람이 불었다.

부우웃!

여린 댓잎이 구슬픈 소리를 내며 흔들렸다. 열나흘 달빛도 댓잎을 따라 흔들리는 듯했다.

소리와 빛이 함께 흔들리는 공간 속으로 인영 하나가 홀연히 모습을 드러냈다. 바람이 사라지자 흔들리던 공간은 곧 제자리로 돌아갔지만 인영은 여전히 거기에 서 있었다.

인영은 고개를 들어 전방을 바라보았다. 그의 전방엔 낡은 관제묘 한 채가 쓸쓸히 있었다. 기리는 이의 영력靈力이 아무리 높아도 사당은 결국 망자의 영혼을 위한 놀이터. 백일창천白日蒼天 아래에서도 괴괴한 분위기를 풍기는 법이었다. 하물며 이런 밤중이라면…….

휘이잉!

제법 세찬 바람이 죽림을 요란스레 흔들고 지나갔다. 댓잎이 크게 물결치며 인영을 감싼 어둠을 걷어 갔다. 그 사이로 스며든 달빛에 인영의 모습이 드러났다. 어디서나 볼 수 있는 거친 마의, 코와 입 부분은 암녹색 천으로 가리고 있다. 허리춤에 걸린 삼 척 철검은 인영의 신분이 무인, 그것도 검객임을 짐작케 해 준다.

"이미 늦은 건가?"

암녹색 천을 뚫고 낭패 어린 혼잣말이 흘러나왔다. 인위적인 힘에 의해 부서진 것으로 보이는 관제묘 입구로부터 뭔가 심상치 않은 기미를 눈치챈 것이다.

인영은 곧장 사당 안으로 들어갔다.

잠시 후, 관제묘 밖으로 인영의 모습이 다시 나타났다. 들어갈 때와는 달리 그의 손에는 하나의 물건이 들려 있었다. 길이가 한 뼘 조금 넘는 길쭉한 물건. 그것은 끝부분이 심하게 우그러진 판관필判官筆이었다. 판관필이라면 혈도를 공격하는 데 장점이 있는 무쇠 붓을 가리킨다. 그리고 그는 이 판관필이 한철寒鐵로 제작된 특별한 물건임을 알고 있었다. 그런 물건을 이 모양으로 우그러뜨리려면 평범한 공력으로는 어림없을 것이다.

인영은 자세를 낮추고 관제묘 주변의 땅바닥을 살피기 시작했다. 어제까지 내린 비가 그의 탐색에 적지 않은 장애를 주었지만, 그는 포기하지 않고 끈질기게 살폈다.

어느 순간 암녹색 두건 위에 자리 잡은 한 쌍의 눈으로부터 강렬한 빛이 뿜어 나왔다. 흐릿하게나마 찍혀 있는 발자국 한 개를 발견한 것이다.

발꿈치는 없고 발끝만 남아 있는 발자국.

그것은 누군가 이 위에서 경공을 전개했음을 의미했다. 파인 부분에 고여 있는 빗물은 그 시점이 비가 그치기 전임을 말해 주고 있었다.

인영은 구부렸던 허리를 펴고 발자국이 향한 방향을 바라보았다. 그의 눈동자가 흔들렸다. 저 방향으로 가느냐 마느냐. 두 가지 선택 모두 나름의 위험을 내포하고 있었다. 그로서는 갈등하지 않을 수 없는 것이다.

그러나 인영이 갈등에 사로잡힌 시간은 그리 길지 않았다. 그의 두 눈 속으로 모종의 결의가 떠올랐다.

'모용풍은 지금 죽어서는 안 된다!'

(2)

　십 년 전만 해도 모용풍에겐 두 가지 예사롭지 않은 신분이
있었다. 하나는 순풍이順風耳로 통하는 강호인의 신분이요, 다
른 하나는 황서계주黃書契主로 통하는 정보 상인의 신분이었다.
　순풍이라 하면 이야기책에서 등장하는, 하계에서 울리는 모
든 소리를 일일이 듣는다는 신통하면서도 한가한 신의 이름을
가리킨다. 그 이름을 별호로 사용한다는 것은 모용풍에게 들어
오는 정보의 양이 그만큼 방대함을 의미했다.
　황서계주라 하면 말 그대로 황서계란 조직의 우두머리를 가
리킨다. 황서계란 조직이 천하의 비밀한 고급 정보를 팔아 치부
하는 극소수 정보통들의 모임이었던 것을 감안하면, 모용풍이
어떻게 거부가 되었는가를 쉽게 짐작할 수 있었다.
　십 년이면 강산도 변한다고 한다. 모용풍은 정말로 지난 십
년 사이 많은 변화를 겪었다. 그 결과 강호인으로서의 신분은
자의에 의해 숨겨야 했고 정보 상인으로서의 신분은 타의에 의
해 박탈당하고 말았으니까. 그러나 억울하지는 않았다. 만일 한
사람의 도움이 아니었다면 그는 이미 십 년 전에 한 줌의 더러
운 황수黃水로 녹아 버렸을 터. 순풍이도 좋고 황서계주도 좋지
만 모두 이승에 붙어 있을 때 얘기가 아니겠는가.
　그러나 억울하지 않다고 해서 원한마저 잊어버린 것은 아니
었다. 모용풍은 강호의 다섯 괴인, 강호오괴의 일원. 보통 사람
들도 잊기 싫어하는 원한을 괴인으로 불리는 위인이 어찌 있을
리 있을까.

그래서 모용풍은 십 년이란 긴 세월을 어떤 조직의 뒤를 캐는 데 바쳤다. 생명을 구해 준 은인의 부탁도 있거니와, 그에게서 순풍이와 황서계주의 신분을 앗아 간 무리에 복수의 일격을 가하기 위함이었다.

뒤를 캐는 것, 다시 말해 정보를 수집하는 것은 모용풍에게 있어서 숨 쉬는 것만큼이나 자연스러운 일이었다. 시간이 흐를수록 그 조직에 대한 다양한 정보가 쌓여 갔다. 그 조직을 보호하던 비밀스러운 안개는 모용풍의 예리한 관찰력과 명철한 분석력 앞에서 조금씩 농도를 잃어 갔다. 삶은 윤택하던 예전과는 비교할 수 없을 정도로 팍팍했다. 기름진 식사 한 끼, 깨끗한 옷 한 벌이 아쉬운 곤궁한 생활이 오히려 즐거웠다. 인고가 혹독할수록 복수의 순간이 가져다줄 쾌감도 크리란 것을 알고 있었기 때문이다. 그런데…….

'그런데 이게 무슨 꼴이냐!'

모용풍은 스스로를 원망했다. 구름이 달을 삼켜 칠흑처럼 깜깜하기만 한 밤, 발길에 걸리는 것이 돌부리인지 나뭇가지인지 살필 경황도 없이 미친놈처럼 달리고 있는 자신의 모습이 너무도 한심스러웠던 것이다. 조금만 더 신중했다면, 한 번만 더 생각했다면 이런 일은 당하지 않았을 것을.

그러나 후회란 아무리 빨라도 늦은 법이다.

"헉! 헉! 헉!"

위아래 입술이 죽은 조개처럼 저절로 벌어지며 단내 섞인 숨덩어리를 토해 내고 있었다. 그럴 때마다 허파가 목젖 바로 아래까지 치고 올라오는 느낌이었다.

객관적으로 평가할 때 강호오괴의 일원인 순풍이 모용풍의 경신공부는 매우 훌륭한 편에 속한다고 볼 수 있었다. 그렇지 않았다면 이미 오래전 그가 조사하는 조직에 의해 차가운 땅속에 묻히는 신세가 되었을 것이다. 하지만 아무리 훌륭한 경신 공부라도 단 한 번의 휴식도 없이 사흘 내내 펼친다면 심각한 무리가 따를 수밖에 없었다. 그가 수련한 신법의 요체인 상실하허上實下虛의 구결 따위는 이제 머릿속에 떠올릴 기력조차 없었다.

그러던 어느 순간 앞으로 내디딘 다리가 허방을 밟았다.

"으헉!"

몸의 균형이 일거에 허물어지며 모용풍은 비탈면을 따라 데굴데굴 구르기 시작했다. 그렇게 구르기를 수십 회. 어디가 하늘이고 어디가 땅인지 구분할 수 없는 지경에 이르렀을 때, 엉덩이에 뭔가 단단한 물체가 지끈 부딪쳤다.

"아구구!"

모용풍은 허리를 뒤로 꺾은 채 비명을 내질렀다. 비탈 아래 있던 바위에 꼬리뼈 부분을 호되게 찧은 것이다.

'이런 제기랄……'

눈물이 핑 도는 고통 속에서 측간 출입하려면 당분간 고생할 것 같다는 걱정이 들었다. 하지만 그런 생각도 잠시뿐. 이러고 머뭇거리다가는 그 고생마저도 그리워하게 되리라는 절박한 위기감이 모용풍을 강하게 압박해 왔다.

그러나 몸을 일으키던 모용풍은 또 한 번 중심을 잃으며 엉덩방아를 찧고 말았다. 엉덩이에서 재차 솟구친 지독한 고통조차 그를 다시 일으키진 못했다. 지쳐도 너무 지친 것이다.

"빌어먹을, 때려죽여도 더 이상은 못 뛰겠다!"

모용풍은 그 자리에 벌렁 누워 버렸다. 어제까지 내린 폭우로 땅에 고여 있던 흙탕물이 등덜미 속으로 사정없이 스며들고 있었다. 하지만 그 느낌이 차라리 시원했다.

　밤하늘을 향한 모용풍의 눈에 때마침 구름 너머로 모습을 드러낸 둥근 달이 들어왔다. 두 번 다시 대하지 못할 달이라고 생각하니 그렇게 밝고 고울 수가 없었다. 달빛 아래로 곱게 드린 나뭇가지는 산중에 보기 드문 잘 빠진 매화 가지. 저 가지에 매화가 열리면 아마도 좋은 운치를 느낄 수 있으리라.

　'나도 참 웃긴 놈이지. 이런 상황에 한가하게 풍경이나 감상하고 있다니.'

　하지만 모용풍의 입은 벌써 좋아하는 시구를 흥얼거리고 있다.

　　　화하일호주花下一壺酒(꽃가지 아래 술 한 병).
　　　독작무상친獨酌無相親(친한 이 없어 홀로 기울이네).
　　　거배요명월擧盃邀明月(잔 들어 밝은 달 맞으니).

　다음 구절은 '대영성삼인對影成三人', 즉 '그림자까지 셋이 되었구나.'였다. 그러나 달빛에 실려 내려온 것은 운치 있는 그림자가 아니라 모골 송연한 맹수의 포효였다.

　우오오오!

　모용풍은 너털웃음을 터뜨렸다.

　"허허, 저것들은 잠도 없나?"

　하지만 야공을 향해 열린 그의 눈빛은 암울하게 가라앉고 있었다.

　이것으로…… 끝인가?

　지난달 이맘때였을 것이다.

사당 안에 비축해 놓은 식량이 바닥을 드러내자 모용풍은 추오령에서 이십여 리 떨어진 곳에 위치한 마을로 내려갔다. 사람이 많은 곳에 갈 때면 언제나 그랬듯 그는 자신을 위장함에 만전을 다했다. 소매 없는 갓옷에 너구리 가죽으로 만든 모자 그리고 화소산 산중에서 주운 낡은 단궁短弓을 어깨에 건 그의 모습은 누가 보아도 영락없는 늙은 사냥꾼이었다. 하물며 등에는 여러 장의 짐승 가죽까지 짊어지고 있었으니.

짐승 가죽은 위장을 위한 소품만이 아니었다. 식량을 구하려면 돈이 필요한 게 당연한데, 그가 평생에 걸쳐 모은 돈은 황서계가 무너진 십 년 전 몽땅 날아가 버렸으니 좋든 싫든 짬짬이 틈을 내 사냥꾼 흉내를 낼 수밖에 없었던 것이다.

그날 마을 내 시장으로 향한 모용풍의 발걸음은 매우 가벼웠다. 등에 진 짐승 가죽 중에는 부르는 게 값이라는 흰여우의 것이 끼여 있기 때문이었다. 그것이라면 아무리 못 받아도 은자 스무 냥은 족히 받을 수 있을 터. 산사람 살림에 은자 스무 냥은 문자 그대로 횡재였다.

하지만 호사다마라고 그 횡재가 화를 부른 주범이 되어 버렸다. 때마침 그 시장을 지나던 호상豪商 하나가 지나가던 모용풍을 불러 흰여우 가죽을 사겠노라 나선 것이 마의 시작이었다. 얼굴에 잘잘 흐르는 개기름과는 딴판으로 그 호상에게는 시원시원한 면이 있었고, 덕분에 흰여우 가죽은 은자 스물일곱 냥이라는 기대 이상의 값으로 팔리게 되었다. 여기까지는 모용풍도 희희낙락, 아무런 문제가 없었다.

문제는 은자로 두둑해진 전대를 들고 돌아서는 모용풍을 향해 호상이 던진 한마디에서 본격적으로 불거졌다.

―혹시 우리가 어디서 만난 적이 있었소?

모용풍은 섬뜩한 마음을 애써 누그러뜨리며 고개를 돌린 뒤 비굴한 웃음을 지으며 말했다.

―산중에만 사는 천한 사냥꾼이 어찌 대인 같은 귀인을 만난 적이 있겠습니까?

―그렇소? 왠지 낯이 익어서…….

―그러실 겁니다. 흔한 얼굴이란 얘기는 소시부터 귀에 못이 박히도록 들었으니까요.

켕기는 구석이 있는 모용풍으론 대충 얼버무리고 급히 그 자리를 떠날 수밖에 없었다.

그자의 착각일 거야, 설마 별일이야 있을까?

하지만 추오령으로 돌아오는 길 내내 그 호상의 눈이 마음에 걸렸다. 모용풍이 떠나는 순간까지 가늘게 접혀 있던 그 눈 안에는 모종의 확신이 어린 듯했기 때문이었다.

그리고 거처인 관제묘의 문을 여는 순간, 모용풍은 자신이 치명적일지도 모르는 실수를 저질렀음을 깨달았다. 그 또한 호상을 대하는 게 처음이 아니라는 사실을 그제야 떠올린 것이다.

그 호상은 과거 황서계의 일원이었던 가賈 대인이 데리고 다니던 집사가 분명했다. 제하濟河 일대에서 하운 사업을 하던 가 대인은 황서계의 몰락과 함께 횡액을 당했으니, 그 재산을 빼돌려 호상 노릇을 하고 다니는 것인지도 몰랐다. 놈이 가 대인의 재산을 빼돌렸건 자수성가를 했건, 그것은 전혀 중요하지 않았다. 중요한 것은 놈이 자신을 알아봤을 공산이 크다는 점.

모용풍은 자신의 눈알을 뽑아 버리고 싶었다. 사람 보는 안목이라면 같은 강호오괴 중 일원인 신안자 주두진에게도 뒤지지 않는다고 자부하던 자신이 어쩌다 이런 실수를 저질렀단 말인가.

놈이 잘못 본 것으로 치부하고 잊어버릴 가능성도 없지는 않지만, 그래 주리라 믿고 속 편히 있기에는 지금 모용풍이 처한 환경이 너무 절박했다. 그는 강력한 적당으로부터 피신 중인 도망자였고, 신분이 들통 난 도망자의 최후는 뻔했다. 가능성 따위를 따지면서 앉아 있을 상황이 아닌 것이다.

놈을 죽여야 한다!

모용풍은 엉덩이 한 번 붙이지도 못하고 그길로 마을로 달려 내려갔다. 그러나 그 호상의 종적은 찾을 수 없었다. 알고 지내던 몇 안 되는 상인들에게 탐문해 봐도 별 소용 없었다. 그 자와 같은 호상이 하루에도 수십 명씩 오가는 번화한 시장이었으니까.

거처로 돌아온 모용풍은 갈등에 휩싸였다. 한시바삐 이 지방을 떠나야 한다는 생각과 아직 할 일이 남았다는 생각이 그의 머릿속에서 어지럽게 교차했다.

만일 기다림의 결실이 그리 머지않았다는 은공恩公의 전언을 떠올리지 않았다면, 모용풍의 신중한 성격으로 미루어 십중팔구 떠나는 쪽으로 결정했을 것이다. 앞서 밝혔듯 그가 처한 환경은 그만큼 절박했기 때문이다.

하지만 지금 떠나면 은공과 언제 다시 연락이 닿을지도 알 수 없는 일이 아닌가.

'조금만, 조금만 더 기다려 보자!'

마침내 모용풍은 그 호상이 자신과의 조우를 대수롭지 않게 여길 거라는 불안하기 짝이 없는 가능성에 모든 것을 걸기로 마음먹었다. 매 순간마다 치밀어 오르는 불길함을 애써 억누르면서.

빌어먹을, 불길한 예감은 왜 항상 들어맞는 것일까?

우오오오!

맹수의 포효가 또 한 번 들려왔다. 애써 생각하지 않아도 매우 가까운 거리에서 울렸음을 알 수 있었다.

잠시 후, 모용풍이 굴러 내린 비탈을 따라 붉은 인영들이 훌훌 떨어져 내렸다. 앞서 내려오는 셋은 붉은 장포에 늑대 탈을, 뒤따라 내려오는 일곱은 늑대 탈 대신 붉은 복면을 쓰고 있었다.

앞선 셋 중에서도 가장 선두에 선 자는 키가 매우 작고 등판 한가운데가 툭 튀어나와 있었다. 그자가 뒤를 돌아보며 고갯짓을 한 번 보내자, 일곱 명의 적포 복면인들이 신속한 몸놀림으로 모용풍의 퇴로를 차단했다.

적이든 친구든 누워서 맞는 것은 예의가 아니었다. 모용풍은 강호인치고는 드물게 예의를 중시하는 군자였고, 그래서 부들거리는 두 팔로 질척한 바닥을 짚으며 힘겹게 몸을 일으켰다. 잠깐의 휴식일망정 체력 회복에 제법 도움을 주었는지 아까와는 달리 숨쉬기에 큰 곤란은 없었다.

선두에 선 키 작은 늑대 탈이 모용풍을 향해 말했다.

"모용 선생, 기껏 달아난 곳이 겨우 이곳이오? 고경한 경신술로 이름 난 분께서 어찌 된 일인지 이 화소산 주위에서 벗어나지를 못하는구려. 근방에 금덩이라도 묻어 놨소?"

'금덩이보다 더 귀한 거다, 이 땅딸보야!'

모용풍은 속으로 이렇게 반박했다. 키 작은 늑대 탈은 두어 걸음 뒤쳐져 있던 다른 두 늑대 탈을 돌아보며 기쁨을 감추지 않은 목소리로 말했다.

"형제들, 며칠 동안 숨바꼭질하느라 수고들 했소. 이 밤이 가기 전에 어디 가서 거하게 한잔합시다."

앞에 있는 모용풍은 이미 안중에도 없다는 식의 말투였다. 그래서 모용풍은 자존심이 상했다. 당연한 말이겠지만, 그를 포함한 강호오괴 모두는 자존심이 무척 강했다.

"동파로東巴勞, 한여름에 감기라도 걸린 거냐? 괴상한 짐승 탈바가지는 왜 뒤집어쓰고 나온 거냐?"

모용풍이 날카로운 목소리로 이름 하나를 부르자 키 작은 늑대 탈의 어깨가 잠깐 움찔거렸다. 하지만 그자는 곧 체구에 어울리지 않는 호탕한 웃음을 터뜨렸다.

"으하하! 과연 순풍이 선생의 식견은 남다른 데가 있구려. 내 정체는 언제 알았소?"

"처음 볼 때부터 알았지. 다음부터 변장하려거든 등짝에 달린 혹이나 떼어 놓고 해라."

키 작은 늑대 탈, 동파로의 인내심은 만만치 않았다. 그자는 자신의 신체적 허물을 비꼬는 모용풍의 말에도 화를 내지 않고 차분히 대꾸했다.

"모용 선생의 친절한 충고, 명심하리다."

포권까지 올려 예의를 표한 동파로가 뒤를 슬쩍 돌아본 뒤 모용풍에게 청했다.

"기왕에 식견을 드러내셨으니, 내 뒤에 계신 두 분의 정체도 한번 맞춰 보시겠소?"

"흥, 저까짓 놈들의 정체가 뭐 대단하다고."

모용풍은 우선 좌측에 선 마르고 키 큰 늑대 탈의 오른쪽 허리춤을 가리켰다.

"저 괴상하게 생긴 왜도倭刀를 보고도 모르면 순풍이란 이름을 떼어 버려야겠지. 이 년 전인가 남해 부근에 왜인 무사 한 사람이 나타나 몽도류夢刀流인가 뭔가 하는 좌수도법左手刀法으로 소동을 일으킨 적이 있었다. 관에 의해 체포되었다고 하는데, 네놈들의 수완이라면 압송하는 과정에서 충분히 빼돌릴 수 있었겠지. 저놈은 바로 그 왜인 무사, 왜국식 이름은 이시이 타로오[石井太郎]다."

"오! 정말 감탄하지 않을 수 없소. 이시이 아우의 본명을 아는 사람은 우리 조직 내에서도 극히 드문데 과연 모용 선생께서는 단번에 알아맞히시는구려."

동파로는 손뼉을 치며 찬사를 늘어놓았다. 그가 그러거나 말거나, 모용풍은 이시이 타로오와 어깨를 나란히 하고 중키에 넓은 어깨를 지닌 늑대 탈을 가리켰다.

"너는, 네놈은……."

모용풍이 더듬거리자 동파로가 고개를 갸웃거렸다.

"왜 그러시오? 못 알아보시겠소? 이시이 아우보다 훨씬 유명한 분인데……."

모용풍은 발끈 성을 내며 쏘아붙였다.

"모르긴 왜 몰라! 그 더러운 이름을 입에 담으면 입술에 종기가 날까 두려워 그러는 거지. 저 기다란 닭 모가지만 봐도 짐작이 간다. 암캐 냄새만 맡아도 침을 질질 흘리는 음불양淫不讓 유봉俞棚이 바로 저놈 아니더냐!"

음불양, 사음邪淫한 일이라면 무엇이든 사양하지 않는다는 뜻이다. 이 아름답지 못한 별호로 불린 자가 늑대 탈의 눈구멍으로 독살스러운 광채를 뿜어냈다.

"이 찢어 죽일 늙은이가……."

인내심이 동파로에 훨씬 미치지 못한 듯 모용풍을 향해 성큼성큼 걸어 나오는 유붕은, 과연 닭 모가지라 불릴 만큼 길고 가느다란 목을 가지고 있었다.

"아우는 잠시 기다리게. 우리는 모용 선생께 받아야 할 물건이 있지 않은가."

손을 들어 유붕을 제지한 동파로가 모용풍을 향해 물었다.

"책은 어디다가 감췄소이까?"

모용풍은 코웃음을 쳤다.

"책을 찾으려면 책방에 갈 것이지 조용히 사는 이 늙은이는 왜 못살게 구는 거냐?"

동파로가 안타깝다는 투로 말했다.

"고통을 자청하기엔 그간 겪은 고초가 너무 크잖소, 모용 선생. 비세록秘世錄만 넘겨주면 고통 없이 끝내 드리리다."

모용풍은 키득거렸다.

"으흐흐, 네놈들이 비세록 무서운 줄은 아는구나. 하기야 무섭기도 하겠지. 소문이 나면 오장 뒤집힐 놈들이 여럿 있을 테니까."

"비세록은 어디 있소?"

동파로의 목소리에서 가식적인 예의가 슬슬 빠져나가기 시작했다. 하지만 모용풍은 내 알 바 아니라는 듯, 귀찮다는 얼굴로 대꾸했다.

"괜한 수고 말고 덤비려면 어서 덤비려무나. 하도 뛰어다녔더니 이젠 혓바닥 놀리는 것도 피곤하구나."

유붕이 다시 앞으로 나오며 동파로에게 음산하게 말했다.

"말로 해서 통할 늙은이가 아닙니다. 소제에게 맡겨 주시면 단번에 말랑말랑하게 만들어 놓겠소이다."

자신감이 진득이 밴 그 말에 모용풍은 다시 한 번 코웃음을 치며 생각했다.

'과연 간특한 놈이로다. 내 몸이 정상이면 너 따위가 어찌 감히 나서겠느냐.'

하지만 만일 저 셋 중에서 누구 하나를 저승길 동반자로 삼을 수 있다면, 그 하나가 저 음불양 유붕이어야 이 세상을 위해서도 좋을 일이겠다는 생각이 들었다.

'그래, 어차피 갈 거라면 좋은 일 한번 하고 가자꾸나.'

마음을 굳힌 모용풍은 유붕을 향해 말했다.

"한 가지 궁금한 게 있는데 알려 주겠느냐?"

유붕이 쓴 늑대 탈이 모용풍을 향해 돌려졌다.

"궁금한 게 뭐냐, 늙은이?"

"네가 열네 살에 네 어미를 죽이고 시간屍姦까지 했다는 소문이 사실이냐?"

사실로 확인되지는 않았지만 그런 말이 돌기는 했다. 다만 사실로 확인된 것은, 유붕 본인은 그 말을 듣는 것을 아주아주 싫어한다는 점이었다. 아니나 다를까, 긴 목과 대비되어 유달리 넓어 보이는 유붕의 어깨가 위아래로 들썩거리기 시작했다. 그 기미를 읽은 모용풍은 신랄한 목소리로 유붕의 분노에 부채질을 했다.

"죽은 어미를 범하는 기분이 어떻더냐?"

유붕이 뒤집어쓴 늑대 탈의 주둥이에서 으스스한 한마디가 흘러나왔다.

"동 형님, 소제를 말리지 마시오."

그런 다음 유붕은 쌍장을 가슴 앞으로 치켜들고 모용풍을 향해 다가오기 시작했다. 이번에는 동파로도 말리지 않았다. 유붕

의 격해진 감정을 고려했다기보다는, 어차피 말로 해결될 일이
아니라고 생각한 모양이었다.

　살기등등한 눈빛으로 자신과의 거리를 좁혀 오는 유붕을 바
라보면서도, 모용풍은 한가하게도 엉뚱한 생각을 떠올리고 있
었다.

　잔왜타殘矮駝 동파로는 사사로운 시비 끝에 무당파의 이대 제
자 둘을 죽인 일로 오래전 모습을 감춘 자였다. 유붕 또한 백련
교白蓮敎의 여신도 여럿을 간살한 일로 남패 무양문의 추격을 받
고 관외로 달아난 자였다. 그리고 왜국에서 건너온 이시이 타로
오도 중원의 강호에 적응하기 힘든 처지임은 마찬가지라고 할
수 있었다. 그렇다면……?

　'저들이 속한 조직 자체가 중원 강호로부터 배척받은 자들로
이루어진 것은 아닐까?'

　모용풍이 이런 생각을 하는 동안 유붕은 그의 목전까지 당도
해 있었다.

　"아가리를 함부로 놀린 대가가 무엇인지 똑똑히 가르쳐 주
마!"

　독기 품은 외침과 함께 유붕의 쌍장이 허공을 갈랐다.

　쓰와왓!

　매서운 파공성이 울리며 음산한 경풍勁風이 모용풍의 전방으
로 밀어닥쳤다.

　수많은 악행을 저지른 음불양 유붕을 이날 이때까지 살아남
게 만들어 준 성명절기, 음풍투심장陰風透心掌이었다.

　'이 모용풍이 저따위 개잡놈에게 질까 보냐!'

　모용풍은 이를 악물고 운단비설雲端飛雪의 초식으로 쌍장을
휘둘렀다. 그러나 그는 지난 사흘간의 도주로 인해 지칠 대로

지친 상태였다. 그의 장심에 모인 공력은 평소의 절반에도 못 미치는 빈약한 것이었다.

펑!

모용풍의 상체가 고꾸라질 것처럼 앞으로 휘청거렸다. 유붕의 장력에 내포된 괴이한 흡인력이 단 한 수 만에 그의 중심을 흔들어 놓은 것이다.

모용풍이 크게 놀라 상체를 똑바로 세우는데, 유붕의 좌장이 때를 놓치지 않고 날쌔게 날아들었다. 모용풍의 왼쪽 어깻죽지 위에 아찔한 충격이 떨어졌다.

"으윽!"

모용풍은 왼쪽 어깨를 부여잡고 뒤로 물러섰다. 그런 그를 유붕이 가만 놔둘 리 없었다.

"늙은이, 아직 멀었다!"

호곡성처럼 기분 나쁜 파공성이 쉴 새 없이 울리며, 음풍투심장의 음한지기陰寒之氣가 모용풍을 정신없이 몰아치기 시작했다. 모용풍은 멀쩡한 오른손을 어지러이 휘둘러 그것들을 막아 보려 했지만 일곱 합을 넘기지 못하고 가슴과 배에 다시 이장을 허용하고 말았다.

"으웩!"

입에서 뿜어진 핏물이 모용풍의 수염을 붉게 물들였다. 서너 걸음 물러서던 그의 몸은 더 이상 버티지 못하고 엉거주춤 주저앉았다.

"죽어라!"

유붕이 모용풍을 향해 쌍장을 번쩍 치켜 올리는데, 뒷전에서 두 사람의 싸움을 지켜보던 동파로의 다급한 외침이 들려왔다.

"음 아우, 아직 죽여선 안 되네!"

막 떨어지려던 유붕의 쌍장이 우뚝 멈췄고, 모용풍의 몸뚱이는 그대로 허물어졌다. 등은 하늘로 배는 바닥으로 각각 향하니, 공교롭게도 모용풍의 얼굴이 처박힌 곳에는 흙탕물이 고여 있었다. 가쁜 숨을 몰아쉴 때마다 코와 입으로 흙물이 밀려들어 오니 얼마나 괴로울 것인가.

그런 모용풍을 내려다보던 유붕의 눈에 잔인한 기운이 떠올랐다. 이어진 것은 승자의 아량이라곤 눈곱만치도 찾아볼 수 없는 야비한 웃음소리였다.

"맞소. 이렇게 편하게 죽는다면 섭섭한 일이지."

유붕은 모용풍의 뒤통수를 오른발로 밟아 흙탕물 속으로 더 깊숙이 밀어 넣었다. 모용풍의 얼굴 옆으로 더러운 거품이 부글부글 피어올랐지만, 유붕은 오히려 그것을 즐기는 것이 분명했다.

"어허! 손 속을 삼가라니까……."

"흐흐, 이 아우에게 맡겨 주시오. 이 늙은이의 명줄은 형님이 원하시는 순간까지 멀쩡히 붙여 놓을 테니까."

유붕은 모용풍의 뒷덜미를 잡아 흙탕물에서 끄집어냈다. 진흙을 얼굴에 처바른 모용풍은 이미 의식을 잃은 뒤였다. 신체 내부에 침투한 음풍투심장의 음한지기가 어렵사리 지켜 오던 노강호의 마지막 자존심마저 앗아 간 것이었다. 급히 요상하지 않으면 그대로 절명할 수도 있는 위독한 상태였지만, 뼛속까지 흉악한 유붕은 무자비하기만 했다.

"제까짓 게 이래도 안 깨어나고 배기겠소?"

모용풍을 강제로 일으켜 앉힌 유붕은 품에서 무엇인가를 꺼냈다. 그것은 끝이 괴이하게 휘어진 한 자루 단도였다. 날 부분이 톱니처럼 생긴 것이 보기만 해도 섬뜩한 느낌을 주었다.

"뭘 하려는 건가?"

동파로가 물었지만, 유붕은 대답 대신 단도를 번쩍 들어 모용풍의 왼쪽 어깨에 힘차게 내리찍는 것이었다.

"윽!"

육체에 가해진 지독한 고통이 꺼졌던 의식을 되돌아오게 만들었다. 모용풍은 두 눈을 부릅뜨고 부들부들 경련을 일으키기 시작했다.

"흐흐, 늙은이, 아가리를 함부로 놀린 대가가 무엇인지 이제는 알겠느냐?"

유붕은 모용풍의 귓가에 대고 속삭이며 단도를 쥔 오른손을 움직이기 시작했다. 지루하리만치 느리게, 하지만 걸리는 모든 것을 자를 만큼 강하게.

쯔꺽! 끄드득!

근육과 뼈가 함께 잘려 나가는 끔찍한 소음이 모용풍의 어깨에서 울려 나왔다. 콸콸 흘러나오는 핏물로 인해 모용풍은 순식간에 혈인血人으로 바뀌어 버렸다.

더 이상은 참을 수 없었던 것일까?

모용풍은 밤하늘을 향해 처절한 비명을 내질렀다.

"으아악!"

유붕의 잔인한 심성은 그의 추잡한 음행만큼이나 유명한 것이었다. 산 사람의 사지를 톱질하는 일쯤은 이처럼 눈 하나 깜짝하지 않고 해낼 수 있는 것이다. 그가 강호의 네 마인, 강호사마江湖四魔의 말석이나마 차지할 수 있었던 것도 이런 잔인함이 다른 삼마三魔에 못지않았기 때문이다. 사실 무공만으로 따진다면 유붕 따위가 어찌 감히 패覇, 독毒, 철鐵의 삼마와 어깨를 나란히 하겠는가.

세상 사람들이 음불양 유붕을 강호사마에 포함시킨 데에는 흑도를 경원시하는 심리가 어느 정도 작용했으니, 졸지에 그와 한 부류로 취급당한 다른 삼마들로선 무척 억울한 일이 아닐 수 없었다.

"정말 독한 사람이군."

동파로가 이시이 타로오를 돌아보며 투덜거렸다. 그리고 그 점에 관해서는 이시이 타로오도 동감이었다. 잔인하기로 유명한 동영에서조차 저런 끔찍한 만행은 보기 힘든 일이었다. 자르려면 빨리 자를 것이지…….

'사귀어 도움 될 것이 없는 축생이로다.'

이시이 타로오는 내심 유붕을 욕하며 시선을 돌렸다. 생사람을 톱질하는 광경을 지켜보느니 차라리 밤하늘이나 바라보는 편이 나을 것 같았다.

폭풍 같은 반전이 시작된 것은 바로 그때였다.

'음?'

이시이 타로오는 눈을 끔뻑거렸다. 밤하늘에 떠 있는 둥근 달 속으로 검은 점 하나가 떠오른 것을 발견했기 때문이다. 달 속의 항아姮娥가 내려올 턱은 없으니, 그들이 내려온 비탈 위에로부터 뭔가가 떨어져 내리는 것 같았다. 하지만 밝은 달을 등진 탓에 그것의 정체가 무엇인지는 한눈에 파악할 수 없었다.

"저게……?"

늑대 탈 밑에서 서투른 한어가 튀어나왔다.

"왜 그러는가?"

동파로가 의아해하며 이시이 타로오의 시선이 향한 쪽으로 고개를 돌렸다. 그 순간, 그의 눈이 휘둥그레졌다. 둥근 달을 순식간에 가려 버리며 그의 면전으로 무서운 속도로 확대되어

온 그림자 하나를 발견한 것이다. 그것은 분명 인간의 그림자였다.

'위험하다!'

아마도 본능이었을 것이다. 동파로는 자신도 모르게 경신술을 발휘해 신형을 뒤로 물렸다.

그러나 이시이 타로오는 달랐다. 수직 높이로 십여 장을 단한 번에 뛰어내리는 인간이 존재한다는 것도 믿을 수 없거니와, 싸워 보기도 전에 먼저 몸을 피한다는 것은 수치스러운 일이라는 동영의 무사도가 그의 머릿속에 뿌리 깊이 박혀 있었기 때문이다.

텁!

떨어져 내리던 기세에 비하면 너무도 경미한 소리와 함께 이시이 타로오의 일 장 앞에 착지한 괴인.

늑대 탈의 눈구멍 안에서 가늘게 접힌 이시이 타로오의 눈은 그 괴인의 전신을 빠르게 훑고 지나갔다. 검은 가죽신, 거친 마의, 얼굴 하관을 감싼 암녹색 두건 그리고 그 두건의 상단에 박혀 있는 한 쌍의 차가운 눈…….

차가운 눈이 스윽 움직이기 시작했다. 장내를 돌아보던 그 눈이 고정된 곳은 유붕의 잔인한 손 속에 의해 피범벅이 되어 버린 모용풍이었다. 그 순간 그 눈에서 소름 끼치는 한광이 뿜어 나왔다.

그 한광을 대한 이시이 타로오는 등줄기를 따라 싸늘한 전율이 달려 내려가는 것을 느꼈다.

어린 시절의 언제였던가. 다다미방에 앉아 흰 마포로 칼날을 닦으시던 아버지의 모습. 그 손끝에서 점점이 묻어 나오던 가전 보도의 서늘한 날 빛. 그것은 다름 아닌 지극히 정제된 살기였다.

"위험……!"

동파로를 움직인 것과 동일한 본능이 이시이 타로오의 무사도를 집어삼켰다. 그는 왜국의 언어로 뭐라 경호성을 발하며 다급히 뒷걸음질을 쳤다.

다음 순간 암녹색 두건이 움직였다. 한광을 뿜어내는 차가운 눈이 이시이 타로오의 시야를 가득 메워 왔다.

동영 무사 이시이 타로오는 좌수발도술左手拔刀術의 달인이었다. 이시이 가문의 비전인 몽도류는 처음 장도를 뽑는 한 호흡 안에서 승부를 결정지어 버리는 쾌속 무쌍한 수법으로 유명했다. 그러나 한 쌍의 차가운 눈은 몽도류의 쾌속함을 무참히 짓밟았다.

언제 뽑힌 것일까? 이시이 타로오의 좌수가 장도의 손잡이에 이르기도 전에 허공에서 갑자기 솟아난 한 자루 철검은 그의 미간을 여지없이 꿰뚫어 버렸다.

"끄으…….."

한숨 같은 단말마와 함께 이시이 타로오의 눈동자가 하얗게 뒤집어졌다.

어찌 이렇게 빠를 수가…….

탄성을 토해 내는 영혼은 이미 갈라진 미간 사이로 새어 나간 뒤였지만, 장도를 휘두르려는 의지만큼은 아직 육신을 떠나지 않았는지, 몽도류의 일 도가 허공을 휙 갈랐다. 화려하지만, 공허한 일 도였다.

"적이다!"

"조심해라!"

이제야 상황을 파악한 적포 복면인들이 허둥거리며 대항할 준비를 갖췄지만, 차가운 눈과 한 자루 철검은 한순간도 기다려 주지 않았다.

우르릉!

은은한 뇌성이 밤공기를 뒤흔들었다. 그와 함께 이시이 타로 오로부터 그리 멀리 떨어지지 않은 곳에 있던 적포 복면인 하나 가 병기와 함께 두 조각으로 잘려 나갔다.

그것을 시작으로 그 일대는 한 자루 철검이 그려 내는 환상 같은 검영에 갇혀 버렸다.

우릉! 우릉! 콰콰콰콰!

진동하는 뇌성 속에서 번갯불처럼 번뜩이는 검광!

정해진 식武도, 형形도 없는 것 같았다. 종횡무진 마구잡이로 휘둘리는 철검. 하지만 피하기엔 너무 빨랐고 막기엔 너무 강 했다. 복면을 쓰고 있던 적포인 일곱은 단 한 초식도 저항하지 못한 채 철검 아래 쓰러져 갔다.

'뭔가 이상하다!'

부하들의 죽음을 멀뚱멀뚱 지켜보기만 한다면 우두머리가 될 자격이 없을 것이다. 그런 의미로 볼 때 동파로는 우두머리가 될 자격이 충분했다. 적어도 부하의 죽음을 보고 등을 돌리는 비겁자는 아니기 때문이었다.

그러나 성명절기인 유명잔백수幽冥殘魄手로서 암녹색 두건을 쓴 괴인의 측면을 공격해 들어가는 동파로는 형용하기 힘든 기 묘한 기분에 휩싸여 있었다. 그 기분은 두려움과는 약간 성질이 달랐다. 물론 저자의 철검은 두렵다. 하지만 그 두려움과 별개 의 한 가지 의문이 그를 몹시 당혹스럽게 만들고 있었다.

아니, 이제는 의문이라고 할 수 없었다. 해답을 이미 알고 있 기 때문이었다. 문제는, 의문과 해답 사이를 잇는 논리에 심각한 결함이 있다는 점이다.

"유명잔백수인가."

암녹색 두건의 괴인은 앞으로 내민 철검을 오른쪽 옆구리 쪽으로 비스듬히 당겼다.

그르릉!

예의 뇌성이 다시 한 번 울리며, 동파로가 쳐 낸 유명잔백수의 경력 속으로 한 줄기 괴이한 기운이 스며들었다. 거센 파도가 암초에 부딪쳐 흩어지듯, 유명잔백수의 음독한 경력은 괴인의 몸 주위에서 덧없이 사그라져 버렸다.

자신의 공격이 무위로 돌아갔건만 동파로는 허탈감을 전혀 느끼지 못했다.

"으아아압!"

발악 같은 기합을 외치며 재차 괴인에게 달려들 때에도 동파로는 엉뚱한 생각을 하고 있었다.

'그래, 바로 저 소리였어!'

부하들을 쓰러뜨리던 괴인의 철검에서 울려 나오던 소리. 아득히 멀리서 울리는 우렛소리 같은 바로 그 소리가 동파로가 느끼는 모든 혼란의 주범이었다. 의문과 해답 그리고 둘 사이에 결여된 논리!

설마 '그'란 말인가?

잔왜타 동파로는 무당파를 농락할 만큼 고강한 무공을 지니고 있었다. 비록 엉뚱한 생각에 빠져 있다고는 해도 반사적으로 전개한 그의 유명잔백수는 결코 가벼운 것일 리 없었다.

그러나 저 괴인의 정체가 정말로 '그'라면 다 부질없는 짓이리라.

괴인의 가슴에 유명잔백수의 경력이 막 적중되려는 순간, 괴인의 신형이 뿌옇게 흐려졌다. 안개가 흩어지는 듯한 신비 막측한 움직임이었다.

'음?'

문득 동파로는 오른팔이 허전하다는 생각이 들었다. 뒤이어 밀어닥친, 마치 얼음물 속에 팔을 담근 듯한 섬뜩한 느낌!

뭔가가 붉은 꼬리를 매달고 밤하늘로 날아올랐다. 그것이 자신의 오른팔이란 것을 알아차린 순간, 은은한 뇌성이 또 한 번 울렸다. 이제는 부정할 수 없었다. 이제는 의심할 수 없었다.

바로 '그'였다!

"검뢰대구식! 당신이 왜……?"

우릉!

늑대 탈 안에 들어 있던 동파로의 머리통은 주인의 질문이 끝나기를 기다려 주지 않고 오른팔을 좇아 허공으로 날아올랐다. 늑대 탈의 눈구멍 밖으로 드러난 동파로의 두 눈은 한껏 부릅떠져 있었다. 뇌성을 동반한 번갯불 같은 검광. 천하에 그런 검법을 쓰는 사람은 오직 한 사람뿐이었다. 이것은 이미 알고 있던 해답이었다. 그러나 모든 것이 끝난 뒤에도 논리는 여전히 결여되어 있었다.

'그'가 왜 우리를 벤단 말인가?

모용풍을 추격하던 십 인 중에서 유일하게 살아남은 음불양 유붕은 아직까지도 상황을 제대로 파악하지 못하고 있었다.

"거, 검뢰대구식이라고?"

동파로의 마지막 절규가 유붕의 귓가를 왱왱 맴돌았다. 유붕은 자신의 몸뚱이가 사시나무처럼 떨리고 있다는 사실을 전혀 인식하지 못하고 있었다. 이것은 악몽이었다. 검뢰대구식이란 검법은 한 사람의 이름과 직결되었다. 곤륜지회의 오대고수 이후 천하제일검으로 공인받은 절세의 검객!

"사, 삼비영?"

안개처럼 모호하던 덩어리가 유붕으로부터 이 장 떨어진 곳에서 인간의 형상으로 스르르 뭉쳤다. 암녹색 두건을 쓴 괴인이었다.

"저, 정녕 삼비영님이시오?"

유붕의 떨리는 물음에 괴인은 왼손을 머리 뒤로 돌려 두건의 한쪽 끝을 잡아당겼다. 두건이 풀리며 얼음장처럼 차가운 표정을 담은 얼굴이 환한 달빛 아래 드러났다. 귀 아래로 검푸른 구레나룻이 위맹하게 뻗친 호목虎目의 중년인. 바로 검왕 연벽제였다.

연벽제의 얼굴이 드러나자 유붕의 떨림은 더 이상 주체할 수 없을 만큼 커졌다.

"사, 삼비영님, 우리가 대체 무, 무슨 죄를 저질렀기에……."

마흔아홉 개의 숫자로 구별되는 비영 중에서 동파로는 서른두 번째, 유붕은 서른다섯 번째 그리고 이시이 타로오는 서른여섯 번째 자리를 차지하고 있었다. 연벽제는 이들의 생사여탈권을 쥐었다고도 할 수 있는 삼비영이라는 지고한 신분. 그가 다짜고짜 살수를 전개한 이유를 유붕은 그 신분 차에서 찾으려 한 것이다.

연벽제는 아무 대답 없이 유붕의 앞에 주저앉은 모용풍을 바라보았다. 모용풍의 왼팔은 이미 뼈까지 잘려 건들거리고 있었다. 고통을 견디지 못한 듯 눈동자가 완전히 풀린 모습이 실로 가련해 보였다.

"그를 놔줘라."

연벽제가 착 가라앉은 목소리로 말했다.

이 말을 듣는 순간, 유붕의 눈동자 속으로 한 줄기 교활한 빛이 떠올랐다. 연벽제가 실수를 쓴 이유가 비영의 서열과는 무관할지도 모른다는 생각을 퍼뜩 떠올린 것이다.

"이 늙은이를…… 모용풍을 살리고자 하시오?"

유붕이 물었다. 연벽제는 대답 대신 앞서 한 말을 반복했다.

"그를 놔줘라."

유붕은 이제 확연히 알 수 있었다. 연벽제의 전격적이고도 과격한 행동이 이 모용풍과 깊은 관련이 있다는 사실을.

유붕은 재빨리 모용풍을 당겨 자신의 몸을 가렸다.

"삼비영, 이 늙은이를 살리고 싶다면 허튼 수작을 부리지 않는 게 좋을 거요."

연벽제의 검뢰대구식에 맞선다는 것은 대다수 무인들에게 있어서 자살행위나 다름없었다. 유붕도 물론 그 범주를 벗어날 수 없었다. 지금 그에게 있어서 유일한 생명줄은 바로 모용풍. 모용풍을 잘 이용하면 이 위기에서 벗어날지도 모른다는 희망이 그에게 주어진 유일한 살길인 것이다.

"더러운 놈."

연벽제의 눈빛이 칼날을 품은 듯 날카롭게 변했다. 유붕은 화들짝 놀라며 들고 있던 기형 단도를 모용풍의 턱 밑에 바짝 갖다 댔다.

"여, 연벽제, 소, 손가락 하나라도 까딱하는 날엔 이 늙은이의 목숨은 날아갈 줄 알아라!"

그러나 유붕의 이 공갈恐喝은 곧 공갈空喝이 되어 버렸다. 연벽제는 주저하지 않고 발길을 앞으로 내디뎠지만, 손가락 하나 까딱하지 못한 것은 오히려 유붕 쪽이었던 것이다.

유붕이 심성이 여려 모용풍의 목을 찌르지 못한 것은 결코 아니었다. 이 장이란 공간을 순식간에 없애며 일직선으로 쏘아 온 저 빛살 같은 검광이라니!

"어?"

유붕의 팔에서 떨어진 뭔가가 한 줄기 바람에 휘말려 뒤로 획 날아갔다. 그것이 기형 단도를 쥐고 있던 자신의 오른손임을 알아차렸을 때, 다시 한 줄기의 시퍼런 검광이 유붕의 망막을 가득 채우고 있었다.

'이상하다? 내 앞엔 분명 늙은이가 있는데?'

연벽제의 검법이 검강劍罡을 휘어서 쳐 낼 수 있는 지고무상한 경지에 올라 있음을 유붕이 어찌 짐작했겠는가!

우르릉!

우렁찬 뇌성이 그 일대의 대지를 짓눌렀지만 유붕은 그 소리를 들을 수 없었다. 소용돌이 같은 검기에 휘말려 수 장 상공으로 떠오른 머리통은 어떠한 소리도 들을 수 없기 때문이다.

머리통을 잃어버린 유붕의 몸뚱이는 한두 번 건들거리다가 뒤로 쓰러졌고, 기댈 데를 잃어 그 자리에 주저앉던 모용풍의 몸은 연벽제의 억센 팔뚝에 안겼다.

후드득!

유붕이 쓰고 있던 늑대 탈이 수십 개의 목편들로 화해 바닥에 떨어졌다.

(3)

모용풍은 전신이 부서지는 듯한 고통을 느끼며 의식을 차렸다. 힘겹게 뜬 그의 눈에 둥근 달을 배경으로 자신을 내려다보는 중년인의 얼굴이 흐릿하게 들어왔다. 근심의 빛이 가득한 얼굴, 그가 오래전부터 기다리던 얼굴이기도 했다.

"은공……."

피와 흙물로 더러워진 모용풍의 얼굴에 한 줄기 창백한 미소가 감돌았다.

십이 년 전, 모용풍은 감숙甘肅에서 병기점을 경영하던 황서계원으로부터 놀라운 정보 하나를 입수하게 되었다. 그것은 오래전에 죽었다고 알려진 노독물老毒物, 강호사마 중 독毒에 해당하는 무서운 거마巨魔에 관한 정보였다.

과거 그 노독물과 노독물이 이끄는 독문사천왕毒門四天王의 가공할 독수 아래 목숨을 잃은 사람의 수는 무려 일천. 그들은 독을 씀에 있어 도리를 따지지 않았고, 인명을 앗아 감에 있어 이유를 헤아리지 않았다. 몇몇 강호인들은 말한다. 그 노독물의 강호 활동이 한시적인 기간에 국한되지 않았던들, 패覇, 독毒, 철鐵, 음淫의 순으로 불리는 강호사마의 서열이 바뀌었을지도 모른다고. 그런 의미로 볼 때 협의의 기치를 감연히 올리고 목숨 걸고 싸워 노독물과 그 주구들을 토벌한 강동삼수의 명성이 지금까지도 진동하는 것은 당연한 일이라고 할 수 있다.

각설하고, 노독물의 정보를 입수한 모용풍은 이 사안이 일개 계원의 역량으로 감당해 내기엔 지나치게 위험하다는 사실을 즉시 깨달았다. 모용풍은 거금을 들여 그 사안을 구입한 뒤, 자신이 직접 나서서 조사하기 시작했다.

그로부터 이 년이란 세월이 흐른 뒤 모용풍은 놀라운 비밀을 밝혀내기에 이르렀다. 죽었다고 알려진 노독물이 버젓이 살아 있을 뿐만 아니라 강동삼수에 의해 괴멸된 독문毒門을 거의 온전히 재건해 놓았던 것이다. 그리고 그자의 배후에 하나의 조직이, 강호인들은 꿈에도 생각하지 못할 뜻밖의 조직이 도사리고 있었다는 점도 확인하게 되었다.

그리고 추격이 시작되었다.

이 년이란 세월은 한쪽에서 일방적으로 다른 쪽을 조사하는 것으로 끝나기엔 너무 긴 시간이었다. 그사이 노독물의 배후에 도사리고 있던 조직 또한 자신들의 내밀한 사정을 집요하게 파고드는 위험인물의 존재를 감지한 것이다.

그 결과는 앞서 설명한 대로 모용풍의 철저한 몰락으로 이어졌다. 가장 먼저 모용풍을 공격한 것은 노독물이 문주로 있는 독문. 그들의 독공은 모용풍이 직접 관장하던 북경의 황서계를 한 줌의 더러운 황수로 녹여 버렸고, 뛰어난 경신공부 덕분에 목숨을 건진 모용풍은 피눈물을 뿌리며 남쪽으로 달아나야만 했다.

조직의 추격은 집요했다. 그로부터 한 해 동안 모용풍은 사선을 수차례 넘나들며 도주에 도주를 거듭했다. 하지만 그의 도주도 마침내 막다른 골목에 봉착하게 되었다. 동정호의 푸른 호반이 아름다운 정취를 안겨 주는 어느 밤, 모용풍은 이십여 명의 추격자들에게 둘러싸인 채 밤하늘에 떠 있는 둥근 달을 멍하니 올려다보았다. 지칠 대로 지친 그의 몸뚱이 위에는 헤아릴 수 없는 상처들이 피를 흘리고 있었다.

이것으로…… 끝인가?

모용풍은 둥근 달을 올려다보며 투덜거렸다, 바로 오늘 밤처럼.

그때 밝은 달빛을 등지고 연벽제가 나타났다, 바로 오늘 밤처럼.

"미안하오. 그들이 모용 선생을 노린다는 것은 진작 알았지만, 몸을 빼내기가 용이하지 않았소. 두전이라도 먼저 보냈다면 이런 일은 면할 수 있었을……."

연벽제는 말을 하다 말고 입을 다물었다. 그의 시선은 모용풍의 왼쪽 어깨를 향하고 있었다. 모용풍의 왼쪽 어깨에는 무엇이 살점이고 무엇이 뼈인지 구별조차 할 수 없을 정도로 참혹한 상처가 입을 쩍 벌리고 있었다. 몸통과 연결된 것은 겨드랑이 쪽의 얇은 거죽에 불과했으니, 화타나 편작이 살아 와도 회복은 불가능했다.

모용풍은 자신의 왼쪽 어깨를 슬쩍 돌아본 뒤 눈살을 찌푸렸다.

"유붕이란 놈, 이름만 더러운 게 아니라 하는 짓도 정말 더럽더구려."

연벽제의 눈빛이 침울하게 가라앉았다. 모용풍이 이곳을 떠나지 못한 이유는 자신과의 약속을 지키기 위함이었다. 이곳에서 한 사람을 기다리기로 한 약속. 그 약속을 지키기 위해 모용풍은 생명의 위험을 무릅쓰고 이 화소산을 지켜 온 것이다.

모용풍은 그런 연벽제를 올려다보며 애써 웃었다.

"이놈의 살덩이가 덜렁거려 영 귀찮구려. 은공께서 좀 떼어 내 주시겠소?"

연벽제의 얼굴에 슬픔의 빛이 어렸다. 자신과의 약속을 지키기 위해 이 지경이 되고도 호기를 잃지 않으려는 늙은 강호인의 허세에 비감을 받은 것이다. 하지만 연벽제는 이를 악물었다.

팍.

경미한 소리와 함께 모용풍의 왼팔이 땅 위로 떨어졌다. 연벽제의 점혈로 멎었던 피가 다시 흘러나오기 시작했다.

"한결…… 낫군……."

힘없는 목소리로 중얼거리던 모용풍은 연벽제의 팔뚝 위로 고개를 툭 떨어트렸다. 다시 혼절한 것이다.

"모용 선생, 당신의 왼팔에 대한 원한은 이 연 모가 반드시 갚아 주겠소."

연벽제는 자신의 품 안에서 혼절한 노인을 향해 나직이 다짐했다.

동편 하늘이 조금씩 푸른빛을 찾아 가고 있었다. 요 며칠 찌푸려 있던 날이 오늘은 개려는 것 같았다.

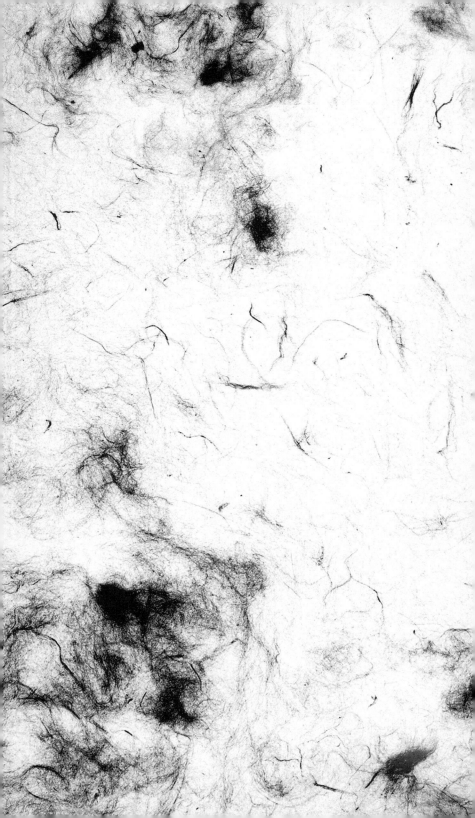

대면 大面

(1)

관우는 중국인들에게 있어서 역사적 존재라기보다는 종교적 존재에 더 가깝다. 그래서 중국인들은 매년 유월에 지내는 무제 武祭를 통해 건강과 부귀 그리고 자손의 번창을 신장神將 관우에 게 기원한다. 관우가 중국의 여러 신들 중에서 건강과 재복을 관장하고 있다고 믿기 때문이다.

유월 스무사흘 전야제로부터 시작되는 무제를 이야기하려면 뭐니 뭐니 해도 제사의 대미를 장식하는 헌화식獻花式을 빼놓을 수 없을 것이다. 고운 옷을 차려 입고 머리에 화관을 쓴 처녀들 이 다섯 가지 색깔의 꽃들로 가득 찬 바구니를 들고 입장, 위엄 있는 관제상 앞에 꽃을 뿌리는 모습은 성하지절에 지내는 무제 가 아니고서는 볼 수 없는 특별한 광경이다. 덕분에 무제를 끝낸 관제묘는 싱그러운 꽃향기로 가득 찬다.

꽃은 시들기 마련이다. 자양분을 빨아들이던 뿌리로부터 잘린 꽃들은 더욱 그러할 것이다.

시들기 전의 아름다움이 빛나기에 시든 꽃은 더욱 추한 법. 그래서 석대원은 눈살을 찌푸렸다.

석대원은 고개를 돌려 한로를 바라보았다.

"이곳이 분명하오?"

한로가 고개를 끄떡였다.

"분명하오."

석대원은 다시 앞을 바라보았다. 잔뜩 좁아진 미간에 잔주름들이 잡혔다.

석대원과 한로가 서 있는 곳은 섬서성 화소산 추오령 고개에 위치한 낡은 관제묘였다. 오늘로부터 닷새 전 사천의 산해주에서 신무전의 제자들과 헤어진 석대원은 지체된 행보를 재촉하여 이 관제묘로 달려왔다. 이곳에서 꼭 만나야 할 사람이 있기 때문이었다.

그러나 지금 석대원의 눈에 비치는 것이라곤 며칠 전 무제 때 헌사된 것으로 보이는 시든 꽃 더미와 쓸쓸히 서 있는 관제상뿐이었다.

"형편없군."

석대원은 투덜거렸다. 저 관제상은 정말로 형편없었다. 어떤 서툰 화공이 칠했는지는 몰라도 굴곡이 많은 목상에 우스꽝스러운 원색을 덕지덕지 뒤발라 놓으니 누가 저 꼴사나운 물건으로부터 살아생전 관우의 위엄을 읽을 수 있겠는가 말이다. 하지만 아무리 그렇기로서니 무재신 관우의 신상을 훼손시킨 녀석은 지극히 무엄하고 불경스러운, 향후 신벌을 받아도 할 말이 없는 나쁜 놈임에 분명했다.

석대원은 관제상의 가슴에 박힌 짤막한 작대기를 바라보았다. 사실 그것은 본래 짤막한 물건이 아니었다. 여섯 자가 넘는 장창이 목상을 관통해, 끝부분 한 자 정도만 외부로 튀어나온 것이다. 이 정도의 호쾌한 투창술投槍術을 시전한 작자는 창술에 관한 한 어깨를 으쓱거릴 만한 무인임에 틀림없겠지만, 그래도 관우에 대한 존경심이 눈곱만치도 없는 나쁜 놈이란 사실은 변함이 없을 것이다.

시선을 돌려 사당을 훑어보는 석대원의 눈살은 점점 더 찌푸려졌다. 대들보에 박쥐처럼 매달린 유엽표柳葉鏢, 낡은 휘장 한 복판을 비스듬히 가르고 지나간 칼자국, 단풍나무로 만든 제단 아래에 찍힌 선명한 장인掌印…….

사당 내부는 이렇듯 다양하게 훼손되어 있었다. 자연적인 손상이 아닌 인위적인 파괴에 의해.

"소주, 이리 와 보시오!"

관제묘 구석에서 한로의 외침이 울렸다. 석대원은 그리로 다가갔다. 한로가 있는 곳은 신마단神馬壇의 뒤편, 관제묘 동쪽 벽에 설치된 적토마의 충성심을 기리는 제단의 뒤였다.

"무슨 일이오?"

석대원은 신마단 뒤로 고개를 디밀고 물었다.

"이걸 보시오."

석대원에게 등을 돌린 채 쭈그려 앉은 한로의 앞에는 자루 하나가 놓여 있었다. 한로는 자루 속에 손을 집어넣었다가 꺼냈다. 사라락, 소리와 함께 노인의 앙상한 손가락 사이로 하얀 낱알들이 흘러내렸다. 쌀이었다.

"그는 분명히 여기 있었소."

한로는 한곳을 가리켰다. 눈에 잘 띄지 않는 벽면 구석에 시커먼 덩어리 하나가 놓여 있었다. 자세히 살펴보니 조잡하게 만든 아궁이였다. 큼직한 벽돌 두 개를 양쪽에 괴어 놓음으로써 그 위에 냄비와 같은 조리 기구를 올려놓을 수 있게 만든.

아궁이 뒤의 벽면은 석대원의 팔뚝만큼이나 큼직한 구멍이 뚫려 있었다. 바깥벽에 굴뚝이라도 만들었다면 연기를 빼내기엔 알맞았을 것이다.

큰 몸을 비비적거리며 어렵사리 신마단 뒤로 들어간 석대원은 손을 내밀어 아궁이 안에 쌓인 재를 만져 보았다. 온기라고는 쥐새끼 체온만큼도 찾을 수 없을 정도로 식어 있었다. 불씨가 꺼진 게 제법 된다는 뜻이었다.

잿더미를 만져 보던 석대원의 두 눈에 이채가 어렸다. 아궁이를 이룬 벽돌 한 짝의 표면에서 기이한 요철을 발견한 것이다. 그는 손가락 끝으로 벽돌에 묻은 검댕을 조심스럽게 긁어냈다. 그의 손길에 의해 요철의 윤곽이 서서히 드러났다.

'이건?'

석대원은 순간적으로 머리가 멍해지는 느낌을 받았다.

'어머니의 반지에 있는 문양이다!'

벽돌 표면의 요철은 석대원이 소소에게 준 반지에 새겨져 있던 제비 문양과 동일했다. 비연문飛燕紋, 그것은 석대원의 외가를 상징하는 문양이기도 했다. 이미 가문이라고 할 수 없을 만큼 쇠락한, 그래서 이제는 천하에서 오직 두 사람에게만 그 자취가 이어진 외가.

석대원은 자신의 맥박이 점점 빨라지는 것을 느꼈다. 외가의 흔적이 무슨 연유로 이 고적한 사당에 남아 있는 것일까?

"그 벽돌을 한번 들어 보시오."

한로가 뒤에서 말했다. 석대원은 두근거리는 마음을 진정시키며 비연문이 새겨진 벽돌을 조심스럽게 들어 올렸다. 벽돌과 바닥이 닿는 부분, 벽돌을 치우지 않고선 볼 수 없는 그 부분엔 다섯 글자가 적혀 있었다.

구슬은 신의 위엄 아래 있다[珠在神威下].

송곳 같은 뾰족한 물건으로 새긴 듯 필획이 엉망이었지만, 글자가 가리키는 의미는 분명히 알 수 있었다.

'신의 위엄 아래?'

이곳에 신이라고는 하나밖에 없었다. 석대원은 신마단 뒤에서 빠져나와 꼴사납게 생긴 관제상 쪽으로 다가갔다.

"용서를……."

석대원은 관제상을 향해 두 주먹을 모아 보였다. 청소년기의 대부분을 도관에서 보낸 그였다. 관우가 비록 자신이 섬기는 도교신은 아니지만, 신상에 함부로 손을 대는 것은 마음 내키지 않는 일이었다.

석대원은 관제상의 허리 부분에 손바닥을 댄 뒤 천천히 힘을 주어 밀었다. 잠시 움찔하던 관제상은 드르륵거리는 소리와 함께 옆으로 밀려났다. 관제상이 밀려난 자리엔 누구라도 쉽게 알아볼 수 있는 새 나무판이 깔려 있었다.

석대원은 나무판 가장자리에 손가락을 찔러 넣은 뒤 바깥쪽으로 힘주어 뽑아냈다. 한 줄기 담담한 향기와 함께 네모난 구멍이 시커먼 입을 벌렸다.

"향단香緞 냄새 같소."

구멍을 기웃거리던 한로가 말했다. 향단은 촉 땅에서 생산되는 귀한 비단으로, 특유의 맵싸한 향기로 방충 효과가 탁월하다고 알려져 있었다. 한로의 말대로 구멍 안에는 향단으로 잘 포장한 네모난 물건이 들어 있었다. 구슬치고는 부피가 너무 컸다.

"이게 정말 구슬이면 우린 오늘부터 갑부가 되겠소."

석대원은 향단의 매듭을 끌렀다. 하지만 그 안에서 나온 것은 구슬이 아니라 다섯 권의 책자였다. 책을 구슬이라 표현했으니, 이것을 감춘 사람의 높은 자긍심을 짐작할 수 있을 것 같았다.

석대원은 그 표지를 훑어보았다.

비세록秘世錄

석대원은 표지를 넘겼다. 물에 젖어도 훼손되지 않는다는 회유지回油紙의 빳빳한 감촉이 그의 굵은 손가락 끝을 즐겁게 만들었다.

첫 장에는 다음과 같은 글이 적혀 있었다.

영락 십칠 년 여름, 천부고유모용가의 가주이자 강호의 사가인 원유거사가 찬하다[永樂十七年夏 天賦高儒慕容家主 江湖史家 遠遊居士 撰].

"원유거사라면……?"

석대원이 한로를 돌아보았다.

"모용풍이란 자의 호일 게요. 칼 밥을 먹고 사는 주제에 책상물림 흉내를 내기는……."

한로는 못마땅하다는 듯이 혀를 찼다.

석대원은 첫 장에 쓰인 글을 다시 읽으며 생각했다. 영락 십칠 년이면 지금으로부터 자그마치 이십오 년 전. 모용풍이라는 사람은 그 긴 세월 동안 이 다섯 권의 책을 편찬해 온 것이다. 내용이 가진 가치를 떠나 그 끈질긴 인내심 하나만으로도 세간의 찬사를 받을 가치가 있을 것 같았다.

'구슬이라 자부할 만도 하군.'

석대원은 고개를 작게 끄덕인 뒤 책장을 덮었다.

"이곳에 모용풍이라는 사람이 있었던 것은 사실이구려."

"내가 그렇다고 하지 않았소."

한로가 왜 못 믿느냐는 식의 눈으로 석대원을 흘겼다. 석대원은 그 눈길을 외면하며 작게 중얼거렸다.

"원체 빈말이 잦은 양반이라……."

"뭐요?"

"아, 혼잣말이니 신경 쓰지 마시오."

석대원은 뱀눈에 더해 가자미눈까지 된 한로를 놔둔 채 허리를 펴고 주위를 둘러보았다. 모용풍이 누구인지는 알 수 없지만, 그 사람이 이곳에 있었다면 지금 처해 있는 상황이 과히 편안하지 못할 것은 분명했다. 신상에 박힌 장창이나 대들보에 꽂힌 유엽표, 칼 맞은 휘장이며 장력에 뚫려 나간 제단이 그 증거였다.

석대원은 팔짱을 낀 채 왼쪽 주먹으로 볼을 툭툭 두드렸다. 뭔가 고민할 일이 있을 때마다 하는 버릇이었다.

"한 가지 이상한 점이 있는데……."

석대원이 입을 열었다.

"모용풍이란 사람이 어떻게 내 외가의 비연문을 알고 있는 거요?"

한로로부터 돌아온 대답은 없었다. 석대원이 다시 물었다.

"그가 우리를 도울 거라는 얘기는 사실이오?"

한로는 머뭇거리다가 대답했다.

"사실은 노복도 모용풍이라는 자를 만난 적은 없소."

석대원은 이해할 수 없다는 표정으로 한로를 바라보았다.

"하면 여기서 그 사람과 만나기로 했다는 말은 뭐요?"

한로는 인상을 찌푸릴 뿐 묵묵부답이었다. 석대원이 조금 엄한 목소리로 채근했다.

"한로!"

"분명히 여기서 만나기로 했소. 그 이상은 묻지 마시오. 물어봐야 나도 자세히는 모르니까."

한로는 귀찮다는 듯이 쏘아붙이고는 몸을 홱 돌렸다. 석대원의 귀에는 분명 이상하게 들리겠지만, 자세히 모른다는 한로의 말은 어김없는 사실이었다. 모용풍이 이 관제묘에서 석대원을 기다린다는 얘기는, 석대원이 한로에게 전해 들었듯이 한로 또한 누군가로부터 전해 들었을 따름이니까.

지금으로부터 오 년 전.

청류산에서 석대원의 수발을 들던 한로는 식량을 구하기 위해 한 달에 한 번 정도는 마을로 내려가야만 했다.

그들의 거처에서 가장 가까운 마을이라고 해도 하루 안에 다녀올 거리는 아닌 터라 한로는 언제나처럼 느긋하게 마음먹고 밤을 마을에서 보낸 뒤 다음 날 아침 일찍 산을 오르기 시작했다.

그런데 해가 서산에 걸릴 무렵, 한로는 거처에서 그리 멀지 않은 숲속을 배회하는 사람 하나를 발견했다. 수상히 여긴 것은 당연했다. 만수림은 사람의 자취를 찾기 힘든 험지였기 때문이다.

-노인장, 말 좀 물읍시다.

불쑥 말을 걸어오는 삼십 대 중반의 청의 사내는 한눈에 보아도 알 수 있는 칼날 같은 기파를 뿜어내고 있었다. 분명히 강호인, 그것도 대단한 경지에 오른 고수였다.

청의 사내가 물었다.

-이 부근에 적심관이라는 도관이 있다는데, 혹시 어딘지 아시오?

한로는 긴장했다. 노주인께서는 얼마 전 세상을 떠났고, 어린 주인 석대원은 아직 수련 중이었다. 적당이 내습하면 무공이 완성되지 않은 어린 주인을 지킬 사람은 자신뿐이었다.

곧바로 이어진 출수出手.

한로는 마음을 숨기고 의뭉을 떨 만큼 능청스러운 위인이 아니었다. 그는 청의 사내의 물음에 일언반구 대꾸도 없이 다짜고짜 공격을 가하기 시작했다. 검을 가져오지 않은 탓에 가장 자신 있는 혈랑검법을 펼칠 수는 없지만, 한로는 적수공권만으로도 웬만한 상대를 제압할 자신이 있었다. 파파파, 세찬 파공성과 함께 청의 사내의 전신은 삽시간에 한로가 전개한 조영爪影으로 뒤덮였다.

그런데 이게 어찌 된 일일까? 청의 사내는 너무도 쉽사리 한로의 공격을 피해 낸 것이었다.

-노인장은 뉘시기에 초면인 사람에게 이리도 함부로 손을 쓴단 말이오?

-닥쳐라!

위기의식을 느낀 데다 자존심마저 구겨진 한로는 노성을 터뜨리며 전력을 다해 청의 사내를 몰아붙였다. 그러나 한로가 펼쳐 낸 모든 수법들은 청의 사내의 옷자락조차 건드리지 못했다. 삼엄한 조영 사이를 헤엄치듯 피해 다니는 청의 사내는 마치 한로의 마음속을 훤히 들여다보는 것처럼 여유 있어 보였다.

그러던 어느 순간 청의 사내로부터 반격이 날아왔다. 좌수의 세 손가락을 기묘하게 구부려 어깨를 할퀴어 오는 그의 수법에 한로는 공격의 호흡이 끊긴 채 허둥지둥 물러나야만 했다.

청의 사내는 그런 한로를 계속 추급하지 않았다.

─뉘신지는 모르나 금나수擒拿手나 조공爪功으로는 나를 당할 수 없을 거요. 이제 그만합시다.

그때 한로는 두 가지 사실을 깨달았다. 하나는 청의 사내의 조공이 자신을 훨씬 능가한다는 점이고, 다른 하나는 청의 사내에겐 적의가 없어 보인다는 점이었다. 그는 비로소 마음의 긴장을 풀고 청의 사내에게 물었다.

─너는 누구냐?

청의 사내는 얄팍한 미소를 지으며 대답했다.

─내 이름은 두전이라 하오.

─적심관은 왜 찾느냐?

청의 사내는 한로가 적심관과 무관하지 않음을 알아차린 듯, 품에서 비단 주머니 하나를 꺼냈다.

─나는 이 물건의 주인으로부터 적심관을 찾으라는 명을 받았소.

비단 주머니에서 나온 것은 하나의 반지, 석대원이 끼고 있는 것과 동일한 비연문이 새겨진 철지환이었다. 한로는 그제야 안심할 수 있었다. 그 반지의 주인이 누구인지 알고 있었기 때문이다.

자신을 두전이라 밝힌 청의 사내는 반지 주인의 말을 전하고 돌아갔다. 그 전언은 다음과 같았다.

─아원이 수련을 마치고 출도하면 곧장 섬서성에 있는 화소산 추오령의 관제묘를 찾으시오. 거기엔 한 사람이 석대원을 기다리고 있을 것이오. 강호오괴 중 통通에 해당하는 순풍이 모용풍이 바로 그 사람이오. 그 사람을 만나게 되면…….

"한로, 뭔가 숨기는 것이 있구려."

석대원은 한로로부터 시원스러운 답변을 얻지 못하자 조금 화가 났다. 그러나 한로는 그에 아랑곳하지 않고 묵묵히 비세록 다섯 권을 향단에 싸기 시작했다. 아무리 다그쳐 봤자 대답을 들을 수 없을 거라는 무언의 표시였다.

석대원은 한숨을 쉬었다. 일단 한번 다물리면 조개처럼 완고한 것이 한로의 입이었다. 아니, 차라리 조개라면 물에 넣고 끓이기나 하면 되지.

젊고 늙은 주종 사이엔 한동안 아무런 대화도 오가지 않았다. 그러던 어느 순간이었다.

"음?"

못마땅한 눈길로 한로의 굽은 등을 내려다보던 석대원은 관제묘 밖에서 들려온 미약한 기척에 고개를 번쩍 들었다. 매우 먼 곳에서 들리는 기척이긴 하지만 그것은 분명히 사람의 말소리였다.

"누가 오고 있구려."

한로도 표정을 고치며 나직이 속삭였다. 석대원은 고개를 끄덕인 뒤 문 쪽으로 걸어갔다.

끼익!

반쯤 부서진 관제묘의 문이 비명을 지르며 열렸다. 문 밖에는 싱싱한 산안개를 비단 치마처럼 두른 아침이 두 사람을 기다리고 있었다. 안개는 조금씩 옅어지고 있었다. 아침 햇살에 밀려 그 은근한 외출을 마무리하려는 것처럼 보였다.

석대원은 눈을 가늘게 뜨고 전방을 바라보았다. 안개 너머로 십여 장 떨어진 곳에 그림자 하나가 서 있었다. 보통 사람보다 조금 커 보이는 그 그림자는 석대원이 낸 문소리에 놀란 듯 그 자리에 우뚝 멈춰 있었다. 안개가 조금씩 옅어짐에 따라 석대원과 그림자 사이의 시야도 조금씩 선명해지고 있었다.

어느 순간, 석대원의 거대한 몸이 벼락이라도 맞은 것처럼 부르르 떨렸다.

'그다!'

(2)

관제묘 일대에 드리운 산안개는 느끼지 못할 정도로 천천히, 그러나 어느 순간에 이르러서는 놀랄 만큼 갑작스럽게 사라져 버렸다. 그동안의 궂은 날씨를 보상하듯 청명한 아침 햇살이 세상 구석구석을 생기 넘치게 깨워 나가고 있었다. 만물의 그 쾌활한 기상起床 속에서, 연벽제는 얼이 빠진 사람처럼 우두커니 서 있었다.

"은공, 혹시 저들이……?"

등에 업힌 모용풍이 자신의 오랜 은신처인 관제묘에서 걸어 나온 두 사람을 바라보며 조심스럽게 물어 왔다. 그러나 연벽제는 아무 대답도 할 수 없다. 만일 시선이 담고 있는 파장을 공기 중에 그려 낼 수만 있다면, 그의 전방은 그의 시선이 만들어 낸 강렬한 파장으로 인해 폭발했을지도 모른다.

'그 아이다!'

비록 자신의 가슴팍에도 못 미치던 키가 산문山門을 지키는 사천왕四天王처럼 부풀어 버리고, 계류에 씻은 옥구슬 같던 동안도 세월의 의미를 알아 버린 지친 얼굴이 되었다 한들, 연벽제는 단번에 알아볼 수 있었다.

분명히 그 아이다!

석대원의 입술은 부들부들 떨리고 있었다. 항상 차분히 안정되어 있던 눈동자도 풍랑을 만난 조각배처럼 사납게 흔들리고 있었다.

십일 년간 수련하며 한시도 잊은 적이 없던 사람. 반드시 만나야만 하는 사람. 하지만 마음 한구석에선 영원히 만나지 않았으면 하고 바라 온 사람.

잘못 봤을까? 아니, 그럴 리 없다. 지옥의 한 귀퉁이에서 스치듯 지나친다 해도 절대로 잘못 볼 리 없다.

두 쌍의 눈, 두 개의 영혼이 소리 없는 불꽃을 튕기며 뒤얽혔다. 원한, 분노, 애정이 용광로 속의 쇳물처럼 어지럽게 뒤엉켰다. 너무 많은 감정은 오히려 공허한 무감을 낳는 법일까. 두 사람은 자신들이 지금 느끼는 감정이 무엇인지조차 알지 못했다. 단지 서로가 서로를 바라보고만 있을 뿐이다.

"은공, 날 내려 주시오."

심상치 않은 분위기를 짐작했음인지 모용풍이 연벽제의 옷자락을 쥐고 가볍게 흔들었다. 퍼뜩 정신을 차린 연벽제는 등에서 모용풍을 조심스럽게 내려 몇 걸음 떨어진 풀밭에 앉혔다. 이어 그는 석대원에게 한 걸음 다가갔다.

"오랜만이구나, 아원아."

쾅!

석대원의 머릿속에서 뭔가 폭발했다. 목소리. 이 목소리…….

―네가 이랑伊琅의 아들이구나. 이름이 대원이라고? 하하! 크고 멀리 바라보는 것은 장부의 덕목이니, 과연 사내다운 이름이구나.

"그동안…… 얼마나 고생이 많았느냐?"

―이놈 팔뚝 좀 보게. 이제 열 살밖에 안 된 녀석이 이렇게 뼈가 굵어?

"아원……."

다시 말을 건네려던 연벽제는 흠칫 어깨를 떨었다. 석대원은 지금 연벽제를 바라보고 있었다. 하지만 진정한 의미에서는 연벽제를 바라보는 것이 아니었다. 석대원의 시선은 두 사람 사이의 어느 한 공간에 망연히 머물러 있었다. 그 공간 위에서 두 사람 사이의 과거를 보고 또 듣고 있었다.

연벽제의 얼굴이 보기 흉하게 일그러졌다. 그는 고개를 돌려 석대원의 초점 없는 시선으로부터 달아났다. 하나뿐인 혈육을 만났다. 그러나 잔인한 운명은 그 혈육을 차마 마주 볼 수도 없는 죄의식의 결정으로 만든 것이다.

그렇게 얼마나 시간이 흘렀을까?

"흐, 흐흐……."

잿더미에서 피어오른 연기처럼 메마른 웃음소리가 석대원의 입술을 비집고 흘러나왔다. 연벽제는 다시 석대원을 바라보았다. 석대원은 고개를 숙인 채 어깨를 조금씩 흔들고 있었다. 마치 작은 언덕이 꿈틀거리는 듯했다. 그러다가 어느 순간, 석대원이 숙인 고개를 번쩍 치켜들었다.

'음!'

연벽제는 한 줄기 차가운 전율이 전신을 관통하고 지나가는 것을 느꼈다. 석대원의 얼굴 상단에는 아침 햇살마저도 얼려 버릴 만큼 차가운 두 개의 눈동자가 빛나고 있었다. 그것들은 믿기 어려울 정도로 조그맣게 응축되어 있었다. 마치 눈밭에 박힌 한 쌍의 석탄처럼.

석대원의 입술이 열렸다.

"단, 하루도, 당신을, 잊은 적이, 없었소."

마디마디가 부러진 말. 하나의 마디가 부러져 나올 때마다 석대원의 눈동자가 변해 갔다. 인광처럼 새파란 눈동자는 그 속에 똬리 튼 분노와 뒤섞여 적개심으로 타올랐고, 적개심은 곧바로 거센 살기로 폭발했다.

살기가 폭발한 순간, 연벽제는 당황했다. 석대원의 거대한 신형이 그를 향해 빛살처럼 쏘아 왔기 때문이다.

후와와왁!

두 사람 사이의 공기를 종잇장처럼 찢어발기는 무지막지한 기세!

그러나 기세보다 먼저 도착한 것은 거대한 핏덩어리를 연상케 하는 붉은 빛이었다.

'빠르다!'

연벽제는 급히 붉은 빛으로부터 몸을 피했다.

쾅!

조금 전까지 연벽제가 서 있던 지면이 엄청난 폭음과 함께 속을 드러내 보였다. 돌가루, 흙먼지가 뒤로 물러나는 연벽제의 눈앞을 자욱이 가렸다. 실로 간발의 차. 그러나 안심하고 있을 겨를은 없었다. 검은 구름을 가르며 나타난 악룡처럼, 자욱한 분진을 헤치며 석대원의 거구가 튀어나온 것이다. 그것은 흡사 분노에 휩싸인 부동명왕不動冥王을 보는 듯했다.

　"찻!"

　그림자처럼 연벽제에게 달라붙은 석대원이 왼손을 힘차게 뻗어 냈다. 왼손 주위에 일렁이던 붉은 기운이 작은 공처럼 둥글게 뭉치는가 싶더니 무서운 속도로 연벽제를 향해 날아왔다.

　삐이익!

　주위의 공기가 세차게 진동하며 호각 소리를 연상케 하는 날카로운 소리가 울려 퍼졌다.

　"혈옥수血玉手?"

　가슴을 향해 날아든 붉고 작은 공을 천외비학天外飛鶴의 경신술로써 피해 낸 연벽제가 신음을 뱉듯이 무겁게 중얼거렸다. 가슴팍이 얼얼했다. 석대원이 때려 낸 붉고 작은 공에 맞지도 않았건만, 단지 여파에 쏠린 것만으로 그렇게 되어 버린 것이다.

　석대원은 신형을 똑바로 세우고 자신의 왼손을 흘깃 내려다보았다. 그의 왼손은 핏물에 담갔다 빼낸 것처럼 시뻘겋게 물들어 있었다. 이것이 바로 혈옥수. 홍안의 나이에 한로로부터 끔찍한 채찍 세례를 받으며 연성한 귀신의 손이었다.

　"그렇소. 살가죽이 벗겨지고 뼈가 으스러지는 고통을 수백 회 참아야만 연성할 수 있다는 혈옥수요. 나는 그 고통 속에서도 당신의 얼굴을 떠올리면서 자꾸만 약해지려는 마음을 다잡았소. 당신의 그 멋진 얼굴을 떠올리면서 말이오."

석대원의 음성은 너무도 낮아 감정의 기미를 읽어 내기가 어려웠다. 하지만 연벽제는 그 안에 도사린 뿌리 깊은 증오심을 느낄 수 있었다.

'불쌍한 놈, 그 어린것이…….'

가련함은 고통이 되었고, 그 고통이 강호인들로부터 검왕이라 추앙받는 철인의 눈시울을 붉게 물들였다. 하지만 연벽제가 감상에 빠져 있을 시간은 그리 길지 않았다.

"나는 당신을 용서할 수 없소."

석대원은 아침 햇살을 정면으로 받으며 연벽제를 향해 다시한 번 돌진했다.

삐이익!

소름 끼치는 붉은빛이 석대원의 좌수 어림에서 튀어나왔다. 한 차례, 두 차례, 세 차례……. 파괴만을 위해 세상에 모습을 드러낸 것 같은 무시무시한 붉은 빛이 소나기처럼 드세게 연벽제를 후려쳐 왔다.

연벽제는 비룡번신飛龍飜身의 경신술을 연거푸 전개하며 뒤로 달아났다. 한 바퀴 뒤로 솟구칠 때마다 아슬아슬하게 몸 아래를 통과하는 강기罡氣의 폭풍에 그가 입은 마의는 금방 넝마처럼 바뀌어 버렸다.

"흐흐, 어디까지 도망치나 보겠소."

석대원은 차가운 웃음을 흘리며 연벽제를 추격했다.

앞으로 치달리며 강기로 이루어진 붉은 공을 쳐 내는 자와 뒤로 달아나며 원숭이처럼 재주를 넘어 그것을 피하는 자.

그러던 어느 순간, 연벽제의 몸이 우뚝 멈췄다. 그의 퇴로를 거대한 바위가 가로막은 것이다.

"이얍!"

물실호기라! 석대원은 퇴로가 봉쇄된 연벽제를 향해 붉은 손을 휘둘렀다. 이제까지 그가 만들어 낸 것들 중에서 가장 선명하고 가장 지독한 붉은 빛이 연벽제의 얼굴을 강타했다.

바로 그때 놀라운 일이 벌어졌다. 연벽제의 신형이 안개처럼 뿌옇게 흐려지더니 돌연 석대원의 눈앞에서 훅 증발해 버린 것이다.

'이형환위移形換位?'

시간이라고 말하기조차 힘든 극히 짧은 시간 동안, 석대원의 눈빛이 크게 흔들렸다. 그의 왼손을 떠난 붉은 빛이 조금 전까지 연벽제의 등 뒤를 가로막고 있던 바위를 후려친 것은 거의 동시에 벌어진 일이었다.

쿠아아앙―!

멀리 관제묘의 기왓장들이 들썩거릴 만큼 엄청난 폭발음이 울렸다.

"마, 말도 안 돼."

일방적으로 진행된 두 사람의 싸움을 지켜보던 모용풍은 넋이 빠진 얼굴로 중얼거렸다. 만 근도 넘는 거암이 석대원이 때린 한 번의 장력 아래 산산조각 나는 광경을 목격했기 때문이다. 피륙으로 이루어진 사람의 손바닥이 어찌 저런 파괴력을 발휘할 수 있단 말인가! 모용풍의 벌어진 입이 다물리려면 제법 긴 시간이 필요할 것 같았다.

후두두둑!

허공으로 솟구쳐 오른 거암의 파편들이 우박처럼 그 일대를 뒤덮고 있었다.

그 파편들을 거대한 몸뚱이로 받아 내며, 석대원은 천천히 몸을 돌려 연벽제를 바라보았다. 거암 앞에서 사라진 연벽제는 어느새 그가 선 자리로부터 삼 장쯤 떨어진 곳에 신형을 세우고 있었다.

'그러므로…… 검왕이라 이건가?'

석대원은 조금 전 연벽제가 펼친 신비한 몸놀림을 떠올리며 내심 감탄하지 않을 수 없었다.

형形을 옮겨 위치를 바꾼다는 이형환위의 신법은 내공을 단련하고 경신술에 익숙한 강호인이라면 누구나 구사할 수 있는 보편적인 신법이었다. 그러나 석대원이 펼친 폭포수 같은 공세 속에서, 그것도 갑작스럽게 돌출한 장애물로 인해 운신의 흐름이 단절된 상황에서, 아까와 같은 귀신같은 몸놀림을 보일 수 있다는 것은 결코 '머리로 생각해서 이루는' 경지가 아니었다. 그것은 머리가 생각하기 전에 마음이 먼저 움직이며, 마음이 움직이면 몸이 저절로 따르는 이른바 천의무봉의 경지였다. 이 간단한 신법 하나만으로도 연벽제가 이룩한 무학의 경지가 얼마나 지고한지 능히 짐작할 수 있었다.

연벽제가 침울한 눈빛으로 석대원을 바라보며 말했다.

"아원아, 네 마음은 안다. 하지만 이 외백부는 아직 죽을 수 없구나."

석대원의 입꼬리가 말려 올라갔다. 웃음. 하지만 소소가 반하고 구양현이 친근감을 느끼던 그런 종류의 웃음이 아니었다. 색깔로 말하자면 말라붙은 흙덩이 같은, 소리로 말하자면 삭풍에 떠는 갈대의 울음소리 같은 무미건조한 웃음이었다. 붉게 충혈된 눈동자 속으로 한 줄기 싸늘한 냉기가 번져 나갔다.

"물론 죽고 싶지 않으시겠지."

석대원은 오른손을 들어 어깨 위로 삐죽 튀어나온 검자루를 움켜잡았다.

차앙!

서늘한 검명이 울리며 청량한 아침 공기 속으로 한 줄기 붉은 광채가 뻗어 올랐다.

"하면 이 조카를 죽이시면 되오."

석대원은 붉은 광채를 토해 내는 장검을 얼굴 위에 똑바로 치켜세운 뒤, 검봉을 연벽제에게로 천천히 내렸다. 그의 발밑에서 구름 같은 살기가 피어오르기 시작했다. 중단직지의 혈랑출세. 바로 혈랑검법의 기수식이었다.

수백 개의 보이지 않는 바늘에 전신을 찔리는 듯한 고통 속에서도 연벽제는 슬픔과 기쁨이 교차되는 것을 느꼈다. 피를 나눈 조카, 그것도 단 하나뿐인 혈육이 그를 향해 검을 겨누고 있다. 조카는 단 하나뿐인 외삼촌을 진심으로 죽이고 싶어 하는 것이다.

하지만 보라! 숨쉬기도 힘들 만큼 거세게 몰아쳐 오는 이 무형검기를!

조카는 강해졌다. 그의 무릎 위에서 경중경중 뛰놀던 철모르던 개구쟁이가 이제는 검왕이라는 그조차도 위압감을 받을 만큼 무서운 검객으로 성장한 것이다.

"곤륜지회의 오대고수에 뒤지지 않는다는 검왕의 높으신 검학, 말학 후진에게 한 수 가르쳐 주시겠소?"

석대원은 연벽제를 향해 한 걸음 다가섰다. 그에 따라 바늘 같은 검기가 더욱 강렬해졌다.

파라락!

혈옥수의 여파에 휩쓸려 넝마처럼 변해 버린 연벽제의 의복이 비명을 지르며 뒤로 날리고 있었다. 검기를 맨몸으로 받아 내느라 입술을 질끈 깨문 그의 이마엔 굵은 힘줄이 도드라지기 시작했다. 그러나 그의 오른손은 허리 아래로 축 늘어져 있었다. 왼쪽 허리춤에 찬 철검은 뽑힐 기미가 보이지 않았다.

'죄의식 때문인가? 그러나 나는 벨 것이다. 그가 검을 뽑든, 뽑지 않든 나는 벨 것이다!'

석대원은 차갑게 웃었다. 이 일촉즉발의 순간…….

"멈추시오!"

두 사람 사이에 회색 인영이 뛰어들었다. 한로였다.

"무슨 짓이오?"

석대원은 내뻗은 붉은 검을 급히 회수하며 소리쳤다. 검봉과 한로의 거리는 다섯 자 남짓. 그 정도 거리라면 능히 인간이 다칠 수도 있는 것이다. 아니나 다를까, 한로의 이마는 이미 갈라져 있었다. 조금씩 내비치기 시작한 혈흔에 석대원의 동공이 크게 흔들렸다.

"절대 안 되오! 연 대인을 치려거든 이 노복부터 치시오!"

주르륵!

한 줄기 핏물이 밭고랑 같은 주름살을 넘어 한로의 콧등 옆으로 흘러내렸다. 그러나 한로의 표정은 완강했다. 정말로 죽인다 해도 비킬 의향은 전혀 없어 보였다.

멀찍이 앉아 있던 모용풍도 힘겹게 몸을 일으켜 한로의 옆으로 다가왔다.

"공자, 연 대협은 제 목숨과도 같으신 분이오. 은공을 베려거든 이 몸부터 먼저 베시오."

한로의 피를 보고 흔들리던 동공이 다시 타오르기 시작했다. 마치 불똥이 떨어질 것처럼 강렬한 안광이었다. 지금 이 순간 석대원의 머릿속에는 한 가지 생각밖에 존재하지 않았다.

벤다! 그를 벤다!

네 사람이 이렇게 대치한 상태로 대체 얼마나 시간이 흐른 것일까? 한로와 모용풍에겐 억겁처럼 길게 느껴진 시간이었다.

"음!"

석대원의 입에서 무거운 신음이 흘러나왔다. 활활 타오르던 그의 눈빛이 조금씩 수그러들었다. 한껏 당긴 활시위처럼 팽팽히 긴장되었던 근육도 천천히 풀렸다. 이윽고 그는 중단직지로 내밀고 있던 붉은 검을 거뒀다.

연벽제는 시시각각 변해 가는 석대원의 눈 속에서 지난 세월이 남긴 쓰라린 상처를 발견할 수 있었다.

'불쌍한 놈, 불쌍한 놈…….'

연벽제는 하늘을 올려다보았다. 안 그러면 눈물이 흐를 것 같았기 때문이다.

'언젠가는 저 녀석에게 목숨을 내주어야 할지도 모르겠구나. 하지만 어쩔 수 없지. 녀석에게서 부모를 빼앗고, 또 유년을 빼앗은 장본인이 바로 나니까.'

연벽제는 품에서 한 권의 얇은 책자를 꺼내 모용풍에게 건넸다.

"내 나름대로 조사한 것이오. 워낙 비밀스러운 조직이라 밝히지 못한 것이 많소. 기회가 나는 대로 더 조사해 보리다."

이어 연벽제는 냉정한 얼굴로 자신을 노려보는 석대원을 바라보았다.

"네 검은 언젠가 반드시 받아 주마."

석대원은 냉랭히 코웃음을 치며 몸을 홱 돌려 버렸다.

연벽제는 바위처럼 단단해 보이는 석대원의 등을 한동안 바라보았다. 누구보다도 굴강하던 매제의 모습이 그 위에 부옇게 겹쳐지고 있었다.

"연 대인, 오랜만이외다."

한로가 다가와 연벽제에게 인사를 건넸다. 연벽제는 한로의 쭈글쭈글한 손을 덥석 움켜잡았다.

"수고 많으셨소. 녀석을 저리도 훌륭하게 키워 주시다니……."

뒷말을 차마 잇지 못하는 연벽제의 목소리는 감정에 북받쳐 가늘게 떨리고 있었다.

그리고 한로 또한 말을 이을 수 없었다. 가장 가까워야 할 친인에게 가장 큰 증오를 사 버린 연벽제의 고통을 이해할 수 있기 때문이었다.

연벽제는 철담을 가진 장부답게 격정에서 곧 벗어났다. 그는 쥐고 있던 한로의 손을 놓고는 조금 전보다 훨씬 차분해진 목소리로 말했다.

"그들의 이목이 따라다니는 몸이라 자리를 오래 비울 수 없소. 여기 계신 모용 선생께서는 온전한 몸이 아니시오. 면목 없지만 치료를 부탁드리겠소."

"염려하지 마십시오."

한로에게 고개를 숙여 보인 연벽제는 눈길을 돌려 석대원을 바라보았다. 석대원은 여전히 그에게 등을 돌리고 있었다.

"그들은 이미 너를 주목하고 있다. 초혼귀매招魂鬼魅라는 여인이 육사六社를 이끌고 네 주위를 노리니, 부디 조심해라."

연벽제의 마지막 말은 어느새 멀리서 들리고 있었다. 하지만 등을 돌리고 서 있는 석대원은 그대로 석상이 되어 버렸는지 미동조차 하지 않았다.

휘이잉!

한 줄기 바람이 사람들의 귓전을 스치고 지나갔다.

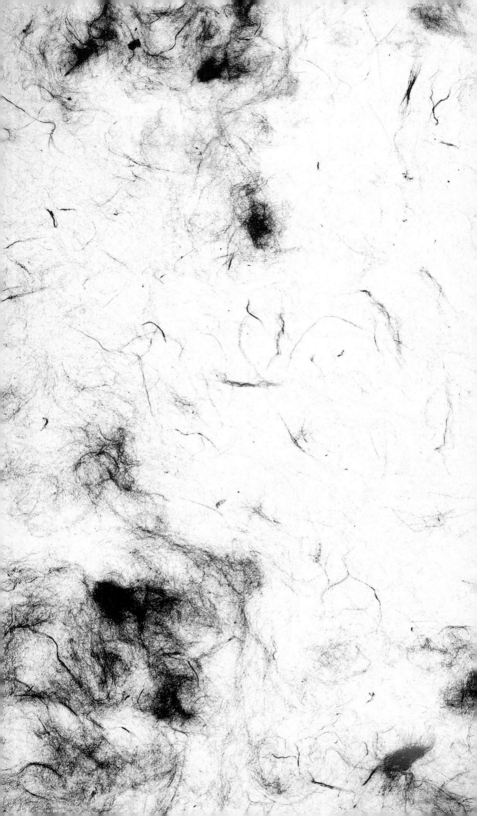

노웅 老雄

(1)

흰머리 무성하니 근심 또한 무성하네[白髮三千丈 緣愁似個長]

거울에 비친 저 사람 어디서 서리 만났을까[不知明鏡裏 何處得秋霜]

커다란 동경銅鏡 속의 인물, 청색 장포를 정갈하게 차려입은 노인은 나직이 한숨을 내쉬었다.

"무슨 심려라도 있으신지요?"

노인의 머리를 빗질하던 여인이 손길을 멈추고 물었다. 이제 막 스물을 넘긴 나이, 자그마한 이마와 서글서글한 눈빛이 빛깔 고운 유의裕衣에 잘 어울린다.

"아니다. 그만하면 됐으니 이제 나가 보아라."

청포 노인이 조용히 말했다. 유의 여인은 빗과 노인의 머리에서 교체한 동곳을 작은 상자에 담고는 공손한 뒷걸음질로 휘장 너머로 사라졌다. 문을 여닫는 나직한 소리가 울린다.

청포 노인은 여전히 동경에서 시선을 떼지 않았다. 부쩍 늙어 버린 동경 속의 노인이 방 안의 노인을 마주 보고 있었다. 죽은 물고기처럼 활기 없는 시선이 애잔함을 불러일으키지만, 그 애잔함의 대상이 노인인지 동경 속 노인인지 분간이 가지 않았다.

"이제는 정말 늙은이가 됐구나, 소철."

나직한 독백이 청포 노인의 입술을 비집고 공허하게 흘러나왔다.

소철.

이 평범해 보이는 노인이 곤륜지회 오대고수의 한 사람인 신무대종神武大宗 소철인 것이다.

　－강북에는 산악이 있으니 곧 신무요, 강남에는 패주가 있으니 곧 무양이라[北嶽神武 南覇武陽].

곤륜지회의 오대고수를 읊은 스무 자 구절 중 처음 두 소절이 말해 주듯 신무전은 지난 반백 년 동안 강북 강호를 영도해 왔다. 지금 동경 속의 스스로를 바라보며 한숨을 짓는 칠순 노인, 소철은 바로 그 신무전의 주인이자 강북 강호의 주인인 것이다. 하지만⋯⋯.

'허! 언제 이렇게 늙어 버렸나.'

위엄 있게 뻗친 눈썹과 산맥처럼 우뚝한 콧날은 그 모양새가 예전과 다름이 없건만, 눈썹은 이미 희게 변했고 콧잔등은 벌써 거미줄 같은 잔주름으로 뒤덮여 있었다. 살갗이 팽팽했던 젊은 시절보다 풍성해진 것이라고는 춘삼월 수양버들처럼 탐스럽게

드리운 수염뿐. 그러나 그것마저도 이젠 함박눈을 맞은 듯 새하
얗다.

거울 속 노인이 메마른 미소를 짓는다. 너무 메말라 서글퍼
보이는 미소였다.

그래서 세월을 광음光陰이라 했던가. 삶이란 여러 겹으로 꼬
인 밧줄을 붙잡고 벼랑에 매달린 형상과 같다. 언제부턴가 밧줄
은 한 가닥 두 가닥 끊어지기 시작한다. 때로는 천천히, 때로는
빠르게. 이제 노인의 주름진 손에 남은 밧줄은 몇 가닥일까? 젊
은 피와 들끓는 열정이 신체와 정신을 지배하던 시절, 바위를
부수고 군웅을 호령하던 용맹과 위엄은 이미 사라졌단 말인가.

청포 노인, 소철의 두 눈에 옅은 그늘이 어렸다.

"주공, 백상당주白象堂主께서 배알을 청하고 있습니다."

문 밖에서 더할 나위 없이 공손한 목소리가 울렸다. 백상당은
신무전의 내삼당 중 하나로 소철의 첫째 제자가 이끌고 있었다.

"들여보내라."

동경으로부터 천천히 돌아앉는 소철의 눈빛은 인생의 폐막을
무기력하게 기다리는 노인의 것에서 제자를 기다리는 자애로운
사부의 것으로 자연스럽게 변모했다. 청년을 아끼는 것은 모든
노인의 공통된 심정. 늠름하게 성장한 제자를 만나는 시간은 대
체로 즐거웠다.

백색 비단 휘장 너머로 누군가 들어오는 모습이 보였다. 이
윽고 휘장이 활짝 젖혀지고 농군처럼 순박한 얼굴 하나가 안으
로 불쑥 들어왔다.

"정正이 문안드립니다!"

농군처럼 순박한 얼굴을 한 사내가 우렁찬 인사말과 함께 꾸
벅 허리를 숙였다. 소철의 대제자이자 신무전의 차기 전주로 공

인된 도정이 바로 이 사내였다. 별호는 철인협鐵人俠. 사람들은 그를 강동제일가의 가주 석대문과 더불어 향후 강호를 이끌어 나갈 양대 신진으로 꼽기에 주저하지 않았다.

"오냐, 그래."

소철은 고개를 끄떡였다. 도정은 고개를 들어 사부를 바라보았다.

"양사兩師와 사방대주四方臺主들이 모두 청심각淸心閣에 모였습니다. 에…… 유시酉時(오후 여섯 시 전후)가 얼추 되어 가는데 밥부터 먹으라고 할까요?"

"기왕이면 술까지 곁들이지 그러느냐?"

소철이 떠보듯 묻자, 도정은 반색을 하며 고개를 크게 주억거렸다.

"그럴 수만 있다면 더 바랄 게 없겠지요."

소철은 웃었다.

"이 미욱한 녀석아, 너는 밥 얘기와 술 얘기를 빼면 할 얘기가 없는 것 같구나."

가뜩이나 시커먼 도정의 얼굴이 조금 더 까매졌다.

"술 얘기는 제가 꺼낸 게 아닌데……."

소철은 웃음을 거두었다.

"됐다. 밥도 좋고 술도 좋지만, 사람들이 다 모였으니 의논부터 하는 것이 순서일 게다."

도정은 히죽 웃었다.

"실은 그러실 줄 알고 마누라가 만들어 준 주먹밥 몇 개 해치우고 왔지요. 밤새 앉아 있어도 버틸 자신이 있으니 염려하지 마십시오."

"밤새 안 앉혀 둘 테니 너야말로 염려 말거라."

소철은 핀잔을 주며 의자에서 일어섰다.

"그럼 제자가 앞장서겠습니다."

도정이 돌아섰다. 그의 뒷모습을 바라보던 소철의 눈에 이채가 어렸다. 제자의 복식으로부터 매우 이질적인 소품 하나를 발견한 것이다.

"너……."

도정이 고개를 돌렸다.

"예?"

"그 머리띠는 웬 거냐?"

도정은 깜짝 놀라며 두 손으로 뒷머리를 감싸 쥐었다. 뭔가를 숨기려는 기색이 역력했다.

"이, 이상해 보이십니까?"

"이상해 보이는 게 아니라 못 보던 물건이라 그런다."

도정은 어쩔 줄 몰라 하다가 갑자기 울분을 터뜨렸다.

"사부님, 이 제자는 더 이상 못살겠습니다!"

소철은 어리둥절해졌다.

"못살겠다고? 왜?"

"왜긴 왜겠습니까. 가영嘉瑛이 그 여편네가 하도 못살게 구니까 그렇지요."

"네 안사람이?"

"결혼한 지 삼 년 만에 서방 잡아먹는 계집이 있다더니만, 가영이가 바로 그렇습니다. 이젠 아주 머리 꼭대기에서 놀려고 들어요."

숨길 땐 언제고 도정은 머리를 획 뒤집어 뒷머리를 잡아 묶은 백색 머리띠를 소철에게 들이대 보였다.

"이게 바로 그 증거가 아니고 뭐겠습니까! 하늘같은 서방의 머리 꼭대기를 죄인 주리 틀듯 이렇게 만들어 놓다니!"

머리카락을 묶어 주는 것이 머리 꼭대기에서 노는 것이라면, 아까 나간 유의 여인은 천하의 신무대종의 머리 꼭대기에서 실컷 논 셈이었다.

'녀석 하고는……'

소철은 실소를 참지 못하면서도 도정의 뒤통수를 살펴보았다. 하기야 도정이 성질을 부릴 만도 했다. 쉽게 찾아볼 수 없는 올 굵은 고수머리가 질 좋은 비단을 여러 겹 덧대 만든 백색 머리띠 안에서 비명을 지르고 있는 것처럼 보이니 말이다. 엄동설한에도 홑옷 한 벌로 활보하는 녀석이 오죽이나 답답했을까.

"답답하면 풀면 되는 일 아니냐."

소철이 넌지시 제안하자 도정의 얼굴에 경외감이 떠올랐다. 물론 소철은 저 경외감이 자신을 향한 것이 아님을 알고 있었다.

"그게…… 그래도 묶은 정성을 생각하면……."

"차마 풀진 못하겠다 이 말이냐?"

"하다못해 회의를 마칠 때까지만이라도……."

끝을 어물거리는 일련의 대답으로부터 소철은 백색 머리띠에 얽힌 부부간의 속내를 유추해 낼 수 있었다. 도정의 부인인 당가영唐嘉瑛은 분명 '어른들이 모이는 회의 석상에선 단정히 보여야 해요.' 하면서 남편의 머리를 묶어 줬을 것이다. 그러고는 한마디 덧붙였겠지. 그 전에 풀어 버리면 단단히 각오하라고.

아무리 아끼는 제자라지만 한심한 생각이 드는 것은 어쩔 수 없었다. 백 명의 도적들을 호통 한 방으로 제압하는 녀석이 마누라 한 명에게 저리도 쥐어 살다니. 그렇다고 일일이 드러내

면박을 주는 것도 나이 든 사람으로서 체통 안 서는 일이었다.

"그럼 됐다. 회의가 끝나면 풀거라."

"그렇게 하겠습니다."

소철이 모른 체 넘어가자 도정은 얼른 대답했다. 배부른 암소처럼 순박해 보이는 눈알을 불안하게 굴리는 것으로 미루어 조금 전 울분을 터뜨린 일마저도 후회하는 것 같았다. 사부에게 불경해서가 아니라 혹시라도 그 일이 아내의 귀에 들어갈까 봐서.

"한심한 녀석, 앞장서라."

"예."

도정이 휘장을 들추고 나갔다.

그런 도정의 뒤를 따르던 소철은 문득 아까의 울적함이 많이 사라졌음을 깨달았다. 대제자의 한심한 행동이 늙은 사부의 기분을 풀어 준 셈이었다. 그것은 잘 구워 낸 도자기처럼 깔끔한 둘째나 막내에게선 기대할 수 없는 파격이었다. 그래서 형만 한 아우 없다는 얘기가 나온 모양이었다.

그런데 방문을 나설 무렵, 소철은 앞서와는 조금 다른 이유로 형만 한 아우 없다는 얘기를 다시 떠올리게 되었다.

문 앞을 지키는 무영군無影軍의 무사들 옆으로 허리를 다소곳이 숙이고 있는 사람은 아까 소철의 머리를 손질해 주던 유의 여인인데, 그 앞을 지나치던 도정이 그녀와 의미심장한 눈길을 주고받는 것을 목격했기 때문이다.

'그렇다면 혹시……?'

소철은 도정과 유의 여인을 번갈아 바라보다가 헛웃음을 흘리고 말았다. 도정이 방 안에서 보인 다소 과장스러운 언행이 무엇에서 비롯되었는지 그제야 알아차린 것이다.

'소철아, 이제는 아이들에게도 위로 받아야 하는 나이가 되어

버린 거냐?'

구만 오천 평에 이르는 신무전의 한복판에는 금랑호錦浪湖라
는 인공 호수가 자리하고 있었다. 그 금랑호 위에 세워진 청심
각은 운치 있는 조경을 자랑하는 신무전 내에서도 특별히 운치
있기로 이름난 명소였다.

운남雲南의 특산물인 대리석으로 주춧돌을 세우고, 햇빛의 각
도에 따라 그 빛깔을 조금씩 바꾼다는 흑단목黑丹木으로 여덟 개
의 아름드리 기둥을 올렸으니, 우윳빛 하단과 고색창연한 상단의
조화는 보는 이의 감탄을 자아내게 했다. 어디 그뿐이랴. 흑단목
기둥이 만들어 낸 여덟 개의 면에는 눈알만 한 옥색 구슬로 주렴
을 드리웠고, 방사형으로 뻗어 내린 지붕에는 황궁에서나 봄직한
유리기와를 올렸는데, 정자 아래로 만발한 것은 태을선인太乙仙人
이 타고 놀았다는 수련垂蓮이요, 수면 위로 뛰노는 잉어는 지는
해도 아쉽지 않은 양 금빛 비늘을 마음껏 뽐내고 있었다.

신무전의 주인 소철은 전 내의 대소사를 결정하는 회의를 언
제나 이 청심각에서 열었다. 회의가 열리는 날이면 금랑호 주변
에 조성된 울창한 송림은 소철의 직속 경호대인 무영군에 의해
철통같이 지켜진다.

호반과 청심각을 이어 주는 홍예교虹霓橋 위에 도정을 앞세운
소철의 모습이 드러났다. 청심각 안에 앉아 있던 예닐곱 명의
사람들이 일제히 자리에서 일어섰다.

느릿한 걸음으로 홍예교를 건너온 소철이 청심각 북쪽에 마
련된 자신의 자리에 앉자 곧바로 회의가 시작되었다.

"칠월 열이레, 오늘 회의에는 양사와 사방대주 그리고 내삼

당 중 백상당과 금록당金鹿堂의 두 당주가 참가했습니다."

소철의 옆자리에 앉은 도사 차림의 중년인이 낭랑한 소리로 보고했다. 암청색 도복에 머리에는 같은 색깔의 높은 도관道冠을 얹은 그 중년 도사는 엄숙한 눈매와 우뚝한 콧날이 마치 소철의 젊은 시절을 보는 듯했다.

그 중년 도사가 소철을 닮은 것은 매우 자연스러운 일이다. 소철의 피를 물려받은 아들이기 때문이다.

구양자九陽子 소흥蘇興.

나이 스물여덟에 사랑하는 아내를 먼저 보내고 시름에 젖어 살다가, 어느 날 홀연히 신무전에서 증발해 버린 문제아의 이름이기도 했다. 소철에게 있어서 그 사건은 비단 하나뿐인 아들이 실종된 것에 그치지 않았다.

소흥은 소철의 아들인 동시에 신무전을 물려받을 후계자였다. 그러므로 소흥의 실종은 신무전이라는 거대한 기업을 이끌어 나갈 차기 전주의 부재로 직결되는 것이다. 신무전이 발칵 뒤집혔음은 두말할 나위 없는 일.

소흥의 종적이 발견된 것은 신무전에 초비상이 걸린 지 반년이라는 시간이 흐른 뒤의 일이었다. 소흥은 도교의 명문으로 이름난 황산黃山 태백관太白館에서 도사 수업을 쌓고 있었다. 하나뿐인 아들이 출가했다는 소식은 소철에게 있어서 분노에 앞서 황당함으로 다가왔다.

―즉시 전으로 돌아오라.

소철의 전언을 가지고 태백관을 찾은 첫 번째 사자는 소흥의 얼굴도 보지 못한 채 도관의 빈청賓廳에서 하루 밤낮을 우두커니 앉아 있다가 돌아왔다.

—즉시 전으로 돌아오라.

같은 전언을 가지고 간 두 번째 사자는 소흥이 이미 황산의 심처로 연단煉丹을 들어가 버렸다는 애매한 소식만을 들고 돌아 왔다.

참다못한 소철은 여섯 살 난 손녀 소소와 함께 황산으로 달려 갔다. 만일 소흥이 거부한다면 밧줄로 묶어서라도 끌고 올 작정 이었다. 하지만 그를 기다리고 있던 사람은 소흥이 아니라 한운 자閑雲子, 스스로를 태백관의 관주라고 소개한 소흥의 스승이 었다.

소철은 오대고수로서의 무공과 신무전주로서의 권세를 함께 지녔음에도, 바람만 불어도 날아갈 것처럼 유약해 보이는 노도 사를 함부로 대할 수 없었다. 상대가 중원 도교의 성인으로 추 앙받는 공문空門의 거물임을 알고 있기 때문이었다.

당시 소철과 한운자가 나눈 대화에 관해 구체적으로 알려진 바는 없다. 한 가지 분명한 것은, 황산에서 돌아온 소철의 표정 이 매우 개운해졌다는 사실이다.

며칠 뒤, 소철은 대제자 도정을 공식적인 후계자로 임명 했다. 도사가 되어 버린 친아들은 완전히 잊어버린 것 같았다.

그로부터 사 년이 지나 소소의 나이가 열 살이 되던 해, 소흥 은 사라질 때와 마찬가지로 홀연히 신무전에 모습을 나타냈다. 소철은 어제 나갔다 돌아온 아들을 대하듯 덤덤한 목소리로 물 었다.

-뭘 하고 싶으냐?

그 자리에 있던 사람들은 아연 긴장했다. 만일 소흥이 마음
이 바뀌어 후계자 자리에 욕심을 품는다면 신무전은 한바탕 권
력다툼의 소용돌이에 휘말릴 수도 있기 때문이었다. 그러나 그
들의 걱정은 기우에 불과했다.

-연단이나 마음껏 할 수 있으면 좋겠습니다.

그래서 소흥에게는 예전에는 존재하지 않았던 약사藥師라는
직책이 돌아갔다.
약사.
이름부터가 이상한 이 직책은 실무와는 아무 상관이 없는,
이를테면 별정직이나 다름없는 자리였다. 결국 소흥은 신무전
한 귀퉁이에 만들어진 선지각仙芝閣 내의 약실에 틀어박혀 연단
으로 세월을 보내는 팔자 늘어진 도사가 되었다, 오늘 같은 회
의가 아니면 부친인 소철조차도 얼굴 한 번 보기 힘든.
소철은 주위를 둘러보다가 물었다.
"막내가 빠졌군. 아직 돌아오지 않았나?"
막내라면 소철의 셋째 제자인 비응당주 구양현을 가리켰다.
"닷새 전에 성도를 출발했다는 전갈이 있었습니다. 지금쯤
장강을 따라 내려오고 있을 겁니다."
맞은편에 앉아 있던 육십 줄 노인이 대답했다. 마른 체구에
찢어진 눈, 일신에 걸친 붉은 장삼이 전체적으로 날카로운 분위
기를 풍기고 있었다.
주작대주朱雀臺主 염위廉偉.

그가 관할하는 주작대朱雀臺는 정보 수집과 전 내 규찰 그리고 율법 집행의 업무를 수행하고 있었다. 풍기는 분위기만큼이나 칼날 같은 성품인 탓에 율법을 집행하는 데 있어서 추호의 사정도 용납하지 않았으니, 문도들에겐 염라대왕보다 더 두려운 존재일 수밖에 없었다. 한 쌍의 음양인陰陽刀을 이용한 음양난분도법陰陽亂奔刀法의 무서움은 강호인들에게도 널리 알려져 있었다.

염위의 대답에 소철은 눈살을 살짝 찌푸렸다.

"전을 출발한 것이 언제 일인데……. 소아素兒 이 계집애가 막내를 많이 괴롭힌 모양이군."

소아라면 구양현과 함께 사천으로 간 소소를 가리켰다. 염위는 잠시 머뭇거리다가 조심스럽게 말했다.

"비웅당주와 아기씨께선 여행 도중 괴한들의 습격을 받으셨다고 합니다. 일정이 늦어진 것도 그 일 때문인 듯합니다."

소철의 흰 눈썹이 꿈틀거렸다.

"습격? 누가 감히!"

이 일갈은 고아한 운치가 감돌던 청심각을 순식간에 얼어붙게 만들었다. 청심각에 모인 사람들은 소철의 어깨 위로 검은 파도가 넘실거리는 듯한 착각을 느꼈다.

이제는 연로해 많이 온유해졌지만, 한창때에는 피도 눈물도 없는 단호함으로 냉혈왕冷血王이란 별명까지 얻었던 소철. 이 자리에 모인 사람들 중 몇몇은 소철에 의해 행해진 철마곡鐵馬谷의 대회전大會戰을 반백년이 지난 오늘까지도 잊지 못했다. 그것은 호사가들이 말하는 것처럼 단순히 '중원 진출을 꾀하던 밀교의 악승 일천팔백 명을 한자리에 묻어 버린 일대의 쾌사'만은 아니었다. 그와 동시에 신무전을 돕기 위해 참전한 삼백여 중원 무인들까지 사소취대捨小取大(작은 것을 버림으로 큰 것을 취함)란 명분 아래 함께 묻어 버린 비정한 참극이기도 했던 것이다. 철마곡의 대회전에 깊숙이 개입했던 몇몇 가신들은 그 사실을 똑똑히 알고 있었다.

소철의 엄위에 질린 염위가 쉽사리 대답하지 못하자 약사 소흥과 나란히 앉은 포의布衣 문사가 나섰다.

"제가 회의를 청한 것도 바로 그 이유 때문입니다."

아마도 옛 성현이 환생한다면 이런 모습일 것이다. 편편한 이마와 그린 듯 단정한 눈썹은 성정의 온화함을 보여 주는 듯하고, 적당히 솟은 콧날과 잘 다듬은 검은 수염은 심성의 올곧음을 드러내는 듯하다. 머리에 쓴 절각건折角巾은 구름처럼 가벼운 분위기를 풍기는데, 포의 가슴에 넓게 덧댄 검은 깁은 고고한 느낌을 안겨 준다. 약사 소흥과 한 반열에 있으면서 실제로 수행하는 일은 비교조차 할 수 없을 만큼 막중한 신무전의 군사 운소유가 바로 이 사람이었다.

삼절수사三絶秀士 운소유.

오십을 막 넘긴 나이임에도 불구하고 여러 원로 가신들을 젖히고 소철로부터 유일하게 경어를 듣는 신무전의 두뇌이자, 출신 가문이나 사문에 대해 전혀 알려진 바 없는 신비한 인물이었다.

이십여 년 전 홍안의 운소유가 처음 신무전에 들어왔을 때엔 누구도 그의 비약적인 출세를 예견하지 못했다. 그러나 주머니 속의 송곳은 반드시 그 날카로움을 드러내는 법. 운소유의 진가는 오래지 않아 드러나기 시작했다. 처음 청룡대靑龍臺에 소속되어 신무전 산하 마장馬場 하나의 관리를 맡은 그는 석 달이라는 짧은 시간 동안 이익을 일곱 배로 불리는 불가사의한 재간을 선보였다. 이후 그가 손을 대는 사업들마다 금전이 눈덩이처럼 굴러 들어왔으니, 청룡대에 적을 둔 삼 년 육 개월 동안 그가 창출한 총이익은 은자로 무려 육만 냥. 신무전의 세 해 살림에 해당하는 액수였다.

운소유의 재간은 비단 이재에만 밝은 것이 아니었다. 이후 현무대玄武臺의 부대주로 승진한 그는 뛰어난 외교 수완을 발휘, 신무전에 대해 일말의 반감을 품고 있던 구파일방으로 하여금 스스로 아랫자리를 인정하게 만드는, 믿기 어려운 일을 성사시켰다. 그의 존재가 소철의 눈에 부각된 것도 바로 그 무렵인데, 소철은 자신의 환갑잔치에 축하 사절로 내방한 구파일방의 대표들을 아래로 굽어보며 그 장면을 연출해 낸 운소유의 능력을 신뢰하지 않을 수 없었던 것이다.

그리하여 운소유는 마침내 군사의 자리에 올랐다. 아니, 군사란 자리는 당초 존재하지 않았으니, 자리 자체를 그가 만들어 냈다고 봐야 옳았다.

어쨌거나 군사란 자리는 운소유라는 천재에게 있어서 그 재능을 마음껏 발휘할 수 있는 든든한 바탕이 되어 주었다. 운소유는 자신에게 주어진 기회를 결코 놓치지 않았으니, 신무전이 강북 제일의 문파로 우뚝 선 데에 그의 공로가 으뜸이라는 세간의 평은 결코 과한 것이 아니었다.

소철은 운소유를 바라보았다.

"좋소, 그러면 운 선생께서 설명해 주시오."

운소유는 좌중을 한차례 둘러본 뒤 이야기를 시작했다.

"당금 강호에는 두 가지 심상치 않은 무리가 준동하고 있습니다. 하나는 운남에서 귀주 그리고 호남에 이르는 중원 서남부 일대에서 무양문을 계속 자극하는 용봉단龍鳳團이며, 다른 하나는 지역을 불문하고 혈겁을 자행하는 신원 미상의 무리입니다.

후자는 혈랑기를 표기로 삼는바, 그들을 혈랑곡도로 보는 것이 강호의 중론입니다."

운소유는 소철에게 시선을 고정시키며 덧붙였다.

"비응당주와 아기씨께선 그들 혈랑곡도의 습격을 받았다고 합니다."

소철의 얼굴이 먹구름처럼 어두워졌다. 이윽고 주름진 입술 사이로 신음 같은 혼잣말이 흘러나왔다.

"혈랑곡이라……."

운소유가 다시 말했다.

"지난달에는 황산 원왕장의 일백여 식솔들이 그들의 이유 없는 살수에 희생되었습니다. 이로써 그들의 마수 아래 화를 입은 문파의 수는 모두 스물, 목숨을 잃은 사람도 부지기수입니다."

소철이 무거운 목소리로 말했다.

"원왕장 소식은 나도 들었소. 하지만 신비한 체하기 좋아하는 무리의 소행으로 여기고 있었소."

운소유가 고개를 가볍게 흔들었다.

"가벼이 여기실 일은 아닌 듯합니다. 일개 사마외도의 행동으로 치부하기엔 그 여파가 이미 강호 전역을 뒤덮고 있으니까요."

그러자 좌중의 한 사람이 주판알을 퉁기는 듯한 분명한 목소리로 말을 꺼냈다.

"제가 한 말씀 올리겠습니다."

안색이 불그레하고 이마 한복판에 검은 사마귀가 튀어나온 청의 노인이었다. 사방대주들의 대형 격인 동시에 청룡대를 이끌고 있는 그 노인의 이름은 증천보曾川甫. 대대로 소씨 가문에 충성을 바치는 봉공가奉公家 중에서도 가장 오래된 증가曾家의 가주였다.

청룡대주 증천보는 신무전의 살림을 총괄하는, 집으로 비유

하면 안주인과 같았다. 신무전과 같은 거대한 집단이 움직이는
데에는 그에 합당한 수익 사업이 반드시 뒤따라야 했다. 청룡대
의 전신이기도 한 증가가 바로 그 사업을 관장했으니, 관할 토
지의 경작을 포함한 여섯 군데 표국과 아홉 군데 마장의 관리,
심지어는 강호에서 널리 통용되는 금화전장金華錢場의 경영까지
도 증천보의 주재 아래 진행되는 것이다.

 가전 무공인 무음섬전지無音閃電指를 극성으로 수련해 지법에
관한 한 소철조차도 한 수 아래라고 하는데, 실제로 그의 손가
락이 쓰이는 데는 주판알 퉁기는 일밖에 없었으니, 과연 어떨
지…….

 "그 정도의 위세를 뽐낼 수 있는 곳이라면 본 전과 무양문,
그리고 구파일방 중에서도 두세 군데 정도에 불과합니다. 무양
문주 서문숭西門崇의 성격으로 미루어 가면을 쓰고 사람을 죽이
는 저급한 장난을 부릴 리는 없을 테고, 고리타분한 소림이나
냄새나는 개방은 더더욱 그런 짓을 저지를 이유가 없겠지요. 그
렇다고 설마 본 전이 그랬겠습니까? 말도 안 되는 얘기입니다.
그러니 결국은 혈랑곡이 강호에 등장한 것이라고 생각할 수밖
에 없는 겁니다."

 증천보는 보이지 않는 주판이라도 퉁기듯 오른손 엄지와 인
지를 쉴 새 없이 놀리며 누가 쫓아오기라도 하는 것처럼 바쁘게
말을 마쳤다. 마치 손가락을 멈추면 머리 회전까지 멈춰 버리기
라도 하는 양.

 소철은 운소유를 바라보며 물었다.
 "군사의 의견도 청룡대주와 같으시오?"
 운소유는 잠시 시차를 두었다가 신중하게 입을 열었다.
 "이치를 따진다면 그렇습니다만, 곤륜지회를 통해 처음 세상

에 알려진 뒤 오직 한 차례밖에 모습을 드러내지 않은 혈랑곡이 오랜 세월이 지난 이 시점에 강호 활동을 재개했다는 것은 어딘지 납득하기 힘든 구석이 있습니다. 더구나 그 활동이 아무 이유도 없는 무차별적인 혈겁이라니……."

곤륜지회 그리고 혈랑곡.

소철의 뇌리에는 사십여 년 전 곤륜산 무망애에서 벌어진, 세칭 곤륜지회라 일컫는 당시의 상황이 생생하게 떠올랐다.

붉은 늑대 탈.

붉은 장포.

붉은 손.

붉은 검.

소철이 평생 단 한 번의 두려움을 느꼈다면, 그 대상은 바로 혈랑곡주였다.

후리후리한 키에 늑대 탈로 얼굴을 가린 혈랑곡주는 곤륜지회를 통해 처음으로 세상에 등장한 신비인이었다. 만일 오대고수의 일원인 천선자가 그의 존재를 언급하지 않았던들, 소철은 그런 괴인이 천하에 존재하리란 사실을 결코 인정하지 않았을 것이다.

혈랑검동血狼劍童이라는 소년 하나를 대동하고 무망애에 홀연히 나타난 혈랑곡주!

피를 머금은 듯한 붉은 손과 서릿발처럼 뻗치던 붉은 검기의 위력은 가공, 그 자체였다. 하늘 아래 두려울 것이 없다던 신무대종 소철도, 백련교의 복수를 외치며 혜성처럼 나타난 청년 고수 서문숭도, 그리고 바다처럼 박대한 공부를 뽐내던 잠룡야潛龍爺 이악李嶽도, 붉은 손과 붉은 검이 만들어 낸 파천황의 거력 앞에는 결코 제일좌第一座를 논할 수 없었다. 그럼에도 불구하고 혈랑곡주가 나머지 세 고수들을 패퇴시키지 못한 까닭은…….

'……안 한 것이지. 그가 안 한 것이야.'

사십여 년이나 지난 일임에도 불구하고 소철은 자존심에 또 한 줄기의 고랑이 깊게 파이는 것을 느꼈다.

소철이 이렇듯 옛일을 회상하고 있을 때, 증천보가 운소유를 향해 다소 날카로운 어조로 말했다.

"군사께서는 마치 혈랑곡을 군자들의 시회詩會 정도로 여기시는 모양이오. 혈겁에 이유가 없기 때문에 혈랑곡이 아니다? 참으로 흥미로운 논리구려."

기실 사방대주들과 운소유의 관계는 그리 원만한 편이 아니었다. 대를 이어 소씨에 충성을 바친 가신들의 눈에 어느 날 갑자기 나타나 자신들의 윗자리를 차지한 뜨내기가 곱게 비칠 리 없었던 것이다. 더구나 증천보로 말하자면 삼 년 하고도 육 개월씩이나 운소유를 손가락 하나로 부리던 까마득한 상관이 아니었던가.

운소유는 불쾌한 내색 없이 담담히 웃으며 증천보에게 말했다.

"제 말은, 그렇게 단정 짓기에는 너무 이르다는 것입니다. 그리고 비응당주가 보낸 전서에는 사천의 염련 또한 두 사람에게 위해를 가하려 했다는 내용도 포함되어……."

이 말이 채 끝나기도 전에 한쪽에서 맹수의 울부짖음 같은 우렁찬 외침이 터져 나왔다.

"바, 방금 염련이라고 했소? 여문통余門通, 그 자, 자, 잡놈의 새끼가 죽고 싶어 환장했나 보구나!"

외침의 주인은 제 분을 이기지 못해 말을 심하게 더듬고 있었다. 좌중의 시선이 일제히 그리로 향했다. 그곳엔 자줏빛이 감도는 얼굴에 하나뿐인 눈을 퉁방울처럼 부릅뜬 반백의 초로인이 있었다.

백호대주白虎臺主 이창李昌.

여타의 삼 대와는 달리 전문 전투 부대로 구성된 백호대의 수뇌이자 신무전을 대표하는 싸움꾼이기도 한 그는, 칠십여 회에 달하는 적과의 승부에서 단 한 차례의 패배도 허용하지 않은 불패의 전사로 유명했다. 그가 사용하는 무기는 신체에 달린 모든 살덩어리들. 주먹으로 때리고 손바닥으로 밀치며 발로 차고 머리로 들이받는 그의 독특하고도 저돌적인 싸움법은 겪어 보지 않은 자들에겐 비웃음을, 그리고 겪어 본 자들에겐 이루 말할 수 없는 공포를 안겨 주었다.

이창의 저돌성을 알려 주는 일화 하나.

육 년 전, 장성 동북방에 역병처럼 창궐한 사왕교蛇王敎라는 사교 집단이 신무전이 관리하는 마장을 침탈한 사건이 있었다. 이 소식을 전달받은 소철은 즉시 운소유와 백호대를 출동시켰고, 그 선두엔 물론 이창이 있었다.

백호대가 사왕교를 상대로 치른 싸움 자체는 그리 대단할 게 없었다. 옥석구분玉石俱焚의 우를 피하기 위한 운소유의 계교에 따라 사왕교의 수뇌들을 어떤 계곡으로 유인, 하나도 남김없이 섬멸할 수 있었기 때문이다.

정작 대단한 것은, 그들을 하나도 남김없이 섬멸한 주체가 오직 한 사람이란 점이었다. 계곡 위에서 공격 명령을 내린 것도 이창이요, 깎아지른 듯한 비탈을 따라 가장 먼저 달려 내려간 것도 이창이요, 수하들이 전장에 당도하기도 전에 사왕교주 이하 열세 명의 수뇌들을 핏덩이로 만든 것도 이창 혼자였던 것이다.

이 얘기를 전해 들은 소철은 "급과만초急瓜蔓抄로다!"라며 껄껄 웃었다고 한다. 오이 넝쿨을 잡아당긴다는 과만초는 흔히 사람을 무더기로 때려잡는 일에 비유되는 말인데, 거기에 급할 '급急' 자까지 붙었으니 더 이상 무슨 말이 필요할까.

그리 크지 않은 체구를 호랑이가 수놓아진 백색 전포戰袍로 휘감고 실명한 한쪽 눈은 백금 안대로 가린 채 반백의 머리카락을 휘날리며 전장을 누비는 이창의 신위는 전신戰神의 그것과 다름없었으니, 강호인들은 그를 두려워하며 '외눈박이 호랑이', 독안호군獨眼虎君이라 불렀다.

"노, 놈을 내가 때려죽이겠소! 다, 다, 당장 출동이다!"

이창은 격분을 참지 못하고 움켜쥔 주먹을 허공에 대고 휘둘렀다. 마치 문제의 여문통이 그 허공이 있기라도 하듯.

그때 말석에 앉아 침묵을 지키고 있던 도정이 이창과는 대조적인 느릿한 어조로 말했다.

"뭔가 이상합니다. 여문통이라면 저도 들어 본 바 있지만, 그래 봤자 사천을 벗어나지 못하는 우물 안 개구리에 불과하다 할 것입니다. 전의 제자들을 습격할 배짱은 감히 없을 텐데……."

운소유가 빙긋 웃으며 고개를 끄덕였다.

"나 또한 같은 생각일세."

소철은 두 눈을 지그시 감았다.

도정의 판단이 옳았다. 강북 강호의 첫자리를 차지하는 신무전과 비교할 때 여문통의 염련은 창해에 떨어진 좁쌀처럼 미미한 존재에 불과했다. 좁쌀이 창해를 메우려 들 때에는 그럴 만한 속사정이 있을 터. 다시 말해 염련의 배후에 누군가 도사리고 있는 것이 분명했다.

소철은 눈을 떴다. 그사이 무심하게 바뀐 눈이었다.

"시간이 흐르면 밝혀지겠지. 염 대주는 여문통과 염련에 관한 자료를 뽑아 보도록."

"알겠습니다."

주작대주 염위가 공손히 명을 받았다.

소철은 시선을 천천히 돌려 자리에 앉은 사람들의 얼굴을 하나하나 바라보았다. 주름진 입술 사이로 착 가라앉은 목소리가 흘러나왔다.

"신무전…… 아니, 신주소가神州蘇家는 이 나라가 생기기 전부터 강호 제일이었고, 또 앞으로도 그럴 것이다. 나는 신주소가의 가주로서 그리고 신무전의 주인으로서 어느 누구의 도전도 용납하지 않을 것이다. 설령 그것이 신비혈랑의 혈랑곡이라 할지라도."

사람들은 목덜미로 얼음장처럼 싸늘한 기운이 스쳐 지나가는 것을 느꼈다. 그들의 눈에 비친 소철의 모습은 더 이상 죽을 날만 기다리는 평범한 노인이 아니었다.

열다섯의 어린 나이로 신주소가의 가주에 올라 온갖 도전을 물리치고 그 후신後身인 신무전을 반석에 우뚝 세운 강북 제일의 고수 신무대종!

스스로에게 한 맹세를 지키기 위해서라면 어떤 장애물이라도 헤치고 나아가는 피도 눈물도 없는 냉혈왕!

바로 그 모습이었다.

(2)

신혼이란 꿀처럼 달콤한 것이다. 그래서 거처로 돌아가는 백운평의 걸음은 바쁠 수밖에 없었다. 바쁜 걸음에도 불구하고 결코 천박해 보이지 않는 우아함이 저절로 묻어나는 것은 금검옥공자가 아니면 흉내 내기 힘든 독특한 재간일 터. 설사 눈썹에 불이 붙어도 우아함을 잃지 않을 사람이 바로 백운평이었다.

거처로 이어지는 작은 정원을 지날 무렵.

갑자기 무지막지한 경풍이 백운평의 배후를 노리고 날아들었다. 백운평은 잠깐 놀랐지만 당황하지 않고 일학충천一鶴衝天의 신법으로 신형을 솟구쳤다.

쉬이익!

대기를 울리는 파공성과 함께 경풍이 방향을 틀며 백운평의 하방으로 용솟음쳤다.

백운평은 허공에서 몸을 세 번 뒤집는 음양삼전도陰陽三轉倒의 재주를 부렸다. 지지할 것이 아무것도 없는 허공에서 영활한 원숭이처럼 몸을 뒤집으며 위치를 이동하는 그의 몸놀림은 사람들의 갈채를 받을 만큼 우아해 보였다.

경풍은 아슬아슬하게 백운평의 측면을 스쳐 갔고, 백운평은 몸을 회초리처럼 꼿꼿이 펴며 지면에 내려섰다. 그의 잘생긴 얼굴엔 엷은 짜증의 기미가 떠올라 있었다.

"사형, 볼일이 있으면 말로 부르라고 몇 번 말해야 알아들으시겠습니까?"

백운평이 정원의 한쪽을 바라보며 말했다. 어둠이 깔리기 시작한 수풀이 들썩거리더니 시커먼 그림자 하나가 모습을 드러냈다. 구깃구깃한 회색 무복에 배부른 암소처럼 유순한 눈매를 지닌 청년, 바로 도정이었다.

도정은 순박한 웃음을 지으며 백운평에게 다가왔다.

"너무 화내지 말라고. 살랑거리는 자네 뒷모습만 보면 손이 근질거려 참을 수가 있어야지."

봉황의 것처럼 고상한 분위기를 풍기던 백운평의 두 눈이 일그러졌다.

"살랑……거려요?"

도정은 엉덩이와 허리를 실룩거리며 몇 보를 걸어 보였다. 그러고는 백운평을 돌아보았다.

"자네 걸음걸이가 꼭 이렇거든. 그러니 궁금할 수밖에. 과연 저런 걸음걸이로도 내 주먹을 피해 낼 수 있을까 하고 말이야."

백운평은 자신도 모르게 두 주먹을 불끈 움켜쥐었다. 그는 맹세할 수도 있었다. 만일 자신의 걸음걸이가 정말로 저랬다면 이 자리에서 당장 혀를 깨물고 죽어 버려도 좋다고. 저따위 말도 안 되는 소리를 늘어놓는 사람이 사형만 아니라면…… 하지만 사형이 아니면 저따위 말도 안 되는 소리를 늘어놓을 사람이 있을 리 없다는 우울한 자각이 그의 움켜쥔 주먹에서 힘을 빼게 만들었다.

"어쨌거나 좋습니다. 소제를 왜 따라오셨습니까?"

도정은 실실 웃으며 머리통을 백운평의 얼굴 앞에 들이밀었다.

"이거…….."

백운평은 도정의 머리에서 풍겨 오는 퀴퀴한 냄새에 얼음처럼 매끄러운 콧잔등을 찡그렸다.

"이거라니요?"

"안 보이나? 이 머리띠 말이야."

머리띠라면 있긴 있었다. 똥 무더기 위에 핀 한 송이 연꽃처럼 너무도 안 어울리는 곳에 있어 문제지만.

"머리띠가 어쨌다는 겁니까?"

"풀어."

"예?"

"풀라니까."

머리띠 하나 풀어 달라고 청심각에서 여기까지 따라와 주먹을 휘둘렀단 말인가?

백운평은 눈앞에 어른거리는 도정의 머리통을 주먹으로 후려 갈기고 싶은 충동을 가까스로 억눌렀다. 장유유서는 비단 다른 항렬에 대한 덕목만은 아니었다. 같은 항렬끼리도 엄연히 장유의 서열이 존재하는 것이다. 무가武家로 이름 높은 하북의 천추백가千秋白家에서 태어나 문무를 함께 배운 그는 이런 종류의 덕목에 무척 밝았다.

"알겠습니다."

이렇게 대답한 백운평은 입술을 꼭 다물고 도정의 냄새나는 머리카락에 손을 댔다.

"어찌나 꽉 묶어 놨는지 내 손으론 도저히 못 풀겠더라고."

고개를 숙이고 있던 도정이 투덜거렸다. 매듭 안으로 손가락 끝을 두어 번 찔러 넣던 백운평은 형수의 손 맵시가 여간 오달진 것이 아님을 인정하지 않을 수 없었다.

"잘 안 되는데 차라리 끊어 버릴까요?"

이 말이 끝나기가 무섭게 도정은 거무튀튀한 손을 머리통 위로 들어 백운평의 손목을 덥석 움켜잡았다.

백운평이 움찔 놀라는데, 도정은 뒤룩뒤룩한 눈으로 그를 빤히 올려다보며 물었다.

"제수씨를 벌써부터 수절시킬 생각인가?"

도정으로부터 제수씨 소리를 들을 사람은 세상에 오직 하나, 거처에서 학처럼 목을 빼고 신랑을 기다리고 있을 백운평의 새색시, 증평曾萍뿐이었다.

"제 내자가 왜 수절해야 합니까?"

백운평이 묻자 도정은 히죽 웃으며 말했다.

"그 머리띠를 끊으면 난 마누라 손에 죽네. 물론 그 전에 자네는 내 손에 죽고. 불쌍한 제수씨는 수절을 하든 재가를 하든 양자 간에 결정을 내려야겠지."

행여 곱게 봐 줄까 걱정했는지 하는 말도 흉악하기만 한 도정이었다. 백운평은 아예 대꾸를 포기하고 매듭을 풀기에 열중했다.

매듭이 풀리자 도정의 고수머리가 쿨렁 물결치며 아래로 흘러내렸다. 도정은 오랜 영어에서 풀려난 수인처럼 해방감에 겨운 웃음을 떠올렸다. 아닌 게 아니라, 산발한 채 헤벌쭉이 웃는 그의 모습은 영락없이 감옥을 나온 수인이었다.

"이제 만족하셨습니까?"

백운평이 냉랭하게 묻자 도정은 아이처럼 "우응." 대답하면서 고개를 끄덕였다.

"그러면 소제는 이만……."

백운평은 목례조차 생략하고 몸을 돌렸다. 벌써 주위는 어두웠다. 비단 금침 곱게 깔아 놓고 신랑 돌아오기만 애타게 기다리고 있을 증평을 생각하면 날벌레들 어지러운 이런 곳에서 도정 같은 인간과 보내는 시간이 너무 아까웠다.

그런데 도정이 다시 그를 불렀다.

"아! 아직 용건이 남았는데……."

백운평이 짜증을 감추지 않은 얼굴로 돌아보았다.

"이거 말일세……."

말꼬리를 길게 늘인 도정은 품에서 뭔가를 꺼내더니 주위를 두리번거리며 백운평의 손에 슬며시 쥐여 주었다.

"이게 뭡니까?"

백운평은 손안에 들어온 요상하게 생긴 물건을 요리조리 둘러보며 물었다. 무슨 고리처럼 생긴 물건인데 반지로 쓰기엔 너무 크고 팔찌로 쓰기엔 너무 작아 보였다. 우윳빛 광택으로 미루어 재질은 제법 좋은 옥 같은데…….

"남 주긴 아까운 물건이네만 자네가 어디 남인가? 그래서 이렇게 가지고 왔네."

도정이 은근한 목소리로 속삭였다. 백운평이 다시 물었다.

"이게 뭐냐니까요?"

"그게 뭐냐 하면 말이지, 음, 그게 뭐냐 하면 말이지…… 흐흐."

도정은 음충스러운 눈길로 백운평을 흘겨보며 키득거리다가 물건의 쓰임새를 설명해 주었다.

"그 물건의 이름은 보경환補莖環이라고 하네. 남성을 크고 단단하게 만들어 주는 효능이 있다네. 아마 제수씨가 좋아할 거야."

잠시 어리둥절하던 백운평의 얼굴이 어느 순간 확 일그러졌다.

"그러니까 이걸 거기에……?"

도정은 시범이라도 보이듯 왼손의 중지를 곧게 펴더니 오른손 엄지와 인지로 만든 고리 안에 넣다 빼기를 반복했다.

백운평은 머리털이 쭈뼛 곤두서는 것을 느꼈다. 방금 전 도정은 남 주기 아까운 물건이라고 말했다. 그 말인즉 도정이 이 물건을 여태껏 애용했다는 얘기 아닌가!

"으잇!"

백운평은 손바닥에 더러운 벌레라도 올려놓은 소녀처럼 진저리를 치며 들고 있던 옥고리를 땅바닥에 팽개쳤다. 하지만 그 옥고리는 땅바닥에 닿기 전 도정의 손안으로 둥실 빨려들어갔다. 박수를 보내도 아깝지 않을 훌륭한 격공섭물隔空攝物의 재주지만 백운평의 눈에는 그것마저도 밉게 비칠 따름이었다.

"이게 얼마나 귀한 물건인데 함부로 팽개치고 그러는가. 이 건 시전 약방에서 구할 수 있는 그런 싸구려가 아니야. 자네 한 옥寒玉이 양기를 끌어 올리는 데 얼마나 좋은 줄……."

"소제, 이만 돌아가겠습니다!"

백운평은 칼로 내리치듯 잘라 말한 뒤 찬 바람이 씽 일어나도록 몸을 돌렸다. 정말 피곤한 존재가 아닐 수 없었다. 저 사형이란 인간은.

그런데 새색시를 향한 백운평의 발길은 이번에도 피곤한 존재에 의해 가로막히게 되었다.

"하하! 사내대장부가 돼서 옹졸하기는. 뭘 그까짓 걸 가지고 계집애처럼 토라지고 그러나?"

어느새 몸을 날려 백운평의 앞길을 가로막는 도정. 가뜩이나 긴 팔을 양쪽으로 활짝 벌리니 빠져나갈 구멍이 도무지 보이지 않는 인간 그물이 형성되었다.

백운평은 무서운 눈으로 도정을 노려보았다.

"사형, 계속 이러시면 소제도 참지……."

도정은 백운평의 항의가 끝나기를 기다려 주지 않았다. 그는 얼굴을 백운평의 볼 옆에 바짝 가져다 대며 낮은 목소리로 말했다.

"자네는 막내와 소아가 자칭 혈랑곡도들에게 습격당한 일을 우연이라고 생각하는가?"

갑자기 바뀐 화제에 백운평의 표정이 가볍게 굳어졌다. 도정이 계속 속삭였다.

"나는 아니라고 생각하네. 그것이 우연이라면 귀로 도중 염련이 습격한 것도 우연이란 얘기인데, 우연이란 놈은 그렇게 빈

번하게 일어나지 않거든."

　도정은 백운평의 볼 옆에서 얼굴을 천천히 떼어 냈다. 그의 눈에는 여전히 유순한 빛이 감돌았지만 어딘지 모르게 아까와는 분위기가 바뀌어 있었다.

　"사형의 말씀은 그러니까……."

　도정은 백운평이 하려던 말을 정확히 짚어 냈다.

　"우연이 아니라면 두 사람의 행로를 그자들이 사전에 파악하고 있었다는 얘기지."

　백운평의 얼굴이 비로소 심각해졌다. 도정은 그런 백운평의 어깨에 손을 얹으며 말했다.

　"막내의 행로를 정확히 아는 사람은 신무전에서도 자네와 나뿐이네. 이 점에 이의는 없겠지?"

　백운평은 묵묵히 고개를 끄덕였다.

　구양현과 소소가 사천에 간 이유는 천선자의 자취가 어린 적심관을 순례하기 위함이었다. 적심관의 정확한 위치를 아는 사람은 신무전 내에서 단 두 사람, 도정과 백운평뿐이었다. 과거 그곳을 순례한 경험이 있었기 때문이다.

　"자네가 놈들과 한팬가?"

　도정이 백운평에게 질문했다. 이처럼 심각한 질문을 농담하듯 싱글거리면서 던지는 인간은 천하에 도정밖에 없을 것이다.

　"쳇! 사형이 그런 건 아니고요?"

　백운평이 발끈 쏘아붙이자 도정은 고개를 저었다.

　"난 아니야. 난 자네만큼이나 나를 믿네, 만일 내가 나쁜 놈이면 자네도 나쁜 놈일 걸세."

　'나'와 '자네'를 바꿔 놓아야 어울리는 괴상한 논법이었다. 하지만 도정의 독특한 언변에서 이런 일은 다반사라 백운평은 이상히 여기지 않았다.

"그렇다면 우리 말고 누가 사제의 행로를 알고 있었을까요?"

백운평이 묻자 도정은 어깨를 으쓱거렸다.

"이런 일이 벌어지기 전까지는 특별히 비밀로 할 일도 아니었으니 어쩌면 내가, 아니면 자네가 누군가에게 발설했을 수도 있겠지. 의식하지 못하는 사이에 말일세."

"으음."

백운평이 인상을 찌푸렸다. 그러자 도정이 정색을 하고 말했다.

"해서 자네에게 임무를 주려고 하네. 이 일에 관해 자네가 조사해 주게."

백운평은 고개를 들었다. 이렇게 말할 때의 도정은 실없는 짓거리나 하고 다니는 피곤한 사형이 아닌, 신무전의 다음 대를 이끌어 갈 공인받은 후계자였다.

"알겠습니다."

백운평이 고개를 끄덕였다. 도정은 예의 순박해 보이는 웃음을 싱긋 지은 뒤 백운평의 손을 잡았다.

"자네는 참 믿음직한 사람이야. 난 자네 같은 사제를 둔 걸 큰 행운으로 여긴다네."

면전에서 이런 말을 듣고도 쑥스러워하지 않는다면 철면피 소리를 들어도 할 말이 없으리라. 철면피가 아닌 백운평은 쑥스러워하며 얼굴을 붉혔다.

"뭘 그런 말씀을……."

"좋았어. 그럼 믿고 가겠네."

도정은 백운평의 손을 놓은 뒤 휙 몸을 날렸다.

그 자리에 우두커니 서 있던 백운평은 문득 자신의 손안에 서

늘한 물건이 남겨져 있음을 알아차렸다. 그 물건이 문제의 보경
환임을 깨달을 무렵, 도정의 목소리가 멀리서 들려왔다.

"일을 시켰으면 새경을 줘야지. 자기 전에 제수씨 몰래 끼워
두게. 아침이면 아마 몰라보게 달라졌음을 알 수 있을 테니까.
하하!"

백운평의 얼굴이 금검옥공자란 별호에 걸맞지 않게 우스꽝스
럽게 변했다.

(3)

회의가 끝난 청심각.

한낮의 열기가 가신 대기는 어둠에 물들었고, 어디선가 불어
온 밤바람은 수면에 잔물결을 만들었다.

쉬랑. 쉬랑.

밀려온 물결이 수면 아래로 뿌리내린 정자의 기둥 위에서 맑
은 소리를 내며 부서지고 있었다.

청심각 위는 여덟 개의 기둥마다 매달린 수박만 한 등롱들로
휘황했고, 그 불빛 아래에서 두 사람이 바둑을 두고 있었다. 깨
끗한 청포에 흰 수염이 소담스러운 노인은 신무전주 소철이고,
한 손으로 쥘부채를 까딱거리면서 바둑판 위에 고개를 들이민
문사 차림의 초로인은 군사 운소유였다. 소철의 입가에 어린 만
족스러운 미소와 운소유의 미간에 모인 잔주름이 바둑의 형세
를 짐작케 해 주었다.

바둑판을 한참 내려다보던 운소유는 부채 끝으로 턱 밑을 긁
적거리며 말했다.

"이젠 석 점으로 안 되겠군요. 보통 나이가 들수록 수가 주는

법인데, 어찌 된 영문인지 전주님께선 오히려 강해지시나 봅니다."

백여 수 남짓 진행된 바둑은 흑의 기세가 두드러져 보였다. 확정된 집으로만 따진다면 발 빠르게 움직인 백도 그리 호락호락한 것은 아니나, 그 대가로 흑에게 제공한 막강한 세력이 국면 전체에 영향을 끼치고 있었다. 이른바 치기置碁, 접바둑의 생리란 게 대체로 이러했다. 미리 깔린 몇 개의 흑돌들이 일단 세력으로 바뀌면 백을 잡은 상수로서는 곤혹을 느낄 수밖에 없는 것이다.

"허허, 또 엄살이시구려. 그래서 내가 언제 운 선생에게 이겨 본 적이 있소?"

소철은 너털웃음을 흘렸다. 하지만 웃음의 여운이 유쾌한 것을 보면 이번 판만큼은 이길 자신이 있는 듯했다.

"이 형세를 보시면서도 엄살이라니, 너무하십니다."

운소유는 살짝 찌푸린 눈으로 소철을 일별한 뒤 다시 바둑판 위로 얼굴을 묻었다.

그때 호반과 청심각을 잇는 홍예교 위에 누군가 나타났다. 일신에 고운 유의를 입은, 아까 소철의 머리를 손질해 주던 바로 그 여인이었다.

사뿐한 걸음으로 홍예교를 건너온 유의 여인은 바둑판 옆에 작은 찻상을 내려놓은 뒤 두 개의 찻잔에 찻물을 따랐다.

"수고했다."

유의 여인에게 고개를 슬쩍 끄덕여 보인 소철이 손을 들어 운소유에게 권했다.

"차라도 한 잔 드시면서 천천히 생각하시오. 시간이야 얼마든지 드릴 테니까."

운소유는 바둑판에 시선을 고정한 채로 제 몫의 찻잔을 들어

한 모금 머금었다. 그 순간 그의 얼굴에 기묘한 표정이 떠올랐다.

"왜 그러시오?"

소철이 물었다. 하지만 운소유는 그 말을 듣지 못했는지 홀린 듯한 표정으로 찻잔을 내려다보았다.

소철은 의아함을 느꼈다. 차분한 운소유에게서 저런 모습을 보는 일은 좀처럼 드물기 때문이다.

"운 선생, 차 맛이 이상하오?"

소철이 조금 큰 소리로 다시 묻자 운소유가 퍼뜩 정신을 차리며 찻잔으로부터 시선을 들었다.

"아, 아닙니다. 하도 오랜만에 마셔 보는 차여서."

운소유는 유의 여인을 향해 물었다.

"작아雀兒, 이것은 화암花岩…… 맞느냐?"

작아라 불린 유의 여인은 차 맛이 이상하냐고 소철이 물을 때부터 몸 둘 바를 몰라 하고 있었다.

"예, 맞사옵니다."

그녀의 대답을 들은 소철이 눈살을 찌푸렸다.

"화암? 내가 천지를 즐기는 것을 잘 알지 않느냐?"

"죄, 죄송합니다! 천비가 큰 죄를 지었습니다!"

작아는 황급히 바닥에 엎드리며 말했다. 그녀의 좁은 이마는 어느새 바닥에 달라붙어 있었다.

그 모습을 본 소철이 웃으며 말했다.

"허허! 녀석, 누가 너보고 죄를 지었다고 하더냐? 한 번쯤 다른 차를 마셨다고 해서 입술이 부르트는 것은 아니니 그만 일어나라."

작아는 바들바들 떨리는 몸을 다시 일으켰다. 운소유가 웃으며 그녀에게 말했다.

"괜한 유난을 떨어 미안하구나. 한데 네 고향이 무이武夷인가 보구나."

작아가 머리를 조아리며 대답했다.

"그렇사옵니다. 이 차는 며칠 전 소녀의 아비가 이 부근을 지날 때 놓고 간 것입니다. 그런 것을 주제도 모르고 소녀가 그만……."

화암은 복건성福建省 무이산에서만 생산되는 고형차의 한 종류였다. 천지天池나 용정龍井, 사문홍邪門紅처럼 널리 알려지진 않았지만, 향이 맑고 맛이 담백해 다인들 사이에선 호평을 받고 있었다.

소철은 작아의 심정을 이해할 수 있었다. 사람이면 누구나 자신의 고향에 대해 크든 작든 자부심을 품고 사는 법. 우연찮게 들어온 고향의 특산물을 상전에게 대접하려는 그녀의 마음은 지극히 당연하고, 또 고운 것이었다.

"됐으니 그만 물러가거라. 그리고 이 화암은 향이 참 좋구나. 앞으로도 가끔 내오도록 해라."

소철이 화암을 칭찬하자 작아의 얼굴에 홍조가 떠올랐다.

"알겠습니다! 감사합니다!"

활기 있게 대답한 작아는 뒷걸음질로 청심각을 나갔다. 그 모습을 지켜보던 운소유가 말했다.

"착한 아이입니다."

"그렇소, 허허!"

소철은 고개를 끄덕이곤 작아가 놓고 간 화암을 한 모금 마셔 보았다. 입에 썩 맞는 것 같지는 않지만, 자주 마시다 보면 익숙해질 수도 있을 것 같았다.

소철은 찻잔을 내려놓은 뒤 운소유에게 물었다.

"한데 아까는 왜 그렇게 놀라셨소? 화암에 얽힌 무슨 추억이라도 떠올리신 게요?"

운소유는 담담히 웃으며 대답했다.

"소생의 부친께서 이 화암을 무척 즐기셨지요. 잠시 부친과 화암을 마시던 일을 생각했습니다."

소철은 부쩍 흥미를 느꼈다. 운소유가 자신의 내력에 대해 스스로 이야기를 꺼내기는 이번이 처음이었던 것이다. 그의 부친은 과연 누굴까? 만일 천재성도 생김새처럼 유전되는 것이라면, 그 사람도 필시 범부는 아닐 텐데.

그러나 운소유는 그 이상을 드러내려 하지 않았다.

감추려는 이에겐 감출 만한 이유가 있을 터. 소철은 더 묻지 않고 시선을 바둑판 위로 돌렸다.

땅.

돌과 나무가 부딪치는 맑은 소리가 금랑호의 수면 위로 번져 갔다.

"음?"

운소유의 착점을 내려다본 소철은 나직한 신음과 함께 표정을 굳혔다. 좌변의 영토가 아직 완전히 결정되지 않은 상태에서 운소유가 취한 선택은 우상귀의 흑돌 옆에다가 묘하게 붙이는 점. 이는 흑의 외곽이 더 튼튼해지기 전에 안에서 수를 낼 여지를 미리 심어 놓자는 의도였다. 젖혀서 안아 버리자니 끊기는 점이 보였고, 바깥쪽으로 늘자니 훗날 한 수 더 들이게 될 것이 떨떠름했다.

"교묘하구려. 응수 타진이라 이건가."

이번에는 소철이 장고에 들어간다. 그가 장고하는 동안 운소유는 난간 너머 어둠이 짙게 깔린 호수로 눈길을 돌렸다. 잔잔한 수면에 시선을 얹은 그는 무슨 생각을 하고 있는 것일까?

"운 선생."

운소유가 소철을 돌아보았다.

"앞으로 한동안은 시끄러울 것 같소."

소철은 바둑판을 응시하며 밑도 끝도 없는 한마디를 던지고는, 흑돌 하나를 들어 반상의 한 지점에 힘차게 두드렸다.

땅!

백이 붙여 간 수에 대해 손을 빼고 바깥쪽 울타리를 손질해 버린 것이다. 그것은 석 점 하수답지 않은 기합의 한 수라 할 수 있었다. 형태에 구애받지 않고 잡으러 갈 테니 단단히 각오하고 있으라는 살기에 찬 선전포고였으니까.

우상귀에 붙여 간 백 한 점이 흑이 손을 뺐음에도 불구하고 무기력하게 잡혀 버린다면, 바둑은 물론 그것으로 끝이다. 하지만 만일 백이 흑의 튼튼한 울타리 안에서 도생圖生에 성공한다면, 흑이 초반에 구축한 우위가 송두리째 날아가 버린다. 죽기 아니면 살기의 살벌한 형국이 되어 버린 것이다.

"그렇습니다. 상황이 극으로 치닫는군요."

운소유는 붙여 간 한 점으로부터 변 쪽으로 가볍게 뛰어 또다시 흑돌의 옆구리에 백돌을 붙였다. 수를 내기 편한 귀를 거부하고 변 쪽으로 뛰어나간 것은 이참에 흑의 집 모양을 초토로 만들겠다는 의도였으니, 이 역시 기합이 실린 응수라고 할 터였다.

소철은 기다렸다는 듯이 두 개의 백돌 사이를 가르고 들어갔다. 생사가 한 수마다 교차하는 무시무시한 사냥이 시작된 것이다.

소철과 운소유, 두 사람 모두 처음 전략을 세우기까지는 많은 시간을 소비했지만, 막상 죽고 살기 식의 사냥이 시작되자 착점 속도가 빨라졌다. 이미 읽어 둔 수순이기에 그럴 수 있는 것이다.

"긴 평화였소. 하지만 이제는 다시 피바람이 불겠지."

백 대마의 집 모양을 집요하게 무너트리려는 소철의 입에서 어느 순간 엉뚱한 말이 흘러나왔다. 운소유는 흑진 속 묘한 곳으로 백돌을 찔러 들어가며 담담히 대꾸했다.

"사실 곤륜지회의 오대고수 중에서 강호인들에게 제대로 알려진 존재는 전주님과 무양문주 서문숭, 두 분뿐입니다. 천선자와 잠룡야 그리고 혈랑곡주에 대해서는 뭔가를 말할 만큼 알고 있는 사람이 극히 드문 실정이지요. 이참에 그들 세 사람에 관해 가르침을 받고 싶습니다만……."

운소유가 방금 둔 수는 소철의 예상 범주에 포함되어 있지 않은 기수奇手였다. 아니, 소철뿐 아니라 바둑을 제법 둘 줄 아는 사람이면 누구든 저런 모양 나쁜 수는 머리에 떠올리지 못할 것이다.

허리를 꼿꼿이 세운 채 바둑판을 한참 노려보던 소철이 그 자세 그대로 입을 열었다.

"천선자는 나와 서문숭으로 하여금 곤륜지회를 주관하게 만든 주선인이오. 만일 그가 등장하지 않았다면 곤륜지회란 말은 세상에 존재하지 않았을 터. 그런 상태에서 나와 서문숭 중 한 사람은 사십 년 전에 죽었을 것이오. 음, 어쩌면 둘 다 죽었을지도 모르지. 그래서 우리는 곤륜지회에는 참석하지도 않은 천선자의 이름을 우리와 한 반열에 올려놓기에 주저하지 않았소."

눈을 빛내며 경청하던 운소유가 불쑥 물었다.

"그 말씀은 마치 천선자의 무공이 다른 네 고수에 미치지 못한다는 것으로 들립니다만?"

소철은 수염을 슬쩍 쓸어내린 뒤 대답했다.

"나와 서문숭 중 누구도 그와의 승부를 결하지 못했으니 그렇게 단정할 수는 없는 일이오. 하지만 한 가지 자신 있게 말할 수 있는 것은, 그에게 패하는 일은 결코 벌어지지 않았을 거라는 점이오. 나도 그렇거니와 서문승도."

"그렇군요."

운소유가 고개를 끄덕였다.

달그락.

소철은 가래나무로 만든 돌 통으로 손을 넣어 흑돌 하나를 골라 쥐었다. 하지만 선뜻 착수하려 들지 않고, 세 고수에 관한 이야기를 계속 이어 나갔다.

"잠룡야 이악은 강호에는 알려지지 않았지만 능히 대내를 대표할 만한 인물이었소. 그의 공부는 실로 박대했소. 중원에 산재한 명문 대파들의 절학은 물론이거니와 청해와 서장, 심지어는 천축의 유가공瑜伽功까지 망라하고 있었으니까. 한 가지 흠이라면 박이부정博而不精이랄까……."

소철은 말끝을 슬쩍 얼버무리며 흑돌을 바둑판에 놓았다. 박이부정, 박대하나 정교하지는 못하다. 이는 잠룡야의 경지가 결코 자신의 위는 아니라는 것을 의미했다.

운소유는 소철의 뒷말을 기다렸다. 천선자와 잠룡야에 관한 이야기가 나왔으니 이제는 혈랑곡주만 남은 것이다. 그러나 무슨 까닭인지 소철은 혈랑곡주에 관해서만큼은 끝내 입을 열지 않았다.

주군을 재촉하는 것은 모시는 사람으로서 도리가 아니었다. 운소유는 선선히 포기하고 백돌 하나를 집어 소철의 수에 대응했다.

소철이 예상했다는 듯이 고개를 끄덕였다. 운소유의 착점은 완생完生을 확인하는 수. 그 수로써 흑진 안의 백돌들은 삶에 필요한 두 집을 확보하게 된 것이다.

소철은 고개를 슬쩍 젖혀 바둑판 전체를 조망해 보았다. 사십 집에 해당하던 흑진이 십여 집으로 줄어들고 말았으니, 외부에 쌓은 세력이 제법 후장하다 한들 제대로 보상받기는 힘들었다. 전체적인 형세는 흑 우세에서 흑백 간 유열을 논하기 힘든 백중세로 돌아간 셈이다.

소철은 허허로운 웃음을 지으며 포획한 백돌 중 하나를 바둑판 한 귀퉁이에 올려놓았다. 패배 선언이었다.

"역시 욕심이 과했나 보오. 이번에도 졌소이다."

운소유는 빙긋 웃었다.

"너무 이른 투료投了(바둑에서 패패를 인정하는 일)가 아닐까요? 제가 보기에 아직까지 비관하실 형세는 아닌 것 같습니다."

소철은 고개를 저었다.

"석 점 바둑의 이득을 다 잃었거늘 선생의 신묘한 마무리를 어찌 감당하겠소. 과연 기절碁絶이란 말이 나올 만하구려. 앞으로는 네 귀 모두 접어야겠소."

운소유의 별호는 삼절수사. 여기서 말하는 삼절이란 신출귀몰한 병법과 기고한 바둑 그리고 잡박한 학식을 가리킨다.

소철은 흑돌을 와락와락 쓸어서 돌 통에 담다가 문득 떠오른 듯 운소유에게 물었다.

"기광碁狂과 선생의 수를 비교하면 어떻소?"

바둑에 미친 자, 기광은 강호오괴 중 기碁에 해당하는 괴인이었다. 운소유는 백돌을 챙기며 대답했다.

"기광은 국수國手로 공인받은 고운거사孤雲居士와도 막상막하의 실력이라고 하니 아무래도 제 쪽이 힘들겠지요."

소철은 그럴 리 있겠냐는 듯 의미심장한 웃음을 지었다.

"어쨌거나 지셨으니 술 한 상 내셔야 합니다."

운소유의 말에 소철은 너털웃음을 터뜨렸다.

"허허! 국수 못지않은 고수에게 한 수 가르침을 받았는데 그까짓 술 한 상이 무에 아깝겠소?"

소철은 오른손을 허공에 들어 가볍게 흔들었다. 한 줄기 가벼운 바람이 일며 청심각 입구에 매달린 금방울이 영롱한 울음을 토해 냈다.

근처 어딘가에 대기하고 있었던 듯, 작아가 총총한 걸음으로 홍예교를 다시 건너왔다.

"여기서 운 선생과 술을 한잔하고 싶구나."

잠시 후 바둑판이 치워지고 조촐한 주석이 벌어졌다.

술은 순하기로 유명한 산동의 오로주烏鷺酒요, 안주는 이름 있는 숙수가 다섯 가지 향료로 정성껏 쪄 낸 쇠고기와 보는 것만으로도 싱싱한 기분이 드는 정갈한 제철 채소 몇 가지였다.

오로주 한 잔을 비운 운소유가 입을 열었다.

"전주님께선 강호에 오랫동안 유지되어 온 평화의 근원이 무엇이라고 보십니까?"

소철은 운소유의 잔을 채우며 되물었다.

"운 선생께서는 뭐라 보시오?"

운소유는 찰랑거리는 술잔을 잠시 내려다보다가 대답했다.

"저는 그 원인을 두 가지라고 생각합니다. 첫째는 어느 한쪽으로도 치우침이 없는 북악남패의 역학적 균형에서 찾을 수 있습니다."

소철은 묵묵히 고개를 끄떡였다.

"둘째는 그 역학적 균형 위에 얹힌 혈랑곡이란 누름돌에서 찾을 수 있지 않을까요?"

소철이 이번에는 고개를 갸웃거렸다.

"혈랑곡이 누름돌이라고요?"

운소유가 차분히 말을 이었다.

"만일 혈랑곡이 곤륜지회 이후 본격적으로 활동을 개시했다면 지금과 같은 평화는 존재하지 않았을 것입니다. 그러나 혈랑곡은 좀처럼 실체를 드러내지 않았습니다. 지난 사십여 년간, 존재하되 드러나지 않은 미지의 세력으로 남아 있었지요. 그렇기 때문에 다른 힘들을 억누르는 보이지 않는 누름돌이 될 수 있었던 겁니다."

소철은 무릎을 탁 쳤다.

"내 생각도 그렇소. 강호 어딘가에 혈랑곡이 존재한다는 것을 알고 있었기에 나와 서문숭, 두 사람은 섣불리 움직일 수 없었소. 만일 혈랑곡만 아니었다면 북악남패란 말이 사십 년을 이어오지는 않았을 것이오. 굳이 전대의 원한을 거론하지 않더라도 누가 제일인지를 놓고 반드시 자웅을 결하고자 했을 테니까."

산불용양호재山不用兩虎在요, 천하불용양군재天下不用兩君在라고 했다. 한 산에 두 호랑이가 있을 수 없듯 천하 또한 두 명의 패주覇主를 용납하지 않는 것이다.

운소유는 소리 없이 잔을 비웠다. 그러고는 소철을 바라보았다.

"혈랑곡주는 곤륜지회 이후 오직 한 번 모습을 드러낸 적이 있었습니다. 알고 계십니까?"

소철이 술잔을 입가로 가져가던 손길을 멈추고 운소유에게 반문했다.

"과거 북서쪽 변방에서 벌어진 혈랑기 사건을 말씀하시는 것이오?"

운소유는 고개를 끄덕였다.

"그렇습니다. 곤륜지회가 끝나고 한 해가 지난 뒤, 감숙甘肅 소륵하疏勒河 일대에 혈랑곡이라는 이름을 내세워 살인과 약탈을 일삼는 무리가 출몰했지요. 그들의 기세는 자못 강성해 관에서도 손을 대지 못하는 형편이었습니다. 그런데 어느 날……."

"어느 날 갑자기 몰살당했다 이 말이지요?"

소철의 참견에 운소유는 담담히 웃었다.

"그렇습니다. 삼백이 넘는 도적들이 깡그리 죽임을 당했는데, 흉수가 남긴 흔적이라곤 붉은 늑대가 그려진 깃발과 '망령되이 혈랑을 일컫는 자에겐 죽음뿐이다.'라는 으스스한 경구뿐이었지요."

소철은 잠시 기억을 더듬은 뒤 말했다.

"그 일에 관한 보고는 나도 받은 기억이 있구려. 죽은 자들의 대부분은 반항도 제대로 못한 채 당했다고 했던가? 하지만 그리 놀라진 않았소. 내가 겨뤄 본 혈랑곡주에게는 능히 그럴 능력이 있었으니까."

운소유는 쥘부채를 소리 나게 까딱거리다가 소철에게 물었다.

"한 사람의 힘으로 삼백 명의 사나운 도적들을 몰살시키는 것이 가능한 일입니까?"

소철은 뻔한 것을 왜 묻느냐는 표정으로 운소유를 바라보다가 대답했다.

"일반적인 강호인이라면 어렵겠지만 오대고수에 해당하는 사람이라면……."

운소유가 말을 바꿔 다시 물었다.

"물리치는 것이 아니라 몰살시키는 것입니다. 가능하다고 생각하십니까?"

소철은 운소유의 질문을 다시 한 번 음미해 보았다. 그는 이

내 자신의 판단에 오류가 있음을 인정하지 않을 수 없었다.

삼백 명을 물리치는 것과 삼백 명을 몰살시키는 것 사이엔 커다란 차이가 있었다. 덤벼드는 삼백 명을 물리치는 것은 한 사람의 힘만으로도 가능했다. 만일 그 한 사람이 오대고수 정도의 능력을 지녔다고 가정한다면 말이다.

그러나 몰살은 달랐다. 삼백 명이 모두 앉은뱅이가 아닌 이상 한자리에 모여 앉아 죽을 차례만 기다리지는 않을 것이다. 더구나 그 삼백 명이 이익에 의해 움직이는 도적이라면 더욱 그랬다. 그런 자들에게서 동생동사同生同死를 부르짖을 만한 의리 같은 것은 기대하기 힘들기 때문이다. 그러므로 뿔뿔이 흩어져 달아나는 삼백 명을 깡그리 몰살시키려면 삼백 명이 모인 장소를 엉성하게나마 둘러쌀 수 있는 인원이 필요했다.

'그게 얼마일까?'

소철은 잠깐 머릿속으로 계산해 보았다. 이십? 아니, 최소한 삼십은 있어야 할 것이다. 사신死神으로부터 달아나는 자들의 심리는 필사적일 수밖에 없을 터. 필사적으로 흩어져 도주하려는 자들을 열 명 이상 주살할 만한 고수는 그리 많지 않으리라.

소철의 생각이 정리될 무렵 운소유가 말했다.

"그래서 저는 혈랑곡이란 단체가 실제로 존재한다고 믿었습니다, 그것도 결코 무시할 수 없는 힘을 보유한."

여기까지 말한 운소유는 시선을 호수로 돌렸다. 그의 입술 사이로 나직한 탄식이 흘러나왔다.

"그 이후로 사십 년, 자그마치 사십 년이란 세월 동안 혈랑곡은 나타나지 않았습니다. 명 짧은 사람에겐 일생이라고도 할 수 있는 긴 시간 동안 말입니다."

운소유의 눈가로 다소 지친 기색이 떠올랐다.

"단체란 목적을 위해 결성됩니다. 그런데 어떤 목적을 위해 만들어진 단체가 과연 사십 년이란 긴 세월 동안 아무 행동도 보이지 않는다는 것이 가능한 일일까요? 그래서 저는 혈랑곡에 관한 생각을 수정해야만 했습니다. 혈랑곡이란 존재하지 않았어, 나도 잘못 짚을 때도 있구나, 하고 자조하면서 말입니다. 그런데……."

운소유는 수중의 부채를 꽉 움켜쥐었다.

"그런데 혈랑곡이 다시 나타났다는 소문이 강호에 나돌기 시작한 것입니다. 그것도 이제는 본 전의 제자들에게까지 마수를 뻗치면서 말입니다."

묵묵히 듣기만 하던 소철이 눈을 가늘게 접으며 말했다.

"비단 이번 일이 아니더라도 운 선생께선 혈랑곡에 대해 무척 관심이 많은 것처럼 보이는구려."

이 말이 끝난 순간, 소철은 운소유의 어깨가 순간적으로 움찔거리는 것을 놓치지 않았다. 이는 그의 짐작이 틀리지 않음을 의미했다.

운소유는 빈 술잔을 잠시 만지작거리다가 고개를 끄덕였다.

"그렇습니다. 사실 혈랑곡은 제게 있어서 이 신무전에 들어오기 전부터 어떤 화두話頭와 마찬가지였습니다."

"화두?"

"상세히 말씀드리지 못하는 점, 용서하십시오."

운소유가 소철을 향해 고개를 깊이 숙였다. 소철은 찌푸린 눈으로 그런 운소유의 모습을 내려다보다가 곧 안색을 폈다.

"내키지 않으면 말씀하지 않으셔도 좋소. 누구에게나 감추고 싶은 부분이 있는 법이니까."

"감사합니다."

소철은 운소유의 빈 잔에 술을 따라 준 뒤 짐짓 활기차게 말했다.

"어쨌거나 혈랑곡이 등장한 이상 서문숭도 뒷짐 지고 있지만은 않을 게요. 그자에게 질 수는 없지. 나는 이 기회에 곤륜지회 이후 청산하지 못한 모든 것들을 깨끗이 마무리할 생각이오. 상대가 서문숭이든 혈랑곡주든 간에."

운소유는 씁쓸히 웃었다. 청년처럼 호기를 부리는 늙은 주인의 모습에서 앞으로 시끄러워질 강호를 예견한 것이다.

"전주님."

운소유가 다소 잠긴 목소리로 소철을 불렀다.

"혈랑곡에 관해 자세히 아는 사람이 있다면 만나 보실 의향이 있으십니까?"

소철의 안색이 크게 변했다.

"그런 사람이 있단 말이오?"

흥분과 기대가 담긴 소철의 표정은 강호가 시끄러워질 거라는 운소유의 예감을 다시 한 번 확인시켜 주었다.

"그게 누구요?"

소철이 조바심을 드러내며 물어 왔다.

운소유는 마음을 정리했다. 자신은 만나 주지 않겠지만 소철이라면 만나 줄지도 모른다. 물론 그렇다고 해서 자신의 일생을 멍에처럼 짓누르는 혈랑곡이란 화두가 간단히 풀리진 않겠지만……

운소유는 아까보다 더욱 잠긴 목소리로 대답했다.

"바로 소생의 부친이십니다."

다음 권으로 이어집니다